I0597858

SALVARE BRYN

Delta Force Heroes, Book 6

SUSAN STOKER

Titolo originale: *Rescuing Bryn*

Traduzione dall'inglese di Patrizia Zecchin per One More Chapter Translations

Editing di Nadia Carena

Also by Susan Stoker

Delta Force Heroes
Salvare Rayne
Salvare Emily
Salvare Harley
Il Matrimonio di Emily
Salvare Kassie
Salvare Bryn
Salvare Casey
Salvare Sadie
Salvare Wendy (Prossimamente)

Armi e Amori
Proteggere Caroline
Proteggere Alabama
Proteggere Fiona
Il Matrimonio di Caroline
Proteggere Summer
Proteggere Cheyenne
Proteggere Jessyka (Prossimamente)

Mercenari di Montagna
Difendere Alle (Prossimamente)
Difendere Chloe (Prossimamente)

RINGRAZIAMENTI

Tracy, grazie mille per avermi permesso di usare la tua città, i tuoi figli, tuo marito, il lavoro di tuo marito e la tua casa da survivalista nella mia storia. Magari mi prendo gioco di te per aver acquistato una "proprietà survivalista", ma è davvero bella. Quando mi inviti di nuovo?

«Guardami» ordinò una voce dura.

Distogliendo lo sguardo dal punto in cui il suo braccio scompariva sotto il metallo del veicolo, Dane Munroe sollevò gli occhi sull'uomo in ginocchio accanto a lui. Era enorme e aveva un aspetto minaccioso, ma erano i suoi penetranti occhi castani, sorprendentemente colmi di compassione, che lo fecero rilassare un po'.

«Non distogliere lo sguardo dal mio viso. Questo è un ordine. Capito?»

«Sì, Signore» grugnì Dane. Sapeva che il suo corpo stava per collassare, ma quell'ordine gli diede qualcosa di diverso su cui concentrarsi oltre all'atroce quantità di dolore che stava provando. Tenne gli occhi sull'altro uomo mentre incombeva su di lui.

Sapeva che i suoi compagni di squadra erano tutti morti. Quando aveva ripreso conoscenza e si era guardato intorno, c'erano parti del corpo ovunque. Alla sua destra aveva visto Quiz; gli mancava metà della testa. Alla sua sinistra Bear; le sue gambe erano sparite. I suoi amici. Gli uomini per i quali avrebbe felicemente dato la vita. Se n'erano andati in un istante.

Era successo tutto così in fretta. Un momento prima era seduto di vedetta nell'Humvee alla ricerca di esplosivi nascosti, e quello dopo era disteso sulla sabbia del deserto, con un braccio intrappolato sotto il groviglio di lamiere del veicolo. Dane non aveva idea di come fosse sopravvissuto quando intorno a lui c'era una totale carneficina.

Ma cosa più importante, *perché*.

L'uomo accanto a lui e i suoi compagni erano apparsi dal nulla. Dopo l'esplosione c'era stato un silenzio irreale nell'aria, tranne per i fischi nelle orecchie, poi all'improvviso erano spuntati gli altri uomini. Non indossavano uniformi, vestivano di nero dalla testa ai piedi. I loro capelli erano più lunghi di quanto fosse accettabile nell'esercito e avevano tutti la barba che nascondeva parzialmente i lineamenti del viso. Dane aveva temuto di venire di nuovo rapito dall'ISIS, se non fosse stato per il fatto che l'uomo in ginocchio che incombeva su di lui aveva un chiaro accento americano, che gli fece capire non appena parlò che erano come lui: Delta Force. I buoni.

«Fletch, Hollywood, mettetevi da questo lato. Blade, Coach, dall'altro. Ho bisogno che solleviate il mezzo lentamente, senza fare movimenti bruschi. Beatle, Ghost, una volta che il veicolo è su a sufficienza, tiratelo fuori in fretta, ma con cautela. Capito?»

Tutti e sei mormorarono in accordo e si misero al loro posto. L'uomo che aveva il controllo si chinò su Dane e lo guardò negli occhi. Notò la brutta cicatrice sul suo viso, ma aveva troppi dolori ed era sotto choc per farci davvero caso. «Ecco cosa succederà. Penso che tu sappia che siamo bersagli facili in questo momento, quindi dobbiamo sparire. Tuttavia non possiamo farlo con te che ti fai un pisolino sotto il mezzo.» Sorrise, come se stessero sparando stronzate in un bar negli Stati Uniti. «Quindi, solleviamo questo Humvee, ti tiriamo fuori e ce la filiamo. Non mentirò, farà un male cane.»

«Cosa posso fare per aiutare?» chiese Dane digrignando i denti.

«Onestamente? Devi solo fare silenzio. Io e il mio team ci occuperemo di tutto il resto.»

Dane deglutì a fatica e annuì. Non gli piaceva, ma in quel momento sapeva di essere inutile. Non c'era modo di uscirne senza di loro. Non sapeva da dove venissero, ma nel suo lavoro a caval donato non guardavi mai in bocca.

«Come ti chiami?» grugnì.

«Truck.»

Non riuscì a trattenere un sorriso ironico. «Appropriato.»

L'angolo destro della bocca del soldato si sollevò in un ghigno sbilenco. Aveva la barba folta come i suoi compagni di squadra, ma la grande e brutta cicatrice sul lato sinistro del viso era comunque chiaramente visibile; non vi cresceva la barba sopra lasciando una striscia di pelle glabra. «Il tuo?»

«Fish» rispose a denti stretti.

«Bene, Fish, pensi di riuscire a far silenzio? Ho della morfina e posso metterti fuori gioco se pensi di non poterlo fare. Decidi tu.»

«Non fiaterò, ma un po' per calmare il dolore non sarebbe una cattiva idea» disse. Non aveva mai sofferto così tanto come in quel momento. Nemmeno quando aveva trascorso alcuni giorni "ospite" dell'ISIS. Avevano pestato a sangue lui e i suoi compagni di squadra, ma era stata una passeggiata in confronto. Per quanto non gli sarebbe dispiaciuto essere riempito di droga, in modo da non rendersi conto di niente, preferiva essere cosciente di ciò che succedeva intorno a lui. Se quelli fossero stati i suoi ultimi momenti sulla terra, voleva essere sveglio e lucido. Probabilmente era una mossa stupida, ma non aveva mai affermato di essere l'uomo più intelligente del mondo.

Truck non perse tempo e non gli chiese più nulla, annuì semplicemente e si rivolse a uno degli altri soldati facendo un cenno con il mento. Gli fu subito iniettata una dose di morfina e la squadra si tenne pronta nelle posizioni assegnate per sollevare l'Humvee.

Invece di guardare quello che stavano facendo gli altri uomini, Dane tenne gli occhi fissi sul volto di Truck, come ordinatogli.

«Pronto?» gli chiese.

Dane annuì, stringendo le labbra, preparandosi per il dolore che sapeva sarebbe arrivato non appena il veicolo fosse stato sollevato da sopra il suo braccio.

Gli ci volle ogni grammo di forza di volontà che aveva in sé per non urlare. Non aveva mai provato un dolore così insopportabile in tutta la sua vita.

Gli uomini sollevarono il mezzo come se fosse fatto di compensato anziché di ferro, delle mani si chiusero attorno alle sue caviglie e tirarono, facendo scivolare il suo corpo lontano dal rottame nello stesso momento in cui Truck gli afferrò il braccio e strinse forte. Dane inarcò la schiena alle immediate ondate di dolore lancinante che si irradiarono dal punto in cui l'uomo stringeva ciò che restava del suo braccio maciullato.

Le parole volavano intorno a lui, ma non le capiva. Concentrandosi sulla cicatrice sul volto di Truck, che si contorceva e muoveva mentre l'uomo parlava ai suoi compagni di squadra, e serrando i denti, Dane si rifiutò di svenire. Se qualcosa fosse andato storto e fossero arrivati i terroristi, avrebbe voluto – no, sarebbe stato necessario – essere in grado di proteggersi. Cosa che non avrebbe potuto fare se fosse stato incosciente.

Alla fine, si rese conto che si stavano muovendo. Uno degli uomini se lo era caricato in spalla e Truck gli camminava accanto, la sua grossa mano stringeva ancora il braccio maciullato con una presa salda.

«Lo perderò?» chiese, tenendo gli occhi su Truck.

L'altro non addolcì la situazione, sapeva a cosa si stava riferendo Dane. «È probabile. Sei destro o mancino?»

«Mancino.»

«Peccato» commentò in tono sarcastico, senza un minimo di pietà.

«Perché non l'hai fasciato? Non sarebbe stato più semplice? Senza contare che avrebbe lasciato meno tracce.» Dane non pensò più al fatto che avrebbe potuto perdere una parte del braccio, o tutto. Si concentrò sugli occhi di Truck come gli aveva ordinato, senza preoccuparsi per il momento di dove stessero andando. Fare domande gli teneva la mente lontana dal dolore... più o meno.

Truck scrollò le spalle. «Non potevo. Sto stringendo tra l'indice e il pollice la tua arteria radiale.»

«Merda.»

«Ehi, va tutto bene. Non preoccuparti. Ci penso io.»

Dane sbuffò, poi strinse le labbra, bloccando il verso non appena gli sfuggì. Sapeva che le arterie radiali e ulnari erano collegate a quella brachiale, che se fosse stata recisa, sarebbe morto dissanguato in pochi minuti. L'uomo massiccio che camminava con così tanta calma accanto a lui, stava letteralmente tenendo la sua vita tra le dita.

Ricordando gli altri soldati del suo plotone, incluso l'uomo che era stato aggiunto al loro gruppo in tutta segretezza all'ultimo minuto, chiese: «Gli altri?»

Truck scosse la testa in risposta.

Dane chiuse gli occhi e disse una breve preghiera per i soldati che non erano sopravvissuti all'esplosione.

«Dove stiamo andando?»

«Al di là di un paio di colline a pochi passi da qui, c'è una piccola città. Conosciamo alcuni abitanti che ti porteranno alla base americana lì vicino. Sarai al sicuro.»

«Vi comprometterà?» Dane non era uno stupido, normali soldati non frequentavano piccoli villaggi che aiutavano gli americani feriti sotto il fuoco nemico. L'ultima cosa che voleva era che si mettessero nei guai, o che la loro posizione o missione fossero compromesse perché lo avevano aiutato.

«No.» La risposta di Truck fu breve e concisa.

Dane lottò per tenere gli occhi aperti. Il dolore che si irradiava lungo il braccio aumentava a ogni passo. Essere sottosopra e cercare di mantenere alta l'allerta gli faceva scoppiare la testa mentre si muovevano nel deserto. C'erano molte cose che non gli piacevano di quella situazione, ma doveva fidarsi che Truck e il suo team lo avrebbero fatto uscire vivo. A quel punto, non aveva altra scelta.

Mentre avanzavano a fatica, le dita di Truck non si spostarono. Anche scivolose per il sangue, mantennero una presa salda sull'arteria all'interno della carne e l'osso dilaniati che erano il suo braccio, impedendo al sangue di defluire sulla terra del deserto sotto di loro.

Dopo quelle che sembrarono ore, ma probabilmente erano solo trenta minuti circa, entrarono in un villaggio mantenendosi nell'ombra. I sette uomini si mossero come se fossero uno solo, in perfetta sincronia. Se Dane non fosse stato in mezzo a loro, era sicuro che non si sarebbe nemmeno accorto che fossero lì.

Entrarono in una piccola capanna e si sentì calare a terra. La presa del Delta non vacillò mai mentre gli si inginocchiava accanto. Gli altri erano in costante movimento e mentre li sentiva parlare in sottofondo, i suoi occhi rimasero incollati su Truck.

«Tutto ok?» gli chiese a bassa voce.

Dane annuì.

«Starai bene. Hai superato la parte difficile.»

«Che sarebbe? Lasciar fare a voi ragazzi tutto il lavoro?»

«Rimanere vivo» replicò subito.

Dane scrollò la spalla buona. «A questo punto non sono sicuro che sia una buona cosa.»

Truck contrasse la mascella e socchiuse gli occhi. Si sporse verso Dane e ringhiò con voce incazzata: «Non provarci. Non fare così, *cazzo*. Non ho passato gli ultimi quaranta minuti a tenere la tua dannata vita tra le mani perché tu ti arrenda ora. Farai meglio a darti una regolata e lottare. Non sono riuscito a salvare il tuo plotone, ma di sicuro salverò te. Giuro su Dio che non ti lascerò riposare in pace, se solo *pensi* di morire adesso. Farò sedute spiritiche e tirerò fuori la tavola Ouija per richiamare il tuo spirito sulla terra e molestarti per il resto dell'eternità. Capito?»

Dane sapeva di dover fare una scelta, e iniziava proprio lì, nel mezzo del deserto, con i nemici tutt'intorno, mentre le dita di quello sconosciuto lo tenevano in vita. Non era contento di quello che era accaduto e sapeva che ciò che avrebbe dovuto affrontare sarebbe stato più difficile di qualsiasi cosa avesse mai fatto.

Chiuse gli occhi per la prima volta da quando Truck gli aveva ordinato di guardarlo in faccia. Fece un respiro profondo e poi li riaprì.

Alzando lo sguardo sul volto serio dell'uomo che gli aveva salvato la vita, rispose: «Capito.»

Truck annuì. «Bene. Ecco cosa succederà ora, ti metteremo fuori combattimento, legherò l'arteria in modo che tenga fino a quando non andrai sotto i ferri poi, molto probabilmente sarai spedito nella base americana in Germania. Ti rattopperanno e faranno ciò che dev'essere fatto, e quando ti sveglierai, sarai in via di guarigione e pronto per tornare a casa negli Stati Uniti.»

«Ti sentirò ancora?»

«Come ti chiami?»

«Dane Munroe.»

Truck annuì. «Mi sentirai ancora. In effetti, probabilmente ti stancherai di me. Ti ho salvato la vita e non lo prendo alla leggera. Non sono stato in grado di farlo con troppi soldati, quindi sì, mi sentirai di nuovo. Ricorda questa conversazione, perché mi incazzerò se non risponderai alle mie chiamate.»

«Risponderò.»

«Bene. Ghost? È pronto.»

Spostò gli occhi alla destra di Truck e vide uno degli altri soldati inginocchiarsi accanto a lui, con una siringa in mano. «Sei pronto?» chiese l'uomo che chiaramente era Ghost, volendo sentire la conferma dalle sue labbra.

«Sì.»

Il soldato annuì, si chinò e gli iniettò qualcosa nella vena del braccio illeso. Poi gli mise una mano sulla spalla. «Non mentirò, i prossimi mesi faranno schifo. Saranno difficili. Ma sei arrivato fin qui; ci sono belle cose che ti aspettano a casa. Ne sono sicuro. Non deludere Truck.»

L'ultima cosa che Dane ricordò fu di aver riportato lo sguardo proprio su Truck e guardato la brutta cicatrice sul suo viso mentre il mondo svaniva.

CAPITOLO UNO

Dane fissò il cellulare mentre squillava. Considerò di ignorarlo, ma respinse subito il pensiero. Sapeva che Truck avrebbe continuato a provare fino a quando non avesse finalmente risposto. Aveva ignorato solo poche volte le sue chiamate negli ultimi mesi... e Truck gli aveva fatto sapere senza mezzi termini che se lo avesse fatto di nuovo, si sarebbe ritrovato non solo lui, ma tutto il team alla porta. Non sapendo se credergli o no, Dane aveva deciso di essere prudente; non era escluso che lo avrebbe fatto. Sospirò, e rispose alla chiamata.

«Dane.»

«Ehi. Sono Truck.»

Alzò gli occhi al cielo. «Lo so. Che mi dici.»

«Cosa stai facendo? Sto interrompendo qualcosa?»

«Sto facendo la spesa.»

«È l'una e mezza di notte.»

«E?»

Ci fu un breve momento di silenzio prima che Truck commentasse: «Stai ancora combattendo contro quel demone, eh?»

«Va meglio.» Non aveva parlato con molte persone dei

pensieri che gli passavano per la testa. Il Delta era uno dei pochissimi a sapere che ciò che era successo in Medio Oriente lo stava ancora condizionando e di conseguenza, non si era sottratto dal parlarne. Truck lo chiamava in continuazione, l'aveva etichettata come "terapia forzata" o qualcosa del genere. Dane aveva degli amici, ma nessuno come lui. Nessuno che capisse esattamente cosa si provasse. Nessuno che gli avesse letteralmente salvato la vita.

Una volta aveva i suoi compagni di squadra, e pensava di aver perso per sempre quel tipo di amicizia. Il tempo trascorso ad Austin a riprendersi e a conoscere Truck e il suo team di operatori della Delta Force, era stato molto utile per la sua guarigione, ma non aveva fatto sparire il suo disturbo post traumatico da stress.

Stare in mezzo alla folla, avere persone intorno, era difficile. Razionalmente, sapeva che era molto improbabile che qualcuno potesse tendergli un'imboscata alle spalle. O che ci potesse essere una bomba nascosta in un parcheggio pieno di macchine. A livello emotivo invece, era una storia diversa. Poteva gestire fuochi d'artificio, spari, sangue... persino i dolori fantasma della mano che non c'era più non lo spaventavano. Ma stare in mezzo alla gente e i temporali occasionali, erano qualcosa che faceva ancora fatica a superare. Era peggiorato da quando Kassie, la donna del suo amico Hollywood, era stata rapita qualche mese prima.

Si era trasferito nell'Idaho nella speranza di trovare finalmente un po' di pace, ma la sua paranoia stava peggiorando, non migliorando. Era molto più facile fare qualsiasi tipo di commissione nel bel mezzo della notte, quando c'erano meno persone in giro.

«Non hai iniziato a bere sangue o altro, vero?» lo prese in giro Truck.

«Non ancora» rispose. «Hai chiamato per chiedermi se sono diventato un vampiro?»

«Più o meno.»

«Merda» borbottò. «Non ho bisogno di una babysitter.»

«Bene, perché sei troppo vecchio per averne una.» Truck non perdeva mai un colpo.

Un movimento alla sua sinistra attirò l'attenzione di Dane. Girò la testa e vide una delle commesse del supermercato riempire gli scaffali. Socchiuse gli occhi, irritato. Non era la prima volta che vedeva quella donna in particolare. Ogni volta che faceva la spesa sembrava lo seguisse per il negozio. Non lo guardava mai dritto in faccia, ma rimaneva in fondo a qualunque corsia si trovasse lui, fingendo di sistemare gli scaffali. Stava lavorando per cercare di superare le paranoie, ma sapeva che non si stava immaginando che lei lo seguisse.

Dane non voltò le spalle alla donna, si avvicinò con cautela allo scaffale, poi le girò intorno e si allontanò in fretta. «Senti, è successa una cosa. Devo occuparmene.»

La voce di Truck perse il tono disinvolto e ironico. «Rapporto della situazione» ordinò.

«Non perdere la testa» lo avvertì a bassa voce, sapendo che aveva bisogno di calmarlo prima che chiamasse rinforzi. Non sapeva dove si trovasse in quel momento, ma non aveva dubbi che sarebbe stato in grado di far arrivare assistenza fin nel remoto Idaho in quindici minuti o meno, se fosse stato necessario. Fu la profonda consapevolezza che Truck e la sua squadra gli avrebbero sempre coperto le spalle che lo aiutò a mantenere la calma. «C'è una tipa che mi sta seguendo.»

Per un attimo ci fu silenzio dall'altra parte della linea, poi gli chiese incredulo: «Una tipa?»

«Sì.»

«Cazzo. È fantastico.» Il suo tono si era fatto più allegro e sembrava persino eccitato. «Non spaventarla.»

«Non in quel senso. Mi sta pedinando.»

La voce di Truck era ancora animata, e non cambiò dopo

la dichiarazione di Dane. «Se è interessata, devi provarci. Interrompi l'astinenza.»

«Non mi hai sentito, coglione? Mi sta pedinando.»

«Che aspetto ha?»

Dane sospirò esasperato. Il suo amico non avrebbe lasciato perdere. «Non che importi, ma è circa trenta centimetri più bassa di me, brutta come il peccato e inquietante... dato che mi *segue* nel negozio ogni volta che sono qui.»

«Sembra proprio perfetta per te. Fidati di me, è una bella sensazione avere una donna minuta stretta a te che ti fa sentire di essere l'unica cosa a proteggerla dal resto del mondo.»

«Cazzo, amico. Mi sta *spiando*.» Dane sapeva che Truck provava qualcosa per la migliore amica della fidanzata di Ghost, ma cercare di metterlo insieme a qualcuno che lo stava pedinando era ridicolo.

«Forse, o forse no.»

«Questa conversazione è finita.»

«Chiamami domani e fammi sapere come va» gli ordinò Truck.

«Idiota» mormorò e terminò la chiamata. Per quanto gli piacesse il suo amico, a volte sapeva davvero essere un gran rompipalle.

Ripensando alle ultime settimane, Dane si rese conto di quanto spesso avesse visto la commessa del supermercato... senza veramente guardarla. Non avrebbe dovuto essere troppo sorprendente, considerando quanto poco fosse cambiata la sua routine da quando si era trasferito nella piccola città di Rathdrum, nell'Idaho. Era una piccola comunità appena fuori Coeur d'Alene. Abbastanza piccola da non fargli venire un attacco di panico quando doveva uscire a fare delle commissioni, ma non grande come la città vicina. Poteva ancora perdersi, senza la sensazione di doversi guardare alle spalle ogni secondo di ogni giorno.

Però non gli piaceva la sensazione che gli faceva formicolare la schiena in quel momento. Uno scricciolo di donna era riuscito ad attirare la sua attenzione. Era lei la ragione per cui i suoi sensi erano iperattivi? Anche se fingeva di guardare lo scaffale di fronte a lui, vide la commessa girare la testa e osservarlo da un'estremità della corsia. Aveva un'espressione seria sul viso, colma di compassione.

Fanculo. Non aveva bisogno della pietà di nessuno. Anche se arrivava da qualcuno di così anonimo come lei.

Dane non aveva mentito a Truck era piccola, almeno rispetto a lui. I suoi capelli erano castani e raccolti in una lunga coda bassa. Indossava un paio di jeans e le scarpe da ginnastica ai suoi piedi avevano visto giorni migliori. Aveva una maglietta a maniche lunghe blu scuro, e un grembiule marrone con il logo del negozio sul davanti, avvolto intorno al suo corpo e legato dietro la vita. I lacci toccavano quasi il pavimento e Dane non riusciva a intravedere qualsiasi curva potesse avere, dato che il grembiule le nascondeva.

Anche se era lontano da lei, poteva confermare che era almeno trenta centimetri più bassa rispetto al suo metro e ottantacinque.

Forse non avrebbe dovuto essere così paranoico, non era una vera minaccia per lui con quelle dimensioni, ma lo faceva sentire a disagio, e l'improvvisa consapevolezza che gli era stata intorno ogni volta che aveva fatto la spesa, gli riportò alla mente tutte le volte che in missione si era sentito osservato... e braccato.

Prendendo una decisione, strinse i denti e si voltò verso di lei, camminando veloce lungo la corsia. Avrebbe stroncato quella cosa sul nascere. Nessuno spiava Dane Munroe. Non di nuovo. Mai più.

———

Bryn Hartwell raddrizzò le scatole del preparato per pancake come se il suo lavoro dipendesse solo da quello. Nelle ultime settimane aveva imparato che se fosse sembrata indaffarata, l'uomo non l'avrebbe notata. Lo aveva visto per la prima volta circa un mese prima. Aveva iniziato da poco a lavorare al supermercato, dato che le serviva qualcosa che la tenesse occupata di notte, ed era entrato dalle porte automatiche sul davanti dell'edificio come se avesse avuto i cani dell'inferno alle calcagna.

Senza perdere tempo, girava per le corsie prendendo con la mano destra i tipici alimenti da scapolo. Teneva un cestino agganciato al gomito sinistro. Probabilmente non gli avrebbe nemmeno dato una seconda occhiata se non fosse stato per lo sguardo tormentato nei suoi occhi. Non si fermavano mai, controllavano l'area intorno a lui. Ogni volta che vedeva un altro cliente, saltava quella corsia e tornava quando era vuota. Se c'erano troppe persone nel negozio, si voltava e se ne andava, preferendo tornare quando era quasi vuoto.

C'era qualcosa in lui che l'attirava. Non conosceva la sua storia, ma non aveva dubbi che ne avesse una. Si era accorta della protesi al braccio sinistro l'ultima volta che era andato a fare la spesa, così aveva fatto due più due. Era un soldato – o un ex soldato – muscoloso, bello e tormentato. In più di un'occasione aveva lottato con il cestino e prendeva i prodotti solo con il braccio destro. Lo riempiva solamente di ciò che gli serviva per un paio di giorni, motivo per cui lo vedeva così spesso.

Bryn aveva memorizzato ciò che gli piaceva mangiare dopo solo tre volte, poi aveva trascorso i successivi due giorni a riordinare tutti i prodotti che comprava di solito in modo che fossero sugli scaffali centrali e non in alto o in basso. Aveva notato con soddisfazione che non doveva più allungarsi per raggiungere nulla, né accovacciarsi a terra.

Inoltre, non gli piaceva stare con altre persone, così Bryn

faceva del suo meglio per deviare in altre corsie, rispetto a quella in cui si trovava lui, i pochi clienti che facevano la spesa a notte fonda. Non era facile, e sapeva che gli altri pensavano che fosse pazza, ma fino a quel momento aveva funzionato. Il soldato sembrava più a suo agio quando poteva entrare e uscire dal negozio senza avere nessun altro intorno.

Lo capiva, nemmeno lei se la cavava bene con la gente. Non riusciva a relazionarsi con la maggior parte delle persone e la sensazione era ovviamente reciproca.

Aveva trascorso tutta la vita in classi speciali che avrebbero dovuto educarla e aiutarla a diventare un membro produttivo della società. Qualcuno che avrebbe fatto grandi cose... curare il cancro, trovare pianeti sconosciuti, scoprire nuove specie. Ma l'unica cosa che Bryn avrebbe voluto, era trovare un amico. Qualcuno che non l'avrebbe guardata come se fosse un esemplare al microscopio, con cui avrebbe potuto ridere, fare shopping e sedersi su un divano a guardare un film sciocco.

Ma essere in grado, a quattro anni, di moltiplicare i numeri a tre cifre mentalmente, aveva reso quell'obiettivo irraggiungibile. I suoi genitori non la capivano. I suoi insegnanti si erano sentiti a disagio vicino a lei, praticamente le consegnavano i fogli con gli esercizi dicendole quanto fosse intelligente... per poi trasferirla alla classe successiva.

Era stata valutata da uno psicologo clinico quando aveva circa otto anni, e aveva detto ai suoi genitori che dai test risultava avere un quoziente intellettivo pari a quello di un genio, con tendenze borderline di sindrome di Asperger. Per Bryn non aveva significato nulla, ma loro erano stati sconvolti dalla diagnosi. Alla fine, c'erano degli aspetti dell'Asperger che la rappresentavano al cento per cento, tipo essere l'ultima a comprendere il doppio senso di una battuta, o farsi assorbire completamente da una cosa tanto da perdere di vista tutto il resto. Ma c'erano anche molte cose che la maggior parte dei bambini con l'Asperger provavano e facevano che non si applicavano a lei, come notare piccoli suoni che altri non sentivano, essere affascinati da date o numeri.

Lo psicologo aveva detto ai suoi genitori che era estremamente intelligente, ma faceva fatica a usare il buonsenso. In sostanza, aveva spiegato che il cervello di Bryn era collegato in modo diverso rispetto alla maggior parte delle persone.

Non aveva idea se fosse vero o no, ma tendeva a perdersi spesso e talvolta si dimenticava di fare il pieno alla macchina quando il serbatoio era quasi vuoto. All'età di sedici anni, aveva già due lauree, un master in fisica, e iniziato il dottorato.

Il giorno del suo diciottesimo compleanno, aveva lasciato la casa dei genitori a Baltimora, nel Maryland, per girare il Paese vivendo in una cittadina dopo l'altra, per poi alla fine fermarsi in Idaho. I suoi le avevano detto che non avrebbe potuto vivere da sola, che le serviva un tutore, ma era stata determinata a dimostrare che avevano torto. Non voleva, né aveva bisogno, di qualcuno che le stesse addosso tutto il tempo. Magari era diversa, ma comunque perfettamente in grado di vivere da sola.

Bryn in realtà non conosceva così bene la sua famiglia, dato che aveva trascorso la maggior parte della vita in scuole speciali, lontano da loro. Era tornata a casa solo mentre stava lavorando al suo dottorato. Poi aveva lasciato il Maryland e tutti quelli che la conoscevano, per ricominciare da zero. Ma non era stato facile.

Era ancora strana.

Non si integrava nella società.

Proprio per niente.

E tutti lo sapevano.

Il più delle volte non la disturbava, ma c'erano momenti in cui desiderava tanto legare con gli altri. Mescolarsi tra loro.

Aveva la sensazione che quell'uomo straordinario provasse

la stessa cosa. Qualcosa dentro di lei voleva proteggerlo da ciò che lo metteva a disagio. Non sapeva perché, solo che sentiva il bisogno di farlo.

Era folle, davvero. Lui era alto e muscoloso. Non è che non potesse proteggersi. Aveva i capelli corti e scuri, un velo di barba, indossava stivali neri e jeans. Era primavera e faceva ancora un po' freddo, e non l'aveva mai visto con nient'altro che il giubbotto di pelle nera che indossava in quel momento. Se Bryn non lo avesse incontrato lì ma da un'altra parte, si sarebbe spaventata a morte da quanto intimidiva. Ma guardandolo mentre comprava cose come barattoli di pasta precotta o di chili, e carta igienica − preferiva i più costosi rotoli maxi, spessi e morbidi, rispetto a quelli più economici e sottili − lo vedeva più come una persona comune.

Era persa nei suoi pensieri e stava sistemando distrattamente gli sciroppi, in modo che l'etichetta delle bottiglie fosse rivolta verso l'esterno e fossero tutte sul bordo dello scaffale. Lanciò un'occhiata verso la corsia dove lo aveva visto l'ultima volta mentre era al telefono a parlare imbronciato con chiunque si trovasse dall'altra parte, e lo vide andare verso di lei con lunghe falcate. *Dritto* verso di lei. In effetti, la stava fissando, e sembrava incazzato.

Ansimò e si allontanò di un passo dallo scaffale. Non l'aveva mai guardata in faccia prima. Nemmeno una volta. Era stata contenta di essere riuscita a passare inosservata, ma ovviamente l'aveva beccata. Dannazione.

Iniziò a parlare ancor prima di raggiungerla. «Perché mi stai seguendo?»

Bryn aprì la bocca, ma non uscì nulla. Aveva visto quell'uomo solo da lontano, ma da vicino? Poteva solo stare lì a fissarlo.

Era bellissimo.

Quando si fermò proprio di fronte a lei, Bryn allungò

lentamente la mano e lo toccò sul petto con l'indice prima ancora di rendersi conto di ciò che stava facendo.

Voleva vedere se era reale. Assicurarsi che non stesse sognando.

Al suo tocco lui ansimò e con la mano destra le afferrò il dito in una presa d'acciaio. Non disse nulla, ma continuò a guardarla male.

Bryn non riuscì a fare altro che fissare i suoi occhi grigio acciaio. Il suo palmo era caldo attorno al dito e, se glielo avessero chiesto, avrebbe giurato di aver sentito quel calore diffondersi sulla propria mano, sul braccio e fino al petto. Sì. Non era un sogno.

Rimasero in quel modo per un attimo, il dito avvolto nel suo palmo, prima che lui spezzasse l'incantesimo, spingendole via la mano e facendo un passo indietro. «Ma che cazzo?»

«S-scusa» balbettò Bryn. «Io...»

«Perché mi stai seguendo?» ripeté, socchiudendo gli occhi.

Bryn allora si comportò come faceva sempre, gli disse esattamente cosa stava pensando. Non era mai stata brava a mentire, non riusciva davvero a capire perché la gente lo facesse.

«Perché ti senti a disagio con le persone. Me ne sono accorta e volevo aiutarti. Cerco di tenere gli altri lontani dalle corsie in cui ti trovi mentre fai acquisti. Sembrava si fosse rivelato utile. Sei stato più tranquillo di recente. Anche se ora non lo sembri. Ti fa male il braccio? Stasera non hai tanta roba nel cestino rispetto al solito. La tua protesi arriva fino alla spalla? Non riesco a capirlo, anche se è ovvio che è ancora relativamente nuova per te. Mi dispiace, comunque. Hai bisogno di assistenza con qualcosa? Ho spostato le cose che compri di solito negli scaffali nel mezzo, sperando che potesse aiutare.»

La stava fissando con la fronte corrugata, così lei continuò a parlare, spiegandogli, cercando di chiarire le domande così evidenti sul suo viso.

«Sono Bryn. Lavoro qui. Non dormo molto, quindi ho accettato questo lavoro circa un mese fa. Ti ho visto fare la spesa e ho capito quanto ti sentissi a disagio. Quindi ho cercato di risolvere la cosa. Dovresti davvero mangiare meglio, compri troppa pasta. Gli esperti dicono che si dovrebbero consumare la maggior parte dei carboidrati al mattino e dopo l'esercizio fisico, mentre alla sera puntare sulle proteine. Dovresti davvero aggiungere più verdure alla tua dieta. So che vanno a male più in fretta, ma vieni qui almeno tre volte alla settimana, quindi non è un problema. Potrei darti alcuni consigli se ne avessi bisogno.»

Se non altro, l'uomo sembrò ancora più confuso, quindi Bryn continuò, cercando di rassicurarlo. «Non so cosa ti sia successo, ma questo è davvero un posto sicuro. Non devi essere preoccupato di fare acquisti qui. Ti copro le spalle, quindi puoi venire anche prima se vuoi. Comincio a lavorare più o meno alle undici e torno a casa verso le tre. Per me è solo un lavoro part-time, ma...»

«Smettila di seguirmi.»

Il suo tono era basso e duro.

«Oh, ma io...»

«Dico sul serio. L'ultima cosa di cui ho bisogno è una svitata come te che mi segue dappertutto, che mi spia, commentando il cibo che compro. Non mi importa di quanto sonno hai bisogno o cosa pensi delle mie abitudini alimentari. Mi dà fastidio il fatto che mi molesti e mi stai mettendo a disagio.»

Bryn fece un passo indietro, per qualche ragione non si era aspettata l'ostilità sprigionata dall'uomo. «Non volevo... io...»

La interruppe di nuovo. «Se dovessi vederti ancora chiamerò la polizia. Ovviamente questa sarà l'ultima volta che comprerò qui, ma se ti vedo gironzolarmi intorno in qualsiasi altro luogo, farò denuncia per molestie e stalking. Capito?»

Bryn fissò gli occhi dell'uomo di fronte a lei e il suo cuore sprofondò. L'aveva fatto di nuovo. Svitata. *Era* svitata. Stramba. Psicopatica. Un caso clinico. Una nerd. Una sfigata. Una reietta. Tutti i nomi con cui l'avevano chiamata nel corso degli anni le passarono per la mente.

«Capito?» ripeté l'uomo con voce più dura.

Bryn annuì rapidamente. Si era dimenticata che fosse lì. Lo faceva sempre. Si perdeva nella sua testa. Mordendosi il labbro, lo osservò oltrepassarla lasciando molto spazio tra loro, come se la sua stranezza fosse contagiosa, e camminò all'indietro, senza voltarle le spalle finché non girò l'angolo alla fine della corsia e scomparve.

Bryn tornò a lavorare alla cieca, senza nemmeno pensare a ciò che stava facendo mentre, in automatico, le sue mani continuavano il compito con cui era affaccendata poco prima: sistemare gli scaffali.

Stava solo cercando di aiutare, e lui era sembrato quasi a suo agio ultimamente in negozio. Ma aveva rovinato tutto. Ora il poverino avrebbe dovuto guidare fino a Post Falls per fare la spesa. Era più grande di Rathdrum, ma non quanto Coeur d'Alene, e il viaggio di andata e ritorno sarebbe stato più lungo rispetto a quello per andare lì.

Era inaccettabile, ed era colpa sua, doveva risolvere la situazione.

Bryn attese che l'uomo arrivasse alla cassa. Era di turno un ragazzo di nome Willy mentre la manager del turno di notte, Monica, una donna di quarant'anni, stava chiacchierando con un altro dipendente vicino all'entrata del negozio. Bryn le si avvicinò, si tolse il grembiule e glielo porse.

«Mi licenzio» disse ad alta voce, assicurandosi che l'uomo vicino al nastro del banco cassa potesse sentirla.

«Che cosa?» chiese Monica, ovviamente confusa. «Hai iniziato solo il mese scorso.»

«E oggi me ne vado.» Bryn spostò gli occhi sull'uomo che, per la prima volta da anni, le aveva dato un briciolo di speranza per poi schiacciarla sotto i suoi grandi stivali neri. «Non tornerò.» Pregò che lui la capisse.

«Oh, ma... be'. Va bene. Non puoi lavorare il resto del turno? Abbiamo appena ricevuto una grossa consegna sul retro.»

Bryn avrebbe voluto tanto chiedere alla donna perché, se c'era stata una grossa consegna, lei era lì a chiacchierare con un dipendente, ma si morse il labbro e riuscì a malapena a trattenersi. «No. Vado via. Grazie per l'opportunità di lavorare qui, ma... devo andarmene ora.»

Non guardò più l'uomo. Aveva fatto ciò che doveva. Ora era libero di continuare a fare la spesa a Rathdrum. Lui aveva diritto di stare lì. Lei no. Non apparteneva davvero a nessun posto.

Svitata. La parola risuonò nella sua mente.

Monica le prese il grembiule dalla mano e Bryn si voltò e uscì. Attraversò il parcheggio e tirò fuori dalla tasca la chiave della sua Toyota Corolla del 1990. Non portava mai la borsa perché, per quanto fosse intelligente, dimenticava sempre dove la posava. Trattenne il respiro mentre girava la chiave, pregando che il motore si accendesse. Grazie a Dio lo fece, e si allontanò dal parcheggio per andare verso il suo piccolo appartamento, il pensiero del tono tagliente dell'uomo la straziò di nuovo.

Svitata. Lo era. Era tutto ciò che sarebbe mai stata. Avvilita, curvò le spalle e si avviò verso casa.

————

Dane consegnò la carta di credito al ragazzo, ma tenne gli

occhi sulla strana donna che se n'era appena andata. Aveva quasi pensato che lo avrebbe aspettato fuori per affrontarlo quando fosse uscito dal negozio, ma la vide attraversare il parcheggio buio fino a un catorcio di macchina bianca e partire. La sua mente turbinava di pensieri mentre la manager si avvicinava per parlare con il dipendente che, dopo aver passato la carta, stava imbustando la sua spesa.

«Non posso credere che si sia licenziata così.»

Il ragazzo si limitò a scrollare le spalle.

«Voglio dire, lavorava bene. Era un po' strana, ma sempre puntuale e non perdeva tempo, a parte quando insisteva con le persone perché non andassero in certe corsie, ecco.»

Dane origliò apertamente.

La manager colse il suo sguardo e, felice di avere l'attenzione di qualcuno, dato che l'altro la stava ignorando, continuò: «Sul serio, non è mai stata scortese al riguardo, ma diceva ai clienti che dovevano aspettare perché aveva appena lavato, o chiedeva loro cosa avevano nella lista della spesa e li portava in corsie diverse aiutandoli ad acquistare i prodotti. Davvero stramba, se vuole il mio parere. Ma non avevo idea che si sarebbe licenziata così all'improvviso. Al giorno d'oggi è impossibile trovare personale competente.»

L'adolescente si schiarì la gola mentre porgeva le borse di plastica a Dane.

«Oh, scusa. Non era riferito a te, Willy» la donna cercò di riparare.

«Buona notte» disse il ragazzo in tono annoiato.

«Grazie.» Dane strinse la mano intorno alle borse e si diresse verso la stessa porta da cui era uscita la strana donna. Si fermò appena fuori e si guardò attorno. Niente. Non c'era, la sua macchina era sparita. Si era *davvero* licenziata.

Per la prima volta, si sentì in colpa. «Cazzo» imprecò sottovoce. Si era licenziata a causa sua, e non perché aveva minacciato di chiamare la polizia. Per qualche ragione sapeva che non era per quello. L'aveva fatto così lui non avrebbe dovuto andare a fare la spesa da nessun'altra parte. Ovviamente sapeva, come lui, che quello era l'unico grande supermercato a Rathdrum. Le aveva detto che non sarebbe più tornato lì e lei se n'era andata, in modo che potesse continuare ad andare in quel negozio senza preoccuparsi della sua presenza.

Non aveva compreso esattamente cos'avesse fatto per lui fino a quando la manager non aveva parlato. Si era *davvero* preoccupata di tenere le persone lontane mentre faceva acquisti. Non l'aveva notato e se non l'avesse affrontata, probabilmente avrebbe continuato a farlo.

Bryn. Anche il suo nome era insolito.

Dane fece scattare le serrature del pick-up e mise i due sacchetti della spesa sul sedile posteriore, poi salì al posto di guida e chiuse la portiera. Si passò la mano sul viso. Era incomprensibile il motivo per cui si sentisse in colpa. Era stata *lei* a spiarlo. Lui non aveva fatto niente di male. Niente. Quindi, perché si sentiva così?

Forse era perché Bryn lo aveva *visto*. Visto davvero. Aveva notato il suo braccio protesico e le difficoltà che a volte incontrava quando doveva prendere i prodotti sugli scaffali più in alto o in basso. Ci rimuginò per un momento e si rese conto che gran parte del cibo che aveva comprato *era* stato spostato in posti più accessibili. Non sarebbe stato necessario, ma l'aveva fatto perché pensava di aiutarlo.

E non poteva negare che tenere gli altri lontani da lui aveva ridotto lo stress. Non gli era mai piaciuto dare le spalle alle persone. Il fatto che ci avesse messo quattro settimane per notarla significava che era stata brava nel suo intento.

Dane girò la chiave nell'accensione, felice che il motore si fosse acceso senza problemi; comprare un pick-up nuovo e affidabile era stata la prima cosa che aveva fatto dopo essersi trasferito in Idaho. Mentre usciva dal parcheggio e svoltava nella direzione opposta a quella di Bryn, si ricordò che lo aveva rimproverato perché mangiava troppi carboidrati... e sorrise.

Nel momento in cui le sue labbra si curvarono, si bloccò. Quand'era stata l'ultima volta che aveva sorriso? Sorriso davvero? Non riusciva a ricordarlo. Cazzo.

CAPITOLO DUE

BRYN CERCÒ di concentrarsi sul cruciverba davanti a lei, stava provando a usarlo come distrazione. Qualcosa la disturbava. Era proprio lì in un angolo del suo cervello, ma non riusciva a capire cosa fosse. Pensava che forse, se avesse fatto le sue amate parole crociate, lo avrebbe capito come per magia.

Quella distrazione non stava funzionando molto bene, perché lo schema non era particolarmente difficile. Tutti sapevano che l'argento era argentum e che quando la definizione era "fatto in modo noncurante", la risposta era "superficiale".

Pensò alla sua vita e si chiese cosa diavolo stesse facendo. Aveva ventisette anni e avrebbe potuto lavorare per qualsiasi compagnia o società desiderasse, ma invece si trovava in un posto sperduto dell'Idaho e lavorava in una biblioteca a sistemare libri. Bryn non era presuntuosa, si atteneva solo ai fatti. Era intelligente, al di sopra della media. Lo era stata per tutta la vita, ma aveva scoperto che si annoiava a lavorare con alcune delle menti più eccelse. Lei voleva vivere. Voleva uscire e conoscere il mondo, non sedersi dietro a un microscopio o un computer e discutere con altri geni all'infinito.

Era davvero vivere quello? Forse, o forse no.

Così, teneva la mente occupata con le parole crociate che amava.

Di tanto in tanto chiamava uno degli scienziati con cui aveva lavorato per vedere su che progetto fosse e per scambiare qualche idea. Inoltre, aveva scaricato le più recenti tesi di laurea da Yale e Harvard, così per divertimento.

Sì, in quel modo teneva la mente occupata, però era sola.

Il problema era che Bryn sapeva di non cavarsela bene con le persone. Tendeva a dire quello che pensava, a prescindere se fosse appropriato o no, e conosceva troppi fatti inutili, che blaterava ogni volta che qualcuno li accennava.

Passare da una piccola città all'altra all'inizio era stato divertente, vedere il mondo e tutto il resto, ma ogni trasferimento sottolineava una volta di più quanto non riuscisse ad inserirsi con tutti quelli che la circondavano.

Sospirò e posò il mento sulla mano. *Forse dovrei trasferirmi a Seattle o Los Angeles. In qualche posto grande. Devono esserci dei solitari come me in una grande città. Forse non mi distinguerei così tanto se ci fossero molte più persone in giro.*

Respinse subito il pensiero. Non le piacevano le città. Troppe persone, troppi edifici e troppi criminali pericolosi in cerca del loro bersaglio successivo. E sapeva di essere un bersaglio estremamente facile. Giudicava le persone dall'apparenza e aveva difficoltà a capire quando qualcuno le stava mentendo.

E inoltre, odiava che in città ci fossero tanti senzatetto. Erano la sua debolezza. Non le sembrava giusto avere un posto caldo e sicuro dove vivere quando c'erano uomini, donne, bambini e animali che dovevano dormire per strada. Dava sempre loro dei soldi. Ogni volta. Quando aveva vissuto a Chicago, aveva iniziato a pensare che stessero spettegolando su di lei, passandosi parola su quanto avesse il cuore tenero, perché ogni giorno sembrava che ci fossero sempre più senzatetto sul percorso che faceva per andare e tornare dal supermercato dove lavorava.

Alla fine, la cosa era diventata così ridicola che aveva cominciato a prendere l'autobus per fare i quattro isolati necessari per arrivare al lavoro, così non ne avrebbe più visti tanti e dato via troppi soldi come era solita fare.

Bryn desiderò, non per la prima volta, di avere un fratello o una sorella con cui parlare. Che la sostenessero. Ma non aveva nessuno. Si scrollò di dosso quei pensieri deprimenti. Era inutile desiderare qualcosa che non sarebbe mai stata possibile.

Sbattendo le palpebre, guardò l'orologio. L'una e quarantacinque di notte.

I suoi pensieri andarono all'uomo che aveva cercato di aiutare al supermercato. A come sembrasse che non avrebbe permesso a nessuno di sopraffarlo, a quanto fosse alto e forte, e si chiese se avesse qualcuno che si prendeva cura di lui. Probabilmente no, dato che aveva reagito come se lo avesse pugnalato al petto quando *lei* lo aveva fatto. Ricordare quando l'aveva affrontata in merito alla sua assistenza la settimana prima, le fece pensare che in quel momento probabilmente stesse facendo la spesa. Temeva che la gente lo avrebbe disturbato. Che avrebbe avuto quello sguardo da animale in trappola, come prima che lei iniziasse a fare quelle cose per lui.

Bryn chiuse gli occhi e si fece un discorsetto.

Non ha apprezzato niente di ciò che hai fatto per lui, stupida. È un uomo adulto e può affrontare i suoi problemi da solo. Sei stramba. Lo sai tu, lo sa lui, e non vuole rivederti. Ha detto che avrebbe chiamato la polizia. Ricordi?

Spalancò gli occhi quando finalmente si rese conto di cosa la disturbasse. Il temporale.

Quella sera, c'era stato un forte temporale primaverile. Di solito non le dava fastidio, ma quel giorno era irrequieta e aveva sussultato a ogni tuono e lampo che aveva illuminato il suo piccolo appartamento.

E se il tuono gli avesse ricordato la guerra? E se avesse avuto un flashback e ora stesse peggio di prima?

Non aveva idea di dove abitasse, ma all'improvviso ebbe un forte bisogno di vederlo. Per assicurarsi che stesse bene.

Prima ancora di pensare a ciò che stava facendo, era già in movimento.

Pur sapendo che si sarebbe incazzato se l'avesse vista, Bryn non rallentò. Ignorando la voce in un angolo della sua mente che le diceva che se lui avesse avuto problemi a gestire un temporale, non avrebbe fatto la spesa ma sarebbe stato rinchiuso ovunque vivesse cercando di smorzare il rumore dei tuoni, chiuse piano la porta dietro di lei, attenta a non svegliare il vecchio malvagio che viveva nell'appartamento dall'altra parte del corridoio.

L'aria odorava di pini e foglie bagnate... un profumo che di solito le dava serenità, ma quella notte se ne accorse a malapena mentre saliva sulla sua piccola macchina. L'aveva comprata usata per una miseria un paio d'anni prima, ma la Corolla stava per lasciarla. Le ci vollero tre tentativi, ma alla fine si accese. Controllò l'indicatore della benzina... un quarto di serbatoio. Bene. A volte si dimenticava di fare il pieno, ma per fortuna quella sera era a posto.

Mentre guidava verso il supermercato, discusse con se stessa.

Non ho intenzione di entrare. Vedrò solo se il suo pick-up è nel parcheggio. Se c'è, torno a casa.

Non vorrà vederti.

Lo so, è per questo che non saprà mai che sono lì.

E se non ci fosse?

Guiderò un po' lì intorno per vedere se riesco a trovare il suo pick-up.

No, non sono per niente una stalker.

Bryn arricciò il naso e sospirò. Era diventata brava a chiacchierare da sola, soprattutto perché non aveva davvero altre persone con cui farlo. Sapeva di non essere razionale, ma qualcosa non le aveva permesso di restare a casa e lasciar perdere.

Entrando nel parcheggio del supermercato, vide subito che non c'era. Tra i pochi veicoli presenti nemmeno uno era un pick-up. Tenendo la macchina in moto, per non correre il rischio che non si riaccendesse, picchiettò pensierosa le dita sul volante. Una volta presa la decisione uscì dal parcheggio e svoltò a sinistra.

La notte era tranquilla. Non c'erano molte macchine per strada e Bryn scrutò intorno per cercare qualche segno del veicolo dell'uomo. Alla fine lo vide, dalla parte opposta della città rispetto a dove viveva lei. Sapeva che era il suo, nuovo di zecca, verde scuro con un adesivo dell'esercito sul vetro posteriore. Quasi non riuscì a credere di essere stata così fortunata. Si fermò in mezzo alla ghiaia di fronte a un bar fatiscente chiamato *Smokey's*, parcheggiando il più lontano possibile dal pick-up per far sì che non la individuasse.

Rathdrum era piccola, ma erano le due del mattino e quello non era il posto migliore della città. Stava per andarsene, soddisfatta che non fosse rintanato ovunque vivesse in preda ai flashback, ma proprio in quel momento la porta si aprì e uscì un uomo con il braccio intorno al corpo di una donna. Indossava jeans scuri e una maglietta coperta da un gilè di pelle. Aveva una lunga barba, che sembrava aver bisogno di un taglio, e i capelli erano unti e gli ricadevano intorno al viso. La donna aveva delle scarpe col tacco alto, una gonna di pelle nera che le copriva a malapena le parti intime e una canottiera bianca con una scollatura così profonda, che poteva quasi vedere i capezzoli fuoriuscire.

Il clima stava perdendo il freddo invernale, ma non faceva ancora abbastanza caldo da indossare quel tipo di vestiti. Il tizio aveva un braccio intorno alla sua vita e, mentre li guardava, girò la donna attirandola al proprio petto e abbassò la testa. Invece di baciarla, oltrepassò le labbra e seppellì il viso nella sua ampia scollatura.

La donna strillò ridacchiando e infilò le dita di una mano tra i suoi capelli, e Bryn osservò scioccata mentre metteva l'altra sul pacco dell'uomo.

Arrossì e distolse lo sguardo dalla coppia e dai loro palpeggiamenti. Aveva già fatto sesso, ma non era stato così. Nemmeno lontanamente. Le tre volte in cui era stata a letto con un uomo, si era trattato di un atto distaccato e non era riuscita a spegnere il cervello, ponendo come al solito troppe domande su ciò che lui stava facendo e che voleva che lei facesse. Ad ogni incontro, non appena l'uomo aveva raggiunto l'orgasmo, era uscito da lei ringraziandola e andandosene, lasciandola confusa sul motivo per cui le donne volessero fare sesso.

Ma vedendo la passione tra i due, lì fuori dalla porta, Bryn suppose che ci dovesse essere qualcosa di più. Si arrischiò a dare un'altra occhiata e vide che l'uomo era su una motocicletta e la donna seduta dietro. Le aveva dato la sua giacca di pelle, e lei gli stava appiccicata alla schiena con le braccia intorno al corpo, accarezzandogli la pancia, le cosce e l'inguine. La vide persino strusciarsi contro di lui mentre uscivano dal parcheggio e andavano verso la città.

Deglutendo a fatica, decise che avrebbe dato una rapida occhiata all'interno dello squallido bar, per assicurarsi che l'uomo che era venuta a cercare stesse bene. Se quello era un locale per motociclisti, doveva sentirsi un pesce fuor d'acqua. Non che fosse il *suo* tipo di ambiente – nessun bar lo era – ma c'era qualcosa che non le permetteva di andarsene.

Probabilmente era insieme a una donna e anche se il pensiero le faceva male, non la scoraggiò. Quell'uomo l'aveva colpita dal momento in cui l'aveva visto per la prima volta, e voleva – no, aveva bisogno – di assicurarsi che il temporale non avesse influito negativamente sulle sue emozioni.

Bryn mise in tasca le chiavi e andò verso la porta. Lanciando un'occhiata all'insegna luminosa, vide la scritta completa: *Smokey's Bar*. Dalla strada, al buio, l'ultima parola non era visibile per via delle lampadine bruciate. Aprì la porta ed entrò.

La prima cosa che notò fu che era quasi deserto. Anche se c'erano diverse macchine nel parcheggio, le uniche persone all'interno erano un barista, due cameriere che raccoglievano bottiglie vuote e spazzavano il pavimento e l'uomo che aveva deciso di trovare.

Era su uno sgabello a un'estremità del bancone, dava le spalle al muro ed era accasciato contro il braccio. Bryn tossì per l'odore pungente di fumo di sigaretta e birra che impregnava l'aria in quel posto dimenticato da Dio.

«Siamo chiusi» sbraitò il barista.

Lei annuì e fece un passo indietro verso la porta. L'uomo era lì e ovviamente stava bene. Doveva andarsene prima che la notasse e chiamasse la polizia come aveva minacciato.

Come se le parole del barista lo avessero svegliato, sollevò la testa, lo guardò e disse: «Un'altra.»

«No. L'ultimo giro è stato trenta minuti fa e sei completamente ubriaco. È ora che te ne vada.»

«Ho bisogno di un'altra birra» insistette.

«Ho detto di no» ripeté il barista. «Guardati intorno, amico. Sei rimasto solo tu. Il bar è chiuso. È ora di pagare il conto e andare via.»

«Fanculo» imprecò mentre con la mano destra cercava di prendere il portafoglio... che era nella tasca sinistra. Era un'impresa che non riuscivano a fare molti uomini nemmeno da sobri, e il fatto che fosse completamente ubriaco rendeva il lavoro ancora più difficile.

I piedi di Bryn si mossero prima che il suo cervello

potesse dire loro di fermarsi. Andò al suo fianco, gli scacciò via la mano dal sedere, infilò la sua nella tasca e recuperò il portafoglio. Lo porse al barista – poi si bloccò, rendendosi conto di ciò che aveva fatto.

Aspettandosi che l'uomo la guardasse e facesse ciò che aveva minacciato se l'avesse vista di nuovo, fu sorpresa quando lo sentì sfiorarle i capelli sulla spalla, appoggiarsi a lei e fare un respiro profondo.

«Cazzo, hai un buon profumo» disse strascicando le parole. Le prese una ciocca di capelli e se la portò sul viso, inspirando di nuovo profondamente. «Cocco...noce di cocco... cazzo. Spiaggia. Sai di spiaggia.»

Bryn guardò il barista che stava tendendo la mano, con gli occhi spalancati. «Grazie, cazzo, per essere venuta per riportarlo a casa. Siamo già in ritardo di quindici minuti rispetto all'orario di chiusura e pensavo che non sarei riuscito a far arrivare un fottuto taxi qui per prenderlo. Dammi la sua carta così chiudiamo il conto e poi portalo fuori dal mio bar.»

«È ubriaco» gli disse Bryn.

«Ma davvero, Sherlock» rispose lui in tono duro, voltandosi dopo che lei gli consegnò una carta di credito presa dal portafoglio dell'uomo.

«Sono ancora cosciente» mormorò «quindi non sono abbastanza ubriaco.»

«Ecco, firma.» il barista gli spinse in faccia uno scontrino e l'uomo ubriaco lo guardò sbattendo le palpebre, chiaramente confuso.

Bryn prese il foglio e la penna dal tizio irritato e lo appiattì sul bancone. Diede un'occhiata alla carta di credito che era stata appoggiata vicino allo scontrino. Dane Munroe. Le piaceva il suo nome. Era forte. Come lui.

«Dane? Devi firmare questo. Qui.» Lei prese la mano destra nella sua e gli mise la penna tra le dita. «Prendi questa e firma qui.» Appoggiò la punta sopra la linea tratteggiata e attese.

«Sono mancino» disse con tristezza, fissando con uno sguardo vuoto la mano che teneva la penna.

«Riesci a firmare con la protesi?» gli chiese Bryn, rendendosi conto di non sapere quasi nulla di come funzionasse, e giurando di cercarlo online nel momento in cui sarebbe tornata a casa, per imparare tutto il possibile sulle protesi del braccio e della mano.

Alla sua domanda, Dane lasciò cadere la penna e si raddrizzò sullo sgabello. Sollevò il braccio sinistro che era rimasto appoggiato sulle sue gambe e tirò su la manica lunga della maglietta, mostrando un moncone appena sotto il gomito dove un tempo c'era stato l'altra parte di braccio. Non indossava la protesi. Le rivolse un ghigno, aspettandosi ovviamente che fosse scioccata o disgustata.

«Ok, allora, direi che è un no. Bene, dovrai firmare con la mano destra. Forza.» Bryn alzò lo sguardo, aspettando con pazienza.

«Non hai nemmeno battuto ciglio. Ne hai viste molte, Smalls?»

«Smalls?»

Lui sorrise. «Sì.»

«Cosa sarebbe?»

«Tu.»

«Io?» chiese confusa.

«Mm-mm» Dane annuì energicamente, con troppo entusiasmo, e Bryn dovette circondargli la vita con un braccio per impedirgli di cadere dallo sgabello. «Sei bassa. Piccola. Minuta. Minuscola. Carina. Quindi, Smalls.»

«L'altezza media di una donna americana è di circa un metro e sessantadue. Sono sotto solo di pochi centimetri. Non sono *proprio* piccola» protestò Bryn.

«Sì, lo sei» intervenne il barista. «Ora, puoi fargli firmare quel maledetto scontrino così puoi portarlo fuori di qui?»

«Posso firmare» sospirò Dane. «Dammi la penna.»

«È proprio di fronte a te» gli disse Bryn.

«Oh, già.» Detto questo, afferrò la penna che aveva lasciato cadere prima, si chinò sul foglio, tenendolo fermo con il moncone e firmò faticosamente con la mano destra. Ne uscì uno scarabocchio infantile. Non stava scherzando, era di sicuro mancino. Quando finì sollevò gli occhi su Bryn. «Non riesco a vedere come aggiungere la mancia. E comunque non posso scrivere qualcosa di leggibile con la mano destra. Puoi farlo tu?»

Sapeva che era ubriaco e che non aveva idea di chi fosse, altrimenti non sarebbe stato così gentile con lei, ma era contenta che si fidasse abbastanza da lasciarle aggiungere la mancia sul suo conto. Avrebbe potuto essere in combutta con il barista e scrivere un importo esorbitante e lo avrebbe scoperto troppo tardi. Memorizzando la sensazione che provò nel petto, il piacere che Dane si fidasse di lei, annuì e prese la penna, aggiungendo una mancia del venti percento pensando che il barista se lo meritasse, poi fece scivolare lo scontrino verso l'uomo impaziente.

Lui diede un'occhiata all'importo e annuì in segno di ringraziamento; era probabile che avesse pensato che sarebbe stato fregato dall'uomo estremamente ubriaco e dalla donna sconosciuta che era venuta a prenderlo.

«Hai bisogno di aiuto per portarlo in macchina?»

Bryn prese la carta di credito di Dane e la ripose nel portafoglio. Diede un'occhiata all'indirizzo indicato sulla sua patente di guida, sollevata di vedere che non era troppo lontano e di conoscere il nome della via. Non era a Rathdrum, ma comunque a pochi chilometri di distanza. Chiuse il portafoglio e lo rimise nella tasca posteriore dei jeans di Dane.

«Attenta, Smalls, potrei pensare che tu ci stia provando con me.»

Ignorandolo per il momento, si voltò per rispondere al barista. «Sì, grazie.»

«Dammi cinque minuti.»

Bryn annuì e guardò di nuovo Dane tendendo la mano. «Chiavi.»

Lui socchiuse gli occhi. «Ti conosco?»

Il suo cuore accelerò i battiti. Dio, non poteva riconoscerla ora. Non sarebbe mai arrivato a casa. Così scosse la testa e mentì. «No.»

«Hai un viso familiare, Smalls.»

Sorrise sentendolo usare ancora il soprannome con cui l'aveva battezzata.

«Non mi conosci.» In effetti non era una bugia. L'aveva vista, ma non la *conosceva*. Nessuno la conosceva davvero.

Dane sollevò una mano per afferrarle un'altra ciocca di capelli e portarsela al naso, e inspirò di nuovo. «Dio. Hai un profumo così buono.»

«È lo shampoo. E odio doverlo dire, ma qualsiasi cosa avrebbe un odore migliore di questa topaia.»

Gli occhi di Dane brillarono mentre la guardava. Le loro teste erano vicine, anche se lui era seduto e lei in piedi. «Parole più vere non sono mai state dette.»

«Sei pronto per tornare a casa?» sussurrò Bryn, sentendosi destabilizzata dalla tenerezza nei suoi occhi grigi. L'ultima volta che li aveva visti, sembrava la volessero fulminare. Preferiva di gran lunga lo sguardo attuale rispetto a quello pieno d'odio che le aveva rivolto al supermercato.

«Sì, andiamo a casa.» La sua voce era bassa e seducente.

Bryn rabbrividì. «Le chiavi» ripeté sempre sussurrando.

«Sono in tasca, Smalls. Quella *davanti*.» Sorrise spudoratamente e si appoggiò allo schienale dello sgabello.

Bryn abbassò lo sguardo e ansimò. Il rigonfiamento nei suoi jeans era enorme. Riportò di scatto gli occhi su di lui.

«Ti piace quello che vedi, Smalls?»

Raddrizzando le spalle, lo stuzzicò: «Wow, devi avere un portachiavi bello grande lì, soldato.»

Lui rise. Il suono risuonò nella stanza ormai vuota. Spostandosi sullo sgabello, mise la mano in tasca e tirò fuori il portachiavi. «Mi stai uccidendo, Smalls. Mi stai uccidendo.»

Glielo porse, aveva due chiavi... una ovviamente per il nuovo pick-up luccicante che si trovava nel parcheggio, e l'altra sembrava della serratura di una porta. «Quello che hai visto è tutta roba mia. E quando torneremo a casa, te lo mostrerò da vicino.»

Bryn prese le chiavi e arrossì al calore che emanavano; il calore del suo corpo, del suo pene.

«Andiamo. Ho delle cose da fare.» La voce dura del barista interruppe quella sorta di flirtare che avevano iniziato, riportandola bruscamente sulla terra. Non era possibile che Dane stesse flirtando con *lei*, lo faceva solo perché era ubriaco marcio – non riusciva nemmeno a vedere in modo chiaro – e perché lei era una donna. Gli uomini non flirtavano con *lei*. Mai.

«Grazie. È il grosso pick-up verde nel parcheggio.»

Il barista annuì e tirò in piedi Dane, mettendogli un braccio attorno alla vita quando barcollò. Si trascinarono verso l'uscita e Bryn si affrettò ad aprire la porta. Uscirono nella fresca aria notturna e andarono verso il pick-up. Il barista lo tenne per un braccio mentre Dane quasi strisciò dentro l'abitacolo, poi sbatté con impazienza la portiera e tornò di buon passo verso il bar, senza dire una parola.

«Grazie» gridò Bryn.

L'altro agitò la mano ma non si voltò né rallentò l'andatura.

Non aspettò di vederlo scomparire dietro la porta di

legno, ma girò intorno all'auto per andare dalla parte del conducente. Guardò la sua macchina dall'altra parte del parcheggio e scrollò le spalle. Sarebbe tornata a prenderla a piedi non appena avesse sistemato Dane, ma andava bene così. Prima di tutto si sarebbe assicurata che lui arrivasse a casa sano e salvo e poi sarebbe tornata. Non era un gran problema.

Salendo sul sedile, grugnì con disappunto. I suoi piedi non si avvicinavano minimamente ai pedali e riusciva a malapena a vedere oltre il cruscotto.

Dane scoppiò a ridere, tenendosi i fianchi e piegandosi in due.

Lo guardò con le braccia incrociate, aspettando che tornasse a respirare in modo normale.

«Ti avevo detto che eri piccola.»

Avrebbe voluto incazzarsi, ma non aveva mai visto niente di più eccitante in tutta la sua vita di Dane Munroe che rideva come se non avesse un problema al mondo. In un certo senso, sapeva che non era una cosa normale. Non per lui. «Hai finito?» gli chiese, cercando di sembrare dura, ma sapendo di aver fallito.

«Sì.» Ma ridacchiò di nuovo. «Va bene, no. Sul serio, non so se sarai in grado di guidare Miss May.»

«Miss May?»

«Il mio pick-up.»

Bryn alzò gli occhi al cielo. Non aveva idea del motivo per cui gli uomini dessero un nome alle loro auto. Non era logico. Portò la mano sul lato del sedile e sorrise quando trovò la manopola che lo avrebbe spostato in avanti, poi lo abbassò un poco per avvicinare i piedi ai pedali e sospirò sollevata quando li raggiunse comodamente. Guardandosi intorno, vide un giubbotto sul sedile posteriore.

«Posso usare il tuo giubbotto?»

«Hai freddo, Smalls? Posso scaldarti io.»

Bryn rabbrividì. La sua voce seducente si insinuò nel profondo dentro di lei e si raggomitolò attorno al suo cuore. Non ricordava che qualcuno le avesse mai parlato in quel modo. Mai una volta. Senza distogliere lo sguardo, disse a bassa voce: «Devo metterlo dietro la schiena.»

«Posso sostenerti io.» Allungò il braccio ma si fermò di colpo guardando accigliato il moncone. «Fanculo. Me l'ero dimenticato. Sì, puoi usare il mio giubbotto» concluse, e si rimise a sedere con le braccia incrociate sull'ampio petto.

Odiando veder svanire il suo buon umore, Bryn si allungò verso il sedile posteriore per prenderlo e disse ciò che stava pensando, come al solito. «Grazie. Questo farà una buona parte del lavoro, ma se riuscissi a sostenermi la schiena anche tu, aiuterebbe di più. Puoi spostarti al centro se pensi di non arrivarci, ma non è un problema se *non* ce la fai.»

Dane la guardò con gli occhi vacui e sollevò il moncone. «Ho solo mezzo braccio.»

«Quindi?»

«Quindi?» Sembrava confuso.

«Sì, quindi?» Gli afferrò il bicipite e lo strinse. «Mi sembri abbastanza forte da sostenermi. Hai detto che ero piccola. Quindi, qual è il problema?»

Dane socchiuse gli occhi. «Non ti disturba?»

«No.» Non fece finta di non sapere di cosa stesse parlando. «E non dovrebbe disturbare nemmeno te. Sei bellissimo, forte e muscoloso, e anche se sei ubriaco fradicio, ti comporti da gentiluomo. Non mi importa se mi tocchi con il moncone. Non è contagioso o altro. E inoltre, vorrei riuscire a portarti a casa tutto intero, e se mi aiutassi sostenendomi la schiena mentre guido Miss May, lo apprezzerei.»

Continuava a sembrare confuso e Bryn provò quasi dispiacere per lui. Quasi.

«Sono mancino.»

«Bene. Allora significa che quello è il braccio più forte.»

«Sì.»

«Sì. Va bene allora, avvio il pick-up.»

«Sai guidare con il cambio manuale?»

Bryn rise. «Questo è proprio un bel momento per chiedermelo. Sì, so guidare con il cambio manuale, ma non avrei mai pensato che lo avresti scelto. Suppongo che dal momento che hai ancora il gomito, sia abbastanza facile sterzare mentre cambi con la mano destra. Ora, allacciati la cintura.» Si voltò per infilare la giacca dietro di sé e si raddrizzò. Avrebbe potuto usare qualcosa su cui sedersi per riuscire a vedere oltre l'enorme cofano del veicolo, ma non doveva fare troppa strada. Inoltre, se si fosse seduta sul giubbotto, i suoi piedi non avrebbero raggiunto i pedali. Si sarebbe accontentata.

Bryn mise la retromarcia, si guardò alle spalle per assicurarsi che non ci fosse nessuno, e sussultò quando il braccio di Dane le toccò la parte superiore della schiena. Gli lanciò un'occhiata. Si era spostato sul sedile centrale così ora il cambio era in mezzo alle sue gambe.

Deglutì a fatica. Lui non stava sorridendo, quegli occhi grigi, penetranti e seri erano fissi sul suo viso. «Potrà anche mancarmi la mano, ma non sono meno uomo, e i veri uomini guidano con il cambio manuale.» Fece una pausa, poi continuò: «Sei sicura che non ci siamo mai incontrati? Mi sembra di ricordarmi di te.»

«Sono sicura.» Spostò la mano e gli afferrò il ginocchio, poi arrossì e la mise sulla leva del cambio, che era ciò a cui aveva mirato. «Scusa. Stavo cercando di cambiare marcia.»

Abbassarono entrambi lo sguardo e, in quel momento, il Dane ubriaco e allusivo tornò. «Devo dire, Smalls, che ho desiderato la tua mano tra le mie gambe da quando sei entrata nel bar... ma questo non è esattamente ciò che avevo in mente.»

Bryn mise in prima e riportò la mano sul volante. «Tieniti forte, Dane. Sarai a casa in un attimo.»

Non disse nulla, ma lei sapeva che non si era addormentato. Sentì il suo bicipite dietro la schiena e il moncone premuto contro il fianco sinistro. Se lo avesse spostato solo di un paio di centimetri, le avrebbe toccato il seno. Quando svoltava o cambiava marcia, le premeva il braccio contro, sostenendola e aiutandola a rimanere dritta. Il calore della sua pelle, anche attraverso la camicia, penetrava nel suo essere. Non avendo avuto molti contatti fisici in passato, Bryn cercò di memorizzare quel momento mentre lo accompagnava a casa.

Era sicura che Dane non avrebbe ricordato nulla di quella notte, ma sapeva che era un'esperienza che lei non avrebbe mai e poi mai dimenticato. Neanche se avesse vissuto fino a cent'anni. Come avrebbe potuto dimenticare il momento in cui era stata trattata come una donna normale e desiderabile, per la prima volta in assoluto?

CAPITOLO TRE

Grazie al cielo, Dane era ancora cosciente quando arrivarono a casa sua, così premette l'apriporta e lei entrò nel suo spazioso garage. Al buio non era riuscita a vedere molto bene la sua abitazione, ma a giudicare dal lungo vialetto era circondata da un paio di acri di terra, e sembrava essere una casa su un piano.

Bryn saltò giù dal pick-up e andò sul lato del passeggero. Dane praticamente cadde fuori dall'abitacolo e rise in modo maniacale mentre entravano in casa barcollando.

«Dov'è la tua camera?»

«In fondo al corridoio. Prima porta a sinistra. Non vedo l'ora di vedere le tue tette.»

Lo lasciò quasi cadere a quelle parole, ma riuscì a trascinarlo nella giusta direzione. Lo aiutò a salire sul letto e fece una smorfia quando cadde di faccia.

«Spingiti sopra il materasso, Dane» lo implorò, sapendo che non sarebbe stata in grado di sollevarlo se si fosse addormentato in quella posizione, con le gambe che penzolavano dal letto.

Ci volle un po' di lavoro, ma alla fine riuscì a farlo rotolare e sdraiare sulla schiena più o meno in modo decente.

«Vieni anche tu?»

«Non credo proprio. Starai bene?»

Dane fece il broncio. «Non ho nemmeno dato una sbirciatina alle tue tette. Sarebbe giusto. No?»

«Non capisco cos'abbia a che fare guardare il mio seno, con il fatto che ti abbia aiutato a tornare a casa per essere sicura che non guidassi ubriaco e non uccidessi te o qualcun altro.»

Dane sembrò sbalordito per un momento, poi rise di nuovo, a crepapelle e gettando la testa all'indietro, come se avesse detto la cosa più divertente mai sentita. Quando finalmente riprese il controllo, portò la mano sul bottone dei jeans e armeggiò, tentando di slacciarlo.

Dopo averlo visto lottare per un po', gli ordinò: «Via. Faccio io.» Non era felice che faticasse così tanto per slacciarsi il bottone con una sola mano. Era un'altra cosa a cui non aveva mai pensato, ma vederlo in prima persona la rese improvvisamente più consapevole di quanto fosse dura per Dane svolgere i semplici compiti quotidiani.

Gli slacciò rapidamente il bottone e abbassò la cerniera. «Ecco. Riesci a toglierli da solo?»

«No» ribatté subito. «Ho bisogno del tuo aiuto, Smalls.»

Prendendolo in parola, andò ai suoi piedi, gli tolse gli stivali e i calzini, poi ordinò: «Solleva il sedere che li tiro giù.»

«No dai... non era ciò che intendevo.»

«Alzalo, Dane.»

Sollevò il sedere dal letto e lei gli tirò via i jeans lasciandoli cadere sul pavimento. «Fatto. Ora la maglietta.»

Si limitò a fissarla. Tutto l'umorismo era sparito dal suo viso.

«Dane?»

«Non mi tolgo la maglietta per dormire.»

«Che cosa? Perché no? È un dato scientifico che gli uomini dormono meglio nudi, supportato da una tesi di Milton Grumball che si è laureato Magna Cum Laude ad Harvard nel 1984.»

Lui sbatté le palpebre, poi l'angolo destro della sua bocca si contrasse. «Era una battuta o un dato di fatto?»

Lei fece un breve sorriso, ma disse: «È un dato di fatto. Alza le braccia.» Il suo tono era concreto, e si avvicinò alla testiera del letto aspettando che lui eseguisse il comando.

Per la prima volta nella sua vita Bryn si sentì alta, mentre incombeva su Dane sopra il letto. Lo guardò negli occhi e vi vide esitazione e incertezza. «Che c'è? Qual è il problema?»

«Non voglio che tu mi veda.»

«Però tu volevi vedere *me*.»

Una scintilla di interesse balenò nei suoi occhi, scacciando l'insicurezza rimasta. «Vero. Che ne dici di un accordo?»

Bryn ci pensò su per un momento prima di chiarire: «Ti toglierai la maglietta se ti mostrerò il seno?»

«Sì.»

«Ok. Prima tu. Alza le braccia» ripeté.

Dane le sollevò come in trance, senza distogliere gli occhi dal suo viso. Bryn si sentì arrossire, ma lo aiutò a sfilarla.

Vide per la prima volta il suo braccio sinistro. In realtà sembrava molto meno... danneggiato... di quanto si fosse aspettata. Lo aveva solo intravisto al bar, e non era sicura di come sarebbe stato, ma sembrava proprio che finisse a metà strada tra il gomito e dove avrebbe dovuto essere la mano. La pelle sopra il moncone era guarita e, a parte qualche cicatrice rosa in rilievo, era liscia. Non aveva idea di cosa gli fosse successo, ma pensò che probabilmente era stato fortunato a non aver perso il braccio in un punto più alto. Se non avesse avuto il gomito, la gamma di attività che avrebbe potuto svolgere sarebbe stata più limitata, secondo la sua modesta opinione.

Mille pensieri di come si adattasse e funzionasse una protesi, le turbinarono nella mente. Inclinando la testa, si chiese che sensazione desse il moncone, quanto sensibile fosse, se lui avesse sperimentato i dolori fantasma... e un milione di altre cose.

Bryn gli toccò il braccio senza pensarci.

Dane lo allontanò di scatto. «Non farlo.»

«Voglio toccarlo» insistette, il suo desiderio di conoscenza prevaleva sulle regole sociali non scritte, che dicevano di non toccare la pancia di una donna incinta o le cicatrici di chiunque.

«Perché?»

«È straordinario. Ne sono affascinata.»

«È ri...ripu... orribile» disse Dane.

«*Non* è vero» esclamò in tono duro. «Non dire così. È un miracolo. Non riesco a immaginare cosa ti sia successo, ma sono impressionata dai dottori che ti hanno operato. Hanno fatto un ottimo lavoro.»

Come se le sue parole lo avessero ipnotizzato, Dane non si allontanò quando lo toccò una seconda volta.

Bryn si sedette sul materasso vicino al suo fianco e passando una mano sul moncone sussurrò: «È liscio. Fa male?»

«Non proprio. Non più» mormorò.

Esaminò il suo braccio, persa nelle immagini e nei fatti scientifici nella sua mente. Ad un certo punto addirittura si chinò per strofinare la guancia sulla pelle, stupita da quanto fosse morbida. Non era sicura di quanto tempo fosse stata lì ad accarezzare ed esaminare il suo moncone, finché Dane alla fine disse, strascicando le parole: «È il tuo turno, Smalls. Ti ho mostrato il mio... mostrami le tue.»

Alzò lo sguardo e i suoi occhi grigi la penetrarono fin dentro l'anima. Non riuscì a decifrare la sua espressione, ma un accordo era un accordo e lo avrebbe mantenuto.

Afferrando l'orlo della maglietta, se la tirò su fino al

mento senza esitazione, mostrandogli il semplice reggiseno di cotone bianco che aveva indossato ore prima.

Lui non disse una parola, portò invece la mano destra sul suo seno e fece scorrere l'indice lungo il bordo della coppa, senza toccarle la pelle ma provocandole comunque dei brividi sulle braccia.

Quando continuò a far scorrere il dito su e giù sul bordo del reggiseno, rendendola più che nervosa, Bryn gli disse: «Non sono grandi. Sono solo coppa B. Il quarantaquattro percento delle donne americane ha queste dimensioni, e meno dell'un percento è più grande di una D. Gli uomini sembrano pensare che ogni donna dovrebbe avere un seno enorme, ma in realtà non abbiamo scelta in merito, dipende tutto dalla genetica. Tranne ovviamente se qualcuno si fa una mastoplastica additiva.»

Senza distogliere gli occhi dai suoi seni, Dane disse: «Sono perfetti per la tua figura, Smalls. Se fossero più grandi sarebbero sproporzionati. Ne hai a sufficienza perché un uomo possa strizzarli e chiuderli tra le mani, ed è ciò che è importante. Scommetto che sono sensibili.» Il suo dito seguì il bordo della coppa nella fessura tra i seni e lo spostò di pochi millimetri, in modo da toccare la pelle invece del tessuto.

Bryn rabbrividì alla sensazione del suo tocco in quel punto sensibile. Si era fatta succhiare e stringere i seni dagli uomini, ma era bastato che Dane la sfiorasse per farle inturgidire i capezzoli e spingerli contro il cotone.

«Ehm, grazie. Non intendevo dire che volevo un seno grande, ma che alcuni uomini sembrano essere attratti solo da donne che sono più dotate di me.»

Quando Dane si leccò le labbra e si avvicinò di più, ovviamente vedendo l'effetto che il suo tocco aveva su di lei e desiderando fare tutt'altro che guardare, Bryn si alzò di scatto e si allontanò dal letto, lasciando andare la maglia che la coprì di nuovo.

Per quanto lui la affascinasse, e per quanto all'improvviso desiderasse sentire le sue mani sulla pelle, non poteva lasciarglielo fare mentre era ubriaco e non aveva idea di chi fosse. Non era giusto né opportuno. Si sarebbe odiato se avesse ricordato di avere toccato proprio *lei*.

Dane riportò gli occhi sul suo viso e le tese la mano. «Ti sdrai con me?»

«Sei ubriaco. Troppo ubriaco per fare sesso.»

Lui ridacchiò. «Purtroppo, lo so. Solo per parlare.» Bryn lo guardò di traverso, poi annuì. Non riusciva ad allontanarsi da quell'uomo e dai sentimenti che suscitava in lei, più di quanto riuscisse a ignorare un senzatetto che mendicava per strada. Andò dall'altra parte del letto e si distese sopra le coperte accanto a lui. «Di cosa vuoi parlare?»

«Come ti chiami?»

«Bryn Hartwell.»

«Bello.»

Lei scrollò le spalle. «È solo un nome.»

«Io ho trent'anni. Tu quanti anni hai?»

«Ventisette.»

Dane portò una mano sul suo viso e le scostò i capelli dalla guancia infilandoli dietro l'orecchio. «Da dove vieni?»

Come al solito, prese la sua domanda alla lettera. «I miei genitori si sono conosciuti quando avevano circa vent'anni e si sono innamorati. Sono nata non molto tempo dopo il loro matrimonio.»

Le sue labbra ebbero un guizzo, ma non disse nulla.

«Sei stato ferito nell'esercito?» gli chiese, spezzando il silenzio un po' imbarazzante.

Dane annuì, ma non spiegò.

Rimasero entrambi zitti per un lungo momento. Alla fine lui mormorò: «La stanza gira. Sto per crollare, ma grazie per avermi portato a casa. E per avermi mostrato le tue tette. Sei bellissima. Troppo bella per quelli come me.»

«Prego» sussurrò Bryn, volendo protestare per l'ultima parte, ma facendo un respiro profondo quando avvicinò di nuovo la mano.

Le prese una ciocca di capelli e se la portò al viso, inspirando profondamente. «Hanno un profumo così buono.»

Fu l'ultima cosa che le disse prima che l'alcool facesse il suo lavoro. Lo osservò mentre chiudeva gli occhi e la sua mano lasciava andare i capelli.

Rimase sdraiata lì per altri dieci minuti a guardare il petto di Dane alzarsi e abbassarsi, prima di riuscire finalmente a riprendere fiato e alzarsi dal letto. L'ultima cosa che voleva era comportarsi come la stalker e la svitata che l'aveva accusata di essere, ma era certa che nel momento in cui avrebbe lasciato la sua casa, il mondo reale avrebbe interrotto le sensazioni che stava provando in quel momento.

Molto probabilmente lui non avrebbe ricordato nulla di ciò che era successo e, *se e quando* lo avesse rivisto, sarebbe tornato a pensare che fosse una tipa strana con cui non voleva avere niente a che fare. Avrebbe tenuto nel cuore, per molto tempo, l'esperienza del suo dito sulla pelle e le sue belle parole.

Spostandosi per la casa, Bryn fece il possibile per rendergli un po' più facile la mattinata, sapendo scientificamente ciò che l'alcool provocava al corpo umano, e poi se ne andò passando dalla porta laterale del garage, assicurandosi di chiuderla bene dietro di sé.

Bryn camminò fino alla fine del vialetto e si guardò indietro un'ultima volta. Aveva lasciato la luce del corridoio accesa ma non riusciva nemmeno a distinguere la forma dell'abitazione, a parte il lieve bagliore che filtrava dalla finestra sul davanti. Sapeva che dietro al tetto si ergevano degli alberi e poteva sentire l'odore dell'aria fresca e pulita. La casa di Dane era il suo rifugio fuori dal mondo. E lei la adorava. Era un posto tranquillo e la faceva sentire come se la realtà fosse lontana. Portando una mano sul petto per massaggiarsi il cuore, Bryn chiuse gli occhi e strinse le labbra.

Non sapeva come fosse successo, ma si era presa una gran cotta per lui, anche se ci aveva parlato solo due volte... e pensava che fosse una svitata. Quando Dane aveva abbassato la guardia, aveva visto l'uomo gentile, premuroso e sensibile che si nascondeva sotto l'aspetto burbero e ferito, ed era stato carino con lei, trattandola come una donna desiderabile piuttosto che una sconosciuta o, peggio ancora, una stalker svitata.

Raddrizzando le spalle, si voltò, si mise le mani in tasca e si avviò verso il bar e la sua auto. Anche se era buio pesto, non avrebbe dovuto essere un problema. Erano solo circa cinque chilometri.

Incurante dei pericoli che una donna sola avrebbe potuto incontrare nel bel mezzo della notte, Bryn camminò, cercando di non pensare a cosa sarebbe successo quando avrebbe visto di nuovo Dane.

CAPITOLO QUATTRO

DANE GEMETTE quando si girò e la luce del mattino gli colpì gli occhi, come un raggio laser puntato direttamente sulle sue pupille.

«Cazzo» imprecò, girandosi subito sulla schiena e mettendosi il braccio sopra il viso. Fece alcuni respiri profondi per combattere il senso di nausea e cercare di tenere a bada i conati di vomito. Quando pensò di essere abbastanza sicuro di non svuotare il contenuto del suo stomaco sopra le lenzuola, girò piano la testa per vedere che ore fossero... e sbatté le palpebre.

Accanto all'orologio sul comodino vicino al letto c'erano un bicchiere d'acqua, due compresse grandi e due piccole. C'era anche una nota. Allungò lentamente la mano, attento a non muovere la testa, e la prese.

So per certo che ti sentirai di merda. Metti le compresse di Alka-Seltzer nel bicchiere e quando saranno sciolte bevi tutto. Contengono bicarbonato di sodio, che aiuterà a calmare lo stomaco e non ti farà venir voglia di vomitare, e l'aspirina aiuterà il mal di testa.

. . .

Tutto là. Non era firmato e non aveva altre informazioni su cosa diavolo avesse fatto la scorsa notte. Dane chiuse gli occhi e cercò di ricordare qualsiasi cosa successa dopo che era arrivato in quel buco di bar in cui si era fermato d'impulso. Stava tornando a casa da Post Falls, dove era andato a fare la spesa.

Il viaggio era stato un disastro. Era troppo presto, c'erano troppe persone anche nella piccola città a nord-ovest di Coeur d'Alene, ed era troppo agitato per finire i suoi acquisti. Dopo aver percorso su e giù tre corsie, aveva posato il cestino e se n'era andato. Il temporale che era scoppiato mentre stava tornando a casa non aveva aiutato a scacciare la sensazione che non sarebbe mai più tornato normale. Anche se di solito i temporali non gli facevano perdere il controllo, la notte prima ogni boato lo aveva fatto sussultare e i fulmini gli avevano ricordato i lampi di luce della bomba che aveva ucciso i suoi amici e rovinato la sua vita. Sentendosi sconfitto e abbattuto, si era fermato in un bar alla periferia di Rathdrum e si era completamente ubriacato.

A parte il barista che avrebbe avuto bisogno di cambiare atteggiamento e una cameriera che sembrava voler tornare a casa con lui – fino a quando non aveva visto il suo moncone – il resto della notte era un vuoto assoluto.

Sentendosi nauseato, per altri motivi oltre all'alcool rimasto nel suo sangue, Dane si costrinse a sedersi sul letto. Prese le compresse e le lasciò cadere nel bicchiere d'acqua, osservandole con indifferenza mentre gorgogliavano e sfrigolavano. Quando sembrò che avessero finito di rilasciare il loro rimedio per i postumi della sbornia, bevve in tre grandi sorsi.

Dane non riusciva a ricordare come fosse tornato a casa. Quando si era svegliato, aveva pensato che il barista avesse chiamato un taxi per lui o qualcosa del genere. Ma dopo aver visto il biglietto e le medicine sul comodino, l'idea del tassista era scomparsa. Sospirò, cercando di capire come avrebbe fatto ad andare a prendere il pick-up. Molto probabilmente era ancora nel parcheggio del bar. Almeno sperava.

Pensando che fosse un buon segno non aver sentito muoversi nessuno nella sua piccola casa, Dane fece scivolare le gambe sul lato del materasso e si alzò con cautela.

Ondeggiò, ma rimase in piedi, e decise che avrebbe avuto bisogno di un caffè per essere almeno lontanamente umano nelle ore successive. Si trascinò fuori dalla sua camera da letto e lungo il corridoio che portava al soggiorno. Concentrandosi sulla cucina, si aggrappò al piano di lavoro in granito non appena lo raggiunse. Grazie a Dio per gli open space. Andò alla macchinetta del caffè e si fermò con la mano a mezz'aria come se fosse paralizzata.

Un'altra nota.

Ho pensato che avresti avuto bisogno di caffè per prima cosa. È pronta. Basta premere Start.

Dopo aver premuto il pulsante verde di avvio, Dane prese la seconda nota per esaminarla. La scritta era leggermente inclinata a destra senza fronzoli. Sembrava la calligrafia di un uomo, ma per qualche motivo sapeva che non lo era. Non avrebbe potuto dire quale fosse, ma c'era un ricordo nei recessi della sua mente che gli diceva che chiunque lo avesse portato a casa e gli avesse lasciato dei biglietti, era una donna.

Abbassò gli occhi per guardarsi. Indossava solo un paio di boxer. Sentendosi in imbarazzo per la prima volta, Dane si grattò distrattamente il moncone sul braccio sinistro. Non era mai andato a letto senza la maglietta. Mai. Ma eccolo lì. Praticamente nudo.

Senza aspettare che il caffè finisse, tornò nella sua camera e si guardò intorno. I vestiti che aveva indossato il giorno prima non si vedevano da nessuna parte. Cazzo. Andò a vedere il cesto della biancheria sporca con la sensazione di sapere cosa aspettarsi. Vuoto. Tranne per un'altra cazzo di nota.

Il cesto era pieno e i tuoi vestiti puzzavano di fumo di sigaretta, quindi ho fatto partire un carico. Non dimenticare di spostarli nell'asciugatrice, altrimenti faranno la muffa e avranno un cattivo odore.

Chiunque fosse, aveva fatto il bucato.

Decisamente una donna.

Aveva visto il suo braccio?

Le sue cicatrici?

Dio, si sentiva patetico. Non solo si era ubriacato abbastanza da dimenticare tutto per la prima volta da quando era tornato dalla missione che gli aveva cambiato la vita per sempre, ma ora si lamentava del fatto che una donna avesse visto le sue cicatrici.

Dannazione. L'aveva scopata? Merda. L'aveva *ferita*? Cacciata via? Non aveva usato il preservativo? Era sempre stato attento. Sempre. In effetti, non era più stato con nessuno da quando era rimasto ferito, non aveva sentito il minimo bisogno di spogliarsi con qualcuno. Ubriacarsi, gli aveva fatto perdere le sue inibizioni abbastanza da farsi scopare? Sperava di no. Non era mai stato un puttaniere e il suo stomaco si rivoltò al pensiero.

Dane si girò verso il letto e lo osservò con attenzione. Eccola lì, una rientranza a forma di testa sul cuscino sull'altro lato del materasso. Quello su cui non dormiva mai. Si sentì ancora più male di un attimo prima. Accidenti, accidenti, accidenti.

Aprì il cassetto del comodino dalla sua parte e guardò dentro. La scatola di preservativi che aveva comprato per sfizio più di due mesi prima, dopo che Truck lo aveva esortato a tornare in sella, era proprio dove l'aveva lasciata. Chiusa. Quella vista lo sollevò un po', anche se era possibile che fosse stato abbastanza ubriaco da non pensare nemmeno alla protezione. Merda.

Come in trance, si avvicinò al lato del letto dove qualcuno ovviamente si era sdraiato la sera prima e prese il cuscino. Se lo portò al viso e inspirò.

L'odore di cocco assalì le sue narici e Dane sentì l'uccello contrarsi nei boxer. Si tolse il cuscino dal viso e abbassò gli occhi per guardarsi, incredulo. Con i postumi di una sbornia infernale, la testa in cui sembrava ci fosse qualcuno che martellava dall'interno, lo stomaco che si ribellava contro di lui ad ogni respiro, era quasi incredibile che l'odore di una donna sul suo cuscino potesse ancora fargli venire un'erezione. Se lo portò di nuovo al viso e inspirò il profumo che gli ricordava la spiaggia, la crema solare... e una donna.

Smalls.

Il nome gli spuntò nella mente come se l'odore di cocco lo avesse evocato. Non sapeva nulla di lei a parte il suo profumo e il soprannome che le aveva dato, ma Dane sapeva senza ombra di dubbio che chi aveva fatto il bucato, preparato il caffè e lasciato le compresse di Alka-Seltzer per aiutarlo con i postumi della sbornia − e gli aveva fatto venire un'erezione per la prima volta da secoli − era una sola e unica persona.

Ebbe una visione improvvisa di una donna con i capelli castani, sdraiata sul letto completamente vestita mentre lui le annusava i capelli. Si rilassò un po'. Non era ancora del tutto sicuro, ma aveva la sensazione che non avessero fatto sesso. Sospirò di sollievo ma anche un po' di delusione. Il che era da fuori di testa; non avrebbe *mai* voluto stare con qualcuno e non ricordarselo. In un certo senso sapeva, fin dentro le ossa, che essere dentro la donna misteriosa sarebbe stato assolutamente fantastico.

Gettando il cuscino sul letto, Dane tornò nel corridoio e aprì la porta del garage. Dopo tutto ciò che aveva visto, non fu molto sorpreso di scoprire che Miss May fosse lì, e girò intorno al pick-up per verificare che non fosse danneggiato. Niente. Tuttavia, c'era un altro biglietto attaccato al finestrino del conducente.

Miss May è al sicuro. Niente danni.

Sorrise. Era spassosa. Non aveva idea se stesse cercando di essere divertente quando aveva scritto la nota, ma era ovvio che a un certo punto dovevano aver avuto una conversazione sul soprannome della sua auto. Non aveva mai frequentato, o addirittura incontrato, una donna che avesse volontariamente usato un ridicolo soprannome pensato da un uomo per il suo pick-up.

Dane aprì la portiera e fissò il sedile. Era completamente in avanti; non sarebbe mai riuscito a stare dietro al volante in quella posizione. Annuì, compiaciuto. Quindi non aveva guidato lui fino a casa. Grazie a Dio.

Smalls.

Il nome che gli ronzava in testa adesso aveva molto più senso. A giudicare dalla posizione del sedile, probabilmente era alta poco più di un metro e cinquanta.

Una visione di una donna esile aleggiava nei recessi della sua coscienza. Decidendo di non sforzarsi a pensare – gli sarebbe venuta in mente quando meno se lo sarebbe aspettato, o almeno sperava – tornò dentro. Si versò una tazza di caffè, sorridendo per quanto forte l'avesse fatto Smalls, e andò nella sua piccola lavanderia. Spostò i vestiti dalla lavatrice all'asciugatrice come ordinatogli e la avviò.

Fu solo verso le due del pomeriggio che finalmente iniziò a sentirsi di nuovo umano. Aveva ragione, l'Alka-Seltzer era stato molto utile a farlo sentire meglio. Quello, il caffè e in seguito anche la pasta che si era preparato per pranzo. Come diavolo fosse arrivato a trent'anni senza sapere che l'Alka-Seltzer era il miracoloso rimedio per i postumi di una sbornia, era incomprensibile.

Mangiare gli spaghetti gli fece pensare alla donna del supermercato e al loro incontro. Anche se il fatto che lo seguisse l'aveva irritato, pensava comunque che fosse carina mentre gli faceva la predica sui carboidrati e le sue abitudini alimentari. Poi però si ricordò anche delle parole che le aveva rivolto. Si era sentito vulnerabile e paranoico quando l'aveva incontrata, ma ciò non rendeva meno sbagliati i termini che aveva usato per ferirla.

Ricordare la conversazione che avevano avuto mentre erano nella corsia dei pancake, dove gli aveva rivelato il suo nome per cercare di farlo sentire più a suo agio, risvegliò il ricordo della ragazza misteriosa della sera prima – che le aveva detto *anche lei* di chiamarsi Bryn.

Era un nome insolito. Era praticamente impossibile che due donne che aveva incontrato nell'ultima settimana nella piccola città di Rathdrum si chiamassero allo stesso modo.

Ricordare il suo nome fu tutto ciò che servì. All'improvviso gli fu chiara ogni cosa successa la notte precedente, come se non fosse stata nascosta dietro uno stordimento alcolico nelle ultime ore.

Bryn Hartwell, la donna che si era presentata al bar, che lo aveva portato a casa e gli aveva esaminato il moncone in modo così dolce – affascinata anziché disgustata – e che si era sollevata la maglietta per fargli vedere i seni – era stato giusto, dopo tutto – era la stessa che aveva definito svitata e accusato di averlo pedinato.

Dane non sapeva cosa pensare. Faticava a capire l'esatto motivo per cui avesse fatto quelle cose per lui la notte prima, in particolare lo "spogliarello" che gli aveva liberamente concesso, quando si era comportato così da stronzo con lei.

Prima che potesse analizzare le proprie azioni per provare a dar loro un senso, il suo telefono suonò. Felice per la distrazione, vide il nome e rispose subito.

«Ehi, Truck.»

«Dane. Come va? Come sta la tua stalker?»

«Giuro su Dio che a volte sei inquietante.»

«In che senso?»

«Stavo pensando a lei, tu chiami ed è la prima cosa che mi chiedi. Mi mette i brividi.»

«Sì. Sono proprio io. Inquietante. Allora, perché pensavi a lei? L'ultima volta che abbiamo parlato, hai detto che aveva lasciato il lavoro al supermercato in modo che tu potessi fare la spesa lì senza sentirti a disagio. Ha cambiato idea? Lavora ancora lì?»

«No. Ma l'ho vista la scorsa notte.»

«Dove?»

Dane sospirò. «Ero in un bar qui in città ubriaco fradicio, lei è entrata e mi ha portato a casa.» Quell'affermazione fu seguita da nient'altro che silenzio. «Ehi? Truck? Sei ancora lì?»

«Stai bene?»

C'era da immaginarsi che il suo amico non si sarebbe concentrato sul fatto che la sua piccola stalker lo avesse trovato e portato a casa. Nessuna domanda su cosa avessero fatto, se l'avesse scopata o meno. L'unica sua preoccupazione era che si fosse ubriacato. Poteva sembrare duro all'apparenza, ma nei momenti critici aveva sempre dimostrato di essere un buon amico. «Sto bene. E no, non sono un alcolizzato. È stata una decisione sbagliata presa a stomaco vuoto.

Una volta iniziato, mi è sembrata una buona idea. Credimi, stamattina mi sono reso conto di quanto sia stata davvero pessima. È tutto ok. Non c'è bisogno di intervenire.»

«Bene. Ora parla della ragazza.»

Dane ridacchiò. Ecco, *quella* era la reazione che si sarebbe aspettato all'inizio. Tornò serio. Aveva bisogno di un buon ascoltatore e Truck era una persona molto imparziale. «Le cose stanno così, amico, ero incazzato quando ho scoperto cos'aveva fatto al supermercato. Mi ero sentito messo alle strette, come se sul mio viso fosse scritto che ero solo un altro soldato con un disturbo post traumatico da stress, che non riusciva a camminare in un dannato negozio senza andare fuori di testa. Sai già cosa le avevo detto.»

«Sì, che era una svitata.»

Dane fece una smorfia. Ora che ricordava quanto gli fosse piaciuta la compagnia di Bryn la notte precedente, gli sembrava molto peggio. «Già. E mi sono sentito in colpa, ma ho pensato che ormai il danno era fatto. Poi ieri sera si è presentata al bar. Sembrava che non le importasse nemmeno che non avessi su la protesi. Odio indossare quell'affare. È imbarazzante e brutto da vedere. Non le è importato che la mia firma assomigliasse a quella di un bambino di prima elementare perché non ho ancora imparato a scrivere con la mano destra. Sapeva guidare con il cambio manuale. E il modo in cui lei...»

La voce di Dane si affievolì, non era sicuro di voler entrare nei dettagli, di come avesse esaminato il suo braccio e cosa avesse provato.

«Hai dormito con lei?»

«No.»

«Ma vorresti» ipotizzò correttamente Truck.

«No» negò subito, poi sbuffò e ammise: «Forse.»

«Senti, non so cosa sia successo, ma è ovvio, almeno per me, che le piaci. Le donne dimostrano affetto in diversi modi.

Alcune ti ignorano all'estremo, anche fingendo che tu non sia nella stessa stanza con loro. Oppure litigano con te perché non riescono a capire o gestire ciò che stanno provando. Altre vanno dritte al sodo e ti dicono subito che sono interessate. Devi solo imparare a leggere i suoi segnali.»

«Blatera fatti a caso quando è nervosa e prende le cose davvero alla lettera.»

«Cos'altro?»

Dane pensò alla sera prima. «È altruista e generosa.» Si ricordò della mancia del venti percento che aveva accuratamente scritto sulla ricevuta della carta di credito. L'aveva trovata nel portafoglio, che lei aveva lasciato sopra il comò in camera sua.

«Pensi che ti stia prendendo in giro? Che voglia qualcosa da te?»

«Non ne ho idea, ma non ho nulla da darle.»

«Be' *questa* è una cazzata. È meglio che non ti riferisca al fatto che ti manca la mano, altrimenti dovrò venire lassù e farti ragionare. Non ho passato quasi un'ora della mia vita a tenere la tua maledetta arteria tra le dita, perché tu diventassi un asociale brontolone e lagnoso che pensa che non piacerà mai a nessuno a causa di una piccola cicatrice.»

Dane scoppiò a ridere. «Piccola?»

«Ok, una grande cicatrice, allora.»

Non aveva idea di come Truck si fosse procurato la *sua* sul viso, o di come si sentisse al riguardo. Gli abbassava il lato sinistro dandogli un'espressione arrabbiata e, insieme alle dimensioni del suo fisico, lo rendeva un tipo spaventoso. Ma perdere una mano era molto diverso dall'avere una cicatrice. Non si sarebbe mai paragonato a Truck, assolutamente, ma immaginava che l'altro uomo capisse un po' quello che gli stava passando per la testa. Il suo tono si abbassò. «No, Truck, non è esattamente ciò che provo. Smalls è così... schietta. È come se non avesse filtri e dicesse solo ciò che sta pensando.

Non ha avuto problemi a guardare il mio moncone. Accidenti, sembrava eccitata, in senso clinico, di poterlo esaminare da vicino. Per la prima volta da quando è successo, non mi sono sentito meno uomo di fronte a una donna.»

«Smalls?»

«Sì. Nel mio intorpidimento alcolico ieri sera, l'ho battezzata così. È alta poco più di un metro e mezzo e probabilmente pesa quanto gli zaini che portavamo nel deserto.»

«Segui il mio consiglio» disse Truck in tono serio. «Conoscila meglio. *Senza* l'alcool di mezzo. Una donna che dice ciò che pensa è un dono. Non dovrai mai chiederti ciò che prova o cercare di interpretare un "tutto a posto" o "sto bene", quando le chiedi come sta. Perché, lascia che te lo dica, il cento per cento delle volte in cui una donna dice che sta bene, non è così. Ma cercare di capire se ha mal di testa, o se ha appena subìto un intervento chirurgico e si sente come se le budella le venissero tirate fuori da un paio di pinze, è una delle cose più difficili quando ci tieni a lei. Sembra che Smalls abbia fatto di tutto per cercare di prendersi cura di te. Il minimo che puoi fare è ringraziarla per averti portato a casa tutto intero ieri sera.»

«Hai ragione.»

«Certo che ce l'ho.»

«Stronzo» rispose più a suo agio, ora che erano su un terreno familiare e non parlavano più di amore e sentimenti.

«Sul serio, Dane. Trovala. Vedi cosa ne pensi di lei alla luce del giorno. Forse *è* una svitata. Forse *non* gliene frega niente di te ma sta semplicemente cercando di fare una buona azione, o forse è affetta da acrotomofilia.»

«Voglio sapere di cosa si tratta?» chiese cauto.

«È qualcuno che è attratto sessualmente dagli amputati. È un feticcio.»

Dane non aveva proprio una risposta a quella spiegazione. Non pensava che Bryn fosse attratta da lui perché gli mancava una parte del braccio ma, in tutta onestà, non ne aveva idea. Il fatto che ci fossero persone là fuori che erano attratte sessualmente dagli amputati un po' lo spaventava, e gli dava un'altra cosa di cui preoccuparsi quando si trattava di iniziare una relazione.

«Ciò che voglio dire è che dovresti conoscerla. Lo capirai presto. Sei un ragazzo intelligente.»

«Grazie.»

«Prego» replicò subito Truck. «Ora devo andare. Tra un po' vado a prendere Mary che è a un appuntamento dal dottore.»

«Che succede tra voi due?» gli chiese Dane.

«È complicato» fu la sua risposta laconica.

«A quanto pare.»

«Ma ti dirò questo... vale la pena lottare per lei. Vale ogni secondo di sonno che ho perso, ogni momento di preoccupazione e ogni mal di testa che mi ha procurato.»

«State insieme?» gli chiese. «Voglio dire, da quello che sapevo, non eri esattamente la sua persona preferita.»

«Mary è complicata» ripeté Truck. «Ha avuto una vita difficile. Molto dura. Le ha insegnato che non può fidarsi completamente di nessuno.»

«Pensavo si fidasse di Rayne.»

«È così. Fino a un certo punto. Credo che ci sia una parte di lei che sta aspettando che anche Rayne la deluda. Quindi fa ciò che ha fatto per tutta la vita, tiene fuori le persone dalle cose che le stanno succedendo per non rimanere delusa.»

«Rayne non ne sarà felice.»

«Lo so. Ma al momento non è una mia preoccupazione. Mary sì. Sto lavorando per mostrarle che può fidarsi di me, che quando dico qualcosa faccio sul serio e vado fino in fondo.»

«Buona fortuna, amico» gli disse Dane.

«Grazie. Ma non ne ho bisogno. Riesco a superare in testardaggine quella donna in qualsiasi momento. Significa molto per me e non le permetterò di respingermi. Posso aiutarla con i suoi problemi attuali *e* passati. Ma basta parlare di me. Tienimi aggiornato su Smalls. Sai che se hai bisogno di noi, ci siamo.»

«Lo farò e apprezzo il vostro sostegno. Di' agli altri che li saluto.» Dane non aveva parlato molto ultimamente con il resto del team, ma era comunque riconoscente. Dopo la situazione con Kassie, si era avvicinato a tutti loro. Era stato bello. Molto bello.

«Lo farò. E tanto perché tu lo sappia, io e i ragazzi abbiamo parlato di fare un viaggetto nell'Idaho nord-occidentale nel prossimo futuro.»

«Sul serio?»

«Sul serio.»

«Era ora. Mi piacerebbe vedervi tutti... senza dover affrontare tutto l'ambaradan del rapimento di fidanzate ed ex-fidanzati stronzi, e dei loro viscidi amici.»

Truck ridacchiò. «Organizzerò. E, Dane?»

«Sì?»

«Preparati a imbarcarti in una gran bella esperienza con questa ragazza. Se le hai dato un soprannome, ti è già entrata sottopelle.»

«Ci sentiamo, Truck.» Non si preoccupò di contraddirlo. Avrebbe comunque pensato ciò che voleva, indipendentemente dal fatto che Dane lo negasse o no.

«A presto.»

Chiuse la chiamata e tamburellò con le dita sul bancone della cucina. Era entusiasta del fatto che Truck e gli altri sarebbero andati a trovarlo, ma al momento aveva in mente cose più importanti. Ricordò di aver tracciato il bordo del suo reggiseno, di come i suoi piccoli capezzoli si erano inturgidirti senza che lui li toccasse... e dello sguardo sorpreso e confuso sul viso di Bryn quando si era resa conto di come il suo corpo stava reagendo a lui.

Era stata turbata per la sua reazione nei suoi confronti, ed era quell'innocenza, quella piccola traccia di insicurezza che gli aveva reso facile prendere la sua decisione quel pomeriggio. Voleva conoscerla, sapere tutto di lei. Perché sembrasse essere un'enciclopedia ambulante. Come avesse saputo esattamente di cosa aveva bisogno al supermercato per sentirsi più a suo agio. Perché si era licenziata.

Non aveva idea di dove abitasse o di che lavoro facesse, ma se lei era riuscita a trovarlo allo *Smokey's Bar* la sera precedente, anche lui avrebbe potuto riuscirci. Non aveva trascorso una buona parte della sua vita come soldato della Delta Force per fallire ora. Rathdrum non era poi così grande... se Bryn lavorava nella piccola città, l'avrebbe trovata.

Scendendo dallo sgabello accanto al bancone, Dane si diresse verso la sua camera. Doveva vestirsi, mettere la protesi e andare in città. Aveva delle domande per Bryn Hartwell e, per la prima volta da quella che sembrava un'eternità, provò un senso di trepidazione. Avrebbe scoperto che persona fosse una volta per tutte. E forse, avrebbe avuto una seconda possibilità di vedere e toccare il suo delizioso corpo.

Un uomo poteva solo sperare.

CAPITOLO CINQUE

BRYN CERCÒ di non pensare più alla notte precedente, mentre spingeva il carrello all'interno della biblioteca pubblica di Rathdrum. Era stata eccitante, di quelle che ti cambiavano la vita e che sapeva non avrebbe mai dimenticato, anche se Dane non avrebbe ricordato nulla. Era stato così bello prendersi cura di lui e che si fosse fidato di lei. Dopo la lunga camminata per tornare al bar, era arrivata a casa verso le cinque e mezzo, aveva dormito tre ore, poi si era alzata per il suo turno di lavoro.

Non aveva mai avuto bisogno di dormire molto. Anche quando era più giovane, andava in camera sua al momento opportuno, ma rimaneva sveglia fino a tardi a leggere, a risolvere problemi di matematica e a navigare su Internet, cercando di placare la sua sete sempre più crescente di conoscenza. In genere, aveva bisogno di circa quattro ore di sonno, ma potevano bastargliene anche solo due o tre se necessario.

Quando aveva nove anni i suoi genitori erano stati felici di mandarla in collegio. Bryn sapeva che a modo loro l'amavano – che significava inviare soldi per i compleanni e le vacanze –

ma l'unica cosa che avrebbe desiderato ricevere era il loro affetto... che non sapevano dare.

Ancora oggi, la loro relazione era distaccata. Telefonavano per il suo compleanno e inviavano biglietti d'auguri a Natale, ma non si vedevano da anni. A quel punto della sua vita, Bryn aveva abbandonato l'idea di avere qualcosa di più che un legame distante.

Scuotendo la testa per cercare di cancellare i pensieri deprimenti sulla sua famiglia, rivolse l'attenzione ai libri che doveva riporre sugli scaffali. Lavorare nella biblioteca pubblica non era esattamente il lavoro dei suoi sogni, ma ci pagava le bollette e la faceva sentire una persona normale. Aveva provato a lavorare in un laboratorio a ventun anni, ma si era ritrovata ad annoiarsi. Se avesse cercato di spiegare che stare seduti al microscopio e fare calcoli e ricerche era noioso, la maggior parte delle persone probabilmente non avrebbe mai capito, ma lo era davvero.

Bryn voleva essere come tutti gli altri. Parlare di fisica quantistica avanzata e risolvere problemi di matematica che non contenevano numeri, la rendevano un'emarginata.

Quindi, lavorare nella piccola città di Rathdrum e risistemare i volumi che venivano restituiti era perfetto... per il momento. Inoltre, aveva tutti i libri che avrebbe mai potuto desiderare, e se di tanto in tanto sentiva il bisogno di capire come funzionavano i collegamenti elettrici nel suo appartamento o come smontare e rimontare il tritarifiuti, poteva soddisfare il suo cervello troppo intelligente e farlo senza che nessuno se ne accorgesse.

Prese il libro successivo e guardò il titolo. *Pericoli dei fertilizzanti*. Bryn arricciò il naso... sapeva che le persone potevano costruire una bomba con il fertilizzante, ma non in quali altri modi potesse essere pericoloso. Lo sfogliò e si rese conto che c'era un capitolo che parlava di come costruire una bomba artigianale, con i normali fertilizzanti che si potevano trovare sugli scaffali dei negozi di ferramenta. La cosa più allarmante era che nel libro c'erano delle parti evidenziate e degli appunti scritti a mano... in quel capitolo specifico.

Bryn si bloccò per un momento e si morse il labbro. Non sapeva cosa fare. L'ultima cosa che voleva era accusare qualcuno. Forse erano come lei... semplicemente interessati a come funzionavano le cose.

Incerta sul da farsi, lo mise giù e si dedicò a un'altra pila di libri. Avrebbe lavorato prima su quelli, poi sarebbe tornata a quello dei fertilizzanti. Vedendo una coppia abbracciata sulla copertina del romanzo d'amore che aveva in mano, sospirò sollevata che non fosse un altro libro che insegnava come costruire una bomba o qualcosa di altrettanto preoccupante. Non aveva mai compreso il concetto dei romanzi rosa, non erano realistici, ma sapeva che molte donne li leggevano. La biblioteca riceveva costantemente richieste di autori specifici e Bryn riforniva in continuazione gli scaffali dei romance.

Dopo aver sistemato per un'ora i romanzi restituiti, si dedicò a un altro genere: "Attrezzi da lavoro". Spinse il carrello nella sezione dei libri sul fai da te e girò quello che aveva in mano per vedere di cosa trattasse. *Progetta e costruisci il tuo bunker antiatomico.*

Forte, fu la prima cosa che pensò leggendo il titolo. Vedere quel genere di libri non era sorprendente in quella parte dell'Idaho, ma lei non ci aveva mai davvero pensato. Guardandosi intorno per assicurarsi che la direttrice non la vedesse perdere tempo, lo sfogliò. C'erano diagrammi sulla profondità dello scavo a seconda di quante persone avrebbero condiviso il bunker, come avere acqua potabile e cosa fare per i rifiuti organici umani mentre si è sottoterra.

Stava per chiudere il libro e riporlo sullo scaffale, quando una scritta a margine attirò la sua attenzione.

C'erano delle frecce disegnate intorno ad alcuni paragrafi e quella che sembrava una lista della spesa. Ma furono le parole *stoccaggio dei fertilizzanti*, con una freccia che puntava a un piccolo spazio sul disegno di un esempio di bunker, che spiccarono. Senza contare che la calligrafia era simile a quella delle note sul libro sui fertilizzanti.

Era una coincidenza troppo grande per ignorarla.

Ora era curiosa e quando si incuriosiva, non riusciva a lasciar perdere. Quell'aspetto aveva fatto impazzire sua madre quando era più piccola. Una volta che era interessata a qualcosa, doveva vederla, ascoltarla o sperimentarla da sola. Quando aveva solo cinque anni, dopo aver visto un libro di testo di una liceale e averla ascoltata parlare con la sua amica su quanto avesse fatto schifo un esperimento, Bryn aveva assillato, supplicato e persuaso sua madre a lasciarle sezionare una rana, fino a quando non glielo aveva permesso... se non altro per darle una lezione.

Dopo aver spiegato l'intelligenza e il desiderio di apprendere della figlia all'insegnante di anatomia del liceo, lui aveva accettato. Ma invece di essere traumatico o un deterrente, la piccola Bryn era rimasta a chiacchierare con il signor Adams per due ore un pomeriggio, dopo la fine delle lezioni. Lo ricordava ancora oggi, ed era stata la prova definitiva per sua madre che quando la curiosità di Bryn prendeva il sopravvento, era meglio compiacerla piuttosto che cercare di dissuaderla.

Quindi, dopo aver visto il libro sui fertilizzanti e le note a margine in quello sui bunker, Bryn voleva sapere chi li avesse presi in prestito, il motivo, cosa stessero progettando, chi altro fosse coinvolto e come e dove avrebbero costruito il bunker in cui volevano conservare il fertilizzante. E, naturalmente, voleva vederlo una volta terminato.

«Hai finito, Bryn?»

Quasi sobbalzò, ma riuscì a mettere con calma il libro sui bunker capovolto sul carrello e girarsi verso la bibliotecaria.

«Sì, signora. Devo solo finire di sistemare questi ultimi libri.»

«Bene. L'ora della storia è appena finita e l'area bambini è un disastro. Puoi per favore andare ad aiutare a rimettere i libri al loro posto?»

Bryn annuì. «Certo.»

«Grazie. Lo apprezzo.»

Osservò l'austera signora allontanarsi e sospirò. Non voleva pensare male di nessuno, ma Rosie Peterman era lo stereotipo della bibliotecaria. Probabilmente era sulla quarantina, ma sembrava avesse almeno dieci anni in più. I suoi lunghi capelli si stavano ingrigendo alla radice e di solito li legava in una crocchia sulla nuca. Era di altezza media e indossava abiti più adatti a una donna di sessant'anni.

Ma il peggio era che viveva da sola e aveva cinque o sei – non riusciva mai a ricordare il numero esatto – gatti. Quello che la preoccupava di più non era il modo in cui viveva, ma il pensiero che anche lei avrebbe finito un giorno per essere proprio come la bibliotecaria. Sola. Ai margini della società e non in grado di integrarsi.

Mentre andava verso l'area bambini, pensò a Dane. L'aveva definita una svitata, ma la sera prima non era sembrato preoccupato che fosse strana. Sì, era ubriaco, ma non era diventato cattivo a causa dell'alcol, e agli occhi di Bryn la diceva lunga. Aveva visto troppi uomini arrabbiarsi e diventare aggressivi dopo aver bevuto troppo. Non Dane. Era stato divertente, sciocco e l'aveva fatta sentire donna per la prima volta nella vita. Non aveva visto Bryn Hartwell, l'emarginata super intelligente. Si era comportato come se gli piacesse la sua compagnia e quando chiudeva gli occhi, poteva vedere il suo sorriso nella mente come se lo avesse visto ogni giorno da sempre.

Pensare a Dane imbarazzato per la firma pasticciata le fece venire in mente che gli mancava la mano, e di conseguenza desiderare di conoscere meglio la scienza dietro le amputazioni. Determinata a sistemare rapidamente l'area bambini per poter trovare alcuni libri sugli arti mancanti prima di finire il turno, Bryn spostò i due volumi sui fertilizzanti e i bunker sul fondo della pila ancora in attesa di essere archiviata. Ci avrebbe pensato più tardi. In quel momento, Dane e la sua mano mancante erano il pensiero più importante nella sua mente.

Il resto del turno fu privo di eventi e riuscì a trovare sugli scaffali della biblioteca tre libri che trattavano di amputazioni. Alla fine del turno li prese in prestito e andò in fretta verso la sua macchina.

Nel parcheggio, Bryn non notò l'auto che frenò di colpo per non andarle addosso, troppo presa a sbirciare tra le pagine di uno dei libri e desiderosa di apprendere tutto ciò che poteva su quello che aveva dovuto affrontare Dane e su come ci si sentiva a perdere parte di un braccio. Inoltre, non aveva idea che un uomo la stesse osservando con attenzione, appoggiato al proprio pick-up, con le braccia incrociate sul petto e le caviglie accavallate.

Non si accorse di lui nemmeno quando si allontanò dal veicolo per andare verso di lei, altrimenti, sarebbe stata più preparata per quello che stava per succedere.

«Ah, la ragazza sfuggente del supermercato.»

Bryn strillò sorpresa a quella voce così vicina, e riuscì a malapena a trattenere il libro che stava leggendo. Sollevò gli occhi e li spalancò nel vedere Dane Munroe stare al passo con lei mentre andava verso la sua macchina. Per un momento rimase senza parole, ma si riprese in fretta e disse un po' sulla difensiva: «Non sapevo che fossi qui. Non ti sto seguendo.»

«Lo so.»

Quando non disse altro, Bryn smise di camminare e lo fissò.

Sussultò quando la afferrò per i bicipiti e la spostò da in mezzo alla strada, per permettere a un'auto di passare. Quel giorno Dane indossava un paio di jeans blu, gli stessi stivali della notte prima e una camicia di flanella a maniche lunghe di un intenso color prugna. Bryn vide anche che aveva la protesi. Le tre punte dei ganci, che fungevano da pollice e due dita, erano immobili lungo il fianco e fuoriuscivano dall'orlo della manica.

«Dico sul serio» gli disse, lasciandosi condurre in disparte. «Lavoro qui. Di solito dalle nove alle cinque, più o meno. Non sapevo che saresti stato qui. Però non posso lasciare anche questo lavoro, perché mi serve per pagare l'affitto, il cibo e altre cose necessarie. Immagino che potrei trovarne un altro, ma potrebbe volerci un po' di tempo, e se dovessi andare fino a Post Falls o Coeur d'Alene, la mia auto potrebbe non farcela e rimarrei bloccata da qualche parte... che sarebbe terribile. Così io...»

«So che non mi stai seguendo» la interruppe Dane, «perché ti ho cercata *io* questa volta.»

Rimase immobile a fissarlo incredula, per niente sicura su cosa dire. Alla fine, mormorò: «Mi hai cercata?»

«Sì. C'è qualcosa che vuoi dirmi?»

Bryn si guardò intorno, sperando che qualcuno la salvasse da quella conversazione imbarazzante. Rendendosi conto che erano soli, si voltò a guardarlo e si morse il labbro prima di deglutire con forza. «Mi dispiace per la faccenda del supermercato?» Uscì più come una domanda che come un commento.

«In realtà, dovrei essere *io* a scusarmi con te. Mi hai colto di sorpresa e non me la cavo bene con le sorprese. Ora mi rendo conto che mi stavi aiutando e avrei dovuto ringraziarti non farti sentire in obbligo di licenziarti.»

Bryn poté solo fissarlo a bocca spalancata.

Lui ridacchiò, le mise un dito sotto il mento e lo sollevò, chiudendole di fatto la bocca e inclinandole la testa per far sì che non distogliesse lo sguardo da lui. «Sei rimasta senza parole, Smalls? Non ci avrei mai creduto se non l'avessi visto personalmente.»

Sentirsi chiamare così, le fece scorrere l'adrenalina in tutto il corpo. Se lo ricordava. Come diavolo era possibile dopo tutto l'alcol che aveva bevuto? E *quanto* ricordava?

Bryn si liberò da lui con uno strattone e, rimanendo in silenzio, fece un paio di rapidi passi indietro. Girò la testa di scatto al forte suono di un clacson e uno stridio di gomme, ma prima che riuscisse a reagire, Dane la afferrò per la vita, facendole perdere la presa sui libri che caddero a terra, e la attirò contro il suo corpo, allontanandoli entrambi dall'auto ormai ferma.

«Gesù, Smalls, devi prestare più attenzione a dove cammini.»

«S-s-scusa» balbettò, tremando con l'ulteriore adrenalina che pompava nel suo sangue e ignorando le grida irritate dall'autista che l'aveva quasi investita. Prima, Dane aveva ricordato il soprannome che le aveva dato, quando pensava che fosse troppo ubriaco per ricordare la sua presenza al bar e a casa sua. Poi era stata quasi investita, e ora si trovava stretta tra le sue braccia. Era più di quello che il suo cervello sovraccarico potesse assimilare.

«Stai bene?» le chiese, non allentando la stretta intorno a lei.

Bryn non disse nulla ma annuì, e piegò le dita contro il torace duro su cui erano posate. Poteva sentire il battito del suo cuore sotto la camicia e vederlo pulsare nel collo.

«Quel cenno significa che vuoi dirmi che stai bene, ma so da fonti attendibili che quando una donna dice che sta "bene", non è affatto così. Parlami. Mi stai un po' spaventando.»

«Sai il mio nome.»

Dane sorrise. «Sì, Smalls. Ricordo ogni cosa.»

A quel punto, Bryn chiuse gli occhi e strinse le labbra.

Quando lui non disse altro, ma continuò semplicemente a tenerla stretta, aprì gli occhi e parlò.

«Non ti stavo seguendo. Lo giuro. Ero a casa ed è arrivato il temporale. Mi ha fatto pensare a te. Un soldato su sei dopo essere tornato dalla guerra soffre di disturbo post traumatico da stress e non sapevo se il temporale fosse un fattore scatenante per te. Ero andata a vedere se eri al supermercato. Non c'eri, ma ho pensato che avrei potuto vedere se riuscivo a trovare il tuo pick-up per assicurarmi che stessi bene. E infatti l'ho trovato, ma era tardi e la coppia di motociclisti che usciva dal bar non mi ha dato l'impressione di essere il genere di persone che frequenteresti di solito. Ho solo sbirciato dentro ma ho visto che eri l'unico cliente e il barista voleva che te ne andassi. Era un tipo scontroso. Non credo che prenda molte mance, ne avrebbe di più se fosse amichevole. Però è come il paradosso di "Comma 22", un circolo vizioso. Sapevi che molti adolescenti non sanno cosa sia? Immagino che il libro sia troppo vecchio per loro, il che è un peccato perché è davvero bello.»

Dane sorrise di nuovo e le premette una mano sul fianco.

Lo guardò confusa.

«Mi hai trovato nel bar?» la sollecitò.

«Eri ubriaco e non potevi guidare, e il barista ha pensato che fossi venuta a prenderti. Quindi ti ho portato a casa. Non è successo niente» concluse in fretta.

«Come sei tornata al bar?»

«Ehm... cosa?» con tutte le parole che aveva praticamente vomitato, quella era l'ultima cosa che pensava Dane avrebbe chiesto.

«Al bar. Se hai guidato Miss May fino a casa mia, come sei tornata al bar a prendere la tua macchina? Hai chiamato un taxi?»

«No. Ce ne sono solo un paio a Rathdrum e smettono di lavorare intorno alle due.»

Aspettò un momento ma lei non approfondì. Alzò un sopracciglio e le chiese: «Allora?»

«Allora cosa?»

«Gesù, Smalls. Sarai una ragazza intelligente, ma sei anche un po' stordita. Come sei tornata al bar?»

«Oh. Ho camminato.»

«Hai camminato.»

«Sì.»

«A che ora?»

«A che ora, cosa?»

Dane fissò il cielo per un momento, come per pregare che gli venisse data la pazienza e sospirò. Poi la guardò di nuovo ed enunciò con cura: «A che ora hai lasciato la mia casa e a che ora sei arrivata al bar?»

Bryn scrollò spalle. «Non l'ho cronometrato. Ma sono arrivata a casa mia verso le cinque e trenta. Di solito ci metto venti minuti per fare un chilometro e mezzo circa, ma era buio e non riuscivo a vedere dove mettevo i piedi, quindi penso che la media fosse più vicina ai venticinque. Dal bar a casa tua sono più o meno tre chilometri. Probabilmente sono tornata alla mia auto verso le cinque e venti circa. Per una volta, lo stupido rottame si è avviato senza problemi e sono arrivata a casa circa sei minuti dopo.»

Dane si passò una mano sul viso e Bryn vide che aveva contratto la mascella. Non aveva idea del motivo per cui fosse così agitato. «Non è stato un grosso problema.»

«Per favore, non farlo mai più.» Il suo tono era basso e torturato.

«Che cosa? Perché? In che altro modo avrei potuto tornare alla mia macchina?»

«Non metterti più in pericolo in quel modo. Ti sarebbe potuta succedere qualsiasi cosa. Avresti potuto essere investita da un'auto. Rapita. Violentata. Sbranata da un animale selvatico. Passeggiare in questa parte del mondo, al buio, da sola, quando nessuno sa dove sei... non è una cosa intelligente da fare.»

Bryn per un attimo fu presa alla sprovvista. Non era intelligente? Per tutta la vita le era stato detto in continuazione quanto lo fosse. Forse quella era l'unica volta che qualcuno le diceva che non lo era. Non sapeva cosa provare al riguardo.

«Per non parlare del fatto che se ti fosse successo qualcosa perché mi hai aiutato... sarebbe stata colpa mia.»

«Non è logico» protestò. «Sei crollato addormentato. Come avrebbe potuto essere colpa tua?»

«Perché stavi tornando alla tua macchina alle quattro del mattino, a causa mia.»

«Che cosa avrei dovuto fare? Dovevo tornare a prendere l'auto. Dovevo lavorare oggi.» La sua voce era sommessa e confusa.

«Avresti dovuto rimanere a casa mia» rispose subito Dane.

«Ma...»

«Ero fuori gioco; non ti avrei fatto del male. Ho altre due camere da letto e un enorme divano su cui avresti potuto dormire. Al mattino, ti avrei riportato al bar a prendere la macchina. Mi sarei assicurato che arrivassi al lavoro in tempo.»

Bryn rimuginò sulle sue parole. Non aveva proprio pensato di rimanere a casa sua. Non era educato autoinvitarsi a stare in un posto senza permesso. Non le erano nemmeno venuti in mente i possibili pericoli del camminare nelle aree boschive e isolate dell'Idaho... soprattutto quello di essere aggredita; non si era mai guadagnata l'attenzione degli uomini prima. Senza contare che l'ultima volta che le aveva parlato, quando non era ubriaco, non gli era esattamente piaciuta.

Ma capiva il suo punto di vista. Apprezzando il fatto che le avesse dato il tempo di riflettere sulle sue parole, alla fine disse: «Hai ragione. Quando ti ho portato a casa non ho proprio pensato a come sarei tornata alla mia auto. Tutto ciò che volevo fare era assicurarmi che arrivassi sano e salvo. Avrei dovuto aspettare che ti svegliassi o che i taxi iniziassero a lavorare. Anche se ti fossi incazzato perché ero lì.»

«Ti va di cenare?»

Bryn lo fissò stupita per il brusco cambio di argomento.

«Sai, il pasto che la gente mangia la sera dopo il lavoro? Forse sei abituata a fare solo uno spuntino?» Stava scherzando, ma avrebbe dovuto sapere che era meglio non dire una cosa del genere con tutte le informazioni che era in grado di associare e a cui lui non aveva mai pensato prima.

«Sai, qui in America la cena si chiama *dinner*, però in alcune parti si chiama *supper*. *Dinner* è il pasto principale indipendentemente dall'ora in cui viene consumato, quindi anche a mezzogiorno. *Supper* invece ha la caratteristica di avvenire solo alla sera, sebbene in altri posti è solo uno spuntino serale. Insomma, i termini usati dipendono molto da dove si è cresciuti e vissuti.»

Le labbra di Dane si curvarono in un sorriso divertito. «Allora? Ti va di mangiare un pasto serale con me? Sai, per come la vedo io, siamo partiti con il piede sbagliato. Ti ho giudicato e detto alcune cose spiacevoli e offensive di cui mi pento. E ora temo che pensi che io sia un veterano alcolizzato, inutile per la società.»

«Non lo penso» rispose subito Bryn.

«Quindi, ceniamo insieme?»

Invece di rispondere, spiattellò ciò che *stava* pensando. Sapeva che avrebbe dovuto stare zitta, ma, soprattutto quando era nervosa, aveva l'abitudine di vomitare fatti a caso. «Partire con il piede sbagliato fu usato da Shakespeare nel 1595 nella versione originale del dramma "Re Giovanni". Parlava di un "piede migliore". C'è una disputa riguardo all'origine del detto, alcuni suggeriscono che arrivi dall'antica Grecia dove si pensava che portasse sfortuna indossare per prima la scarpa sinistra, ma altri pensano che sia perché la maggior parte delle persone sono destrorse e quindi, se c'è la mano o il piede giusto, il destro, deve esserci anche quello sbagliato, e cioè il sinistro. E non intendo dirlo in modo offensivo... sai... dato che sei mancino o lo *eri*. È proprio ciò che pensa la gente...»

La sua voce si affievolì e si concentrò sul primo bottone della camicia di Dane. Era un'idiota. Una completa e totale idiota.

«Hmmm, non lo sapevo. Interessante.»

Bryn inspirò bruscamente. Non l'aveva presa in giro o deriso il suo strano sproloquio. Si arrischiò a guardarlo.

Come se stesse proprio aspettando che lei incontrasse i suoi occhi, disse con un tono basso: «Non c'è molta scelta qui a Rathdrum, ma se sei d'accordo, il *Dairy Queen* ha degli hamburger fantastici. Sono molto grassi, ma possiamo buttarli giù con un po' di gelato. E in più... la carne di manzo ha molte proteine,e mi hai detto che avrei dovuto ridurre la quantità di carboidrati che mangio alla sera e aumentare l'apporto proteico.» Fece un sorrisetto compiaciuto.

Lei annuì. Sì, lo *aveva* detto. «Mi piacerebbe.»

«Grande.» Alla fine Dane si staccò da lei e si chinò per raccogliere i libri che aveva lasciato cadere quando era stata quasi investita. Per fortuna, erano intatti e senza un graffio. «Interessanti scelte di lettura.»

Bryn arrossì di nuovo ma si rifiutò di sentirsi in colpa. «Non so nulla di arti amputati o protesi.»

«Sembravi davvero interessata al mio moncone ieri sera.»

«Te lo ricordi?»

«Mi ci è voluto un po', ma sì, Smalls, ricordo tutto.»

Non sapeva cosa dire. Era davvero molto imbarazzata di essersi alzata la maglietta per mostrargli il reggiseno. Quindi tenne la bocca chiusa.

«Dai, guido io.»

Dane le appoggiò con delicatezza la protesi sul fianco e la

spostò finché non fu alla sua sinistra. Si adattava perfettamente a lui, la sua testa gli arrivava solo alla spalla. Si sentì circondata dal suo calore... e al sicuro. Bryn si strinse i libri al petto e camminò accanto a lui verso il pick-up.

«Non ti preoccupare, quando avremo finito di mangiare ti riporterò qui a prendere la tua auto. Penso di essere stato abbastanza chiaro dicendo che non mi piace che tu vada in giro dopo il tramonto.»

«Prima di trasferirmi qui, ho controllato le statistiche sulla criminalità» lo informò. «I dati erano vecchi di un paio d'anni, ma c'erano stati solo sei arresti per aggressione aggravata, quarantasei per violazioni legate alla droga, quarantasette per guida in stato di ebrezza, due rapine e un solo arresto per stupro. Nel complesso, Rathdrum è un posto molto sicuro e ci sono stati solo trecentoquarantadue arresti nel corso dell'anno in questione.»

Dane si fermò sul lato del passeggero del pick-up e la girò in modo da farla appoggiare con la schiena sulla portiera. La prese per le spalle e la guardò. «Comunque stiano le cose, non è sicuro o intelligente sperare nella fortuna. Non voglio che tu sia il trecentoquarantatreesimo incidente dell'anno in questa città. Sarà anche piccola, ma i bastardi e i pazzi vivono ovunque. Ricordami prima o poi di mostrarti ilsito web dei molestatori sessuali. L'ultima volta che ho controllato, ce n'erano registrati ventidue che vivono in questa zona.»

«C'è un sito web?»

«Sì, Smalls. La legge obbliga chiunque sia condannato per un crimine sessuale a denunciare il proprio indirizzo alle autorità. Li tengono sotto controllo e si assicurano che non vivano troppo vicino alle scuole. Le informazioni sui predatori sessuali sono online e disponibili al pubblico.»

«Fantastico» sospirò Bryn. «Non lo sapevo.»

Le sorrise. «Già, l'avevo capito.»

Quando non disse altro, si spostò e gli chiese: «Hai cambiato idea riguardo alla cena?»

«No» rispose subito. «Mi stavo chiedendo come diavolo sei riuscita a seguirmi in quel dannato supermercato per così tanto tempo senza che me ne accorgessi.»

«Oh, sono brava a rendermi invisibile.»

A Dane non piacquero le sue parole, ma non le commentò, disse solo in modo criptico: «Non sei invisibile ora.»

«Mi pare ovvio.»

«Dai. L'hamburger e il gelato ci stanno aspettando.» Si chinò e aprì la portiera di Miss May con la mano buona e attese che salisse sul pick-up.

Bryn si sistemò sul sedile in morbida pelle e lo guardò chiudere la portiera e passare davanti all'auto per andare dal lato del conducente. Chiuse gli occhi per un momento e inviò una preghiera silenziosa verso il cielo, nella speranza di non dire nulla che avrebbe potuto far decidere una volta per tutte all'uomo fantastico vicino a lei, che era *davvero* una svitata.

CAPITOLO SEI

Il *Dairy Queen* era abbastanza affollato per una sera infrasettimanale, così Dane dopo averle chiesto cosa volesse mangiare, la mandò a cercare un tavolo.

Bryn lo osservò entrando nella sala ristorante, e si rese conto che sembrava a disagio. Ovvio, essendo ora di cena c'era parecchia gente nel locale. Prese la decisione all'istante e tornò da lui, mettendosi in fila alla sua sinistra, così vicina da sfiorargli il braccio.

«Tutto bene?» le chiese Dane guardandola preoccupato.

«Sì» si limitò a dire.

«Non riesci a trovare un posto dove sederci?»

«Preferirei andare a fare un picnic.»

«Un picnic?»

«Mm-mm.» Bryn trattenne il respiro, sperando che fosse d'accordo.

«Non ha nulla a che vedere con quello che è successo al supermercato, vero?»

Alzò lo sguardo su di lui. Notò ancora una volta quanto fosse alto. Indossava il suo onnipresente giubbotto di pelle e, quando si mosse, ne sentì il lieve profumo. Pensò a come rispondergli e decise semplicemente di dire la verità.

«È affollato. Non ti piace stare in mezzo alla gente. Ci sono alcuni tavoli liberi in cui puoi sederti in modo da avere la vista sulla sala, però daresti la schiena alle finestre e non credo che saresti tranquillo. C'è una piccola area picnic lungo la strada a circa due chilometri da qui. Potremmo andare lì e non dovresti preoccuparti delle altre persone, e forse potresti goderti il pasto.»

Lui non disse nulla per un lungo momento, sufficiente a farle pensare di essersi spinta troppo oltre. Abbassò gli occhi stringendo le labbra, mortificata, immaginando che alla fine si sarebbe reso conto che era svitata come aveva affermato e che l'avrebbe abbandonata nel ristorante. Invece sentì una pressione sotto il mento. Alzò la testa, amando il calore del suo dito sulla pelle e, con tutto il coraggio che riuscì a racimolare, incontrò i suoi occhi.

«Mi sembra perfetto. Grazie.»

Bryn fece un sospiro di sollievo ma non disse nulla, annuì e cercò di non rabbrividire quando tolse il dito da sotto il mento.

«Che gelato vuoi, un *Blizzard*? Probabilmente sarà un po' molliccio quando arriveremo nell'area picnic, ma dovrebbe comunque avere ancora un buon sapore.»

«Penso che sia contro la legge venire al *Dairy Queen* e non prenderne uno» rispose con un'espressione seria.

«Giusto. Lasciami indovinare. Gusto Oreo?»

Bryn inclinò la testa. «Perché pensi che sia quello che mi piace?»

Avanzarono nella fila e vide gli occhi di Dane spostarsi a destra e a sinistra per un momento prima di posarsi su di lei. Era evidente quanto fosse a disagio. Non doveva essere facile per lui avere delle persone davanti e dietro. Se non gli piaceva che ci fossero nella stessa corsia al supermercato, lì doveva essere una tortura. Bryn si girò in modo da avere di fronte il suo profilo, guardò a destra, a sinistra, poi di nuovo lui.

Dane capì cosa stava facendo. «Mi stai coprendo le spalle?» le chiese con voce sommessa che arrivò solo alle sue orecchie.

Lei annuì.

«Grazie.»

Bryn fece per prendergli la mano, rendendosi conto solo all'ultimo momento di essere alla sua sinistra. Infischiandosene, chiuse due dita attorno a uno dei ganci all'estremità della protesi e la tenne stretta. «Prego. Allora, perché hai pensato Oreo?»

Era sicura di averlo sorpreso, ma lui non si liberò. «Mi dai l'impressione di essere una ragazza da bianco e nero. Classica. Oreo e gelato alla vaniglia sono la cosa più classica possibile.»

«Brownie, caramello, biscotto con gocce di cioccolato e gocce al burro di arachidi.»

Dane corrugò le sopracciglia e Bryn si rese conto che, per la prima volta da quando erano entrati nel piccolo ristorante, era completamente concentrato su di lei e non su ciò che lo circondava. «Come scusa?»

«È ciò che voglio nel mio *Blizzard*.» E ripeté tutti gli ingredienti.

«Buon Dio, donna. Andrai in coma diabetico se mangi quella roba.»

Lei scosse la testa. «L'ipoglicemia di solito è un problema solo per le persone che hanno il diabete, cosa che non ho. Succede quando c'è troppa insulina nel sangue, e indica un *basso* livello di zuccheri. L'*iper*glicemia invece è quando il corpo ha troppi zuccheri nel sangue e non abbastanza insulina per bilanciarlo. Nonostante le persone sane possano diventare iperglicemiche, spesso è solo un problema dei diabetici. Per quanto mi riguarda, se assumo troppi zuccheri in un singolo pasto, avrò un picco di dopamina che potrebbe dare un falso valore alto, ma poiché il glucosio viene digerito rapidamente, anche i livelli nel sangue scenderanno altrettanto in fretta. Non dormo molto, quindi quando mangio un dolce, di solito faccio qualcosa per contrastare gli zuccheri... una passeggiata, assumo proteine come noci o burro di arachidi, o bevo una tazza di tè verde o acqua. Ciò mi aiuta a fare pipì e a espellere quelli in eccesso nel mio corpo.»

«Giusto.» Dane le sorrise ma non disse nulla riguardo alla sua spiegazione. Si limitò ad avvicinarsi al bancone quando la coppia davanti si spostò di lato per aspettare l'ordinazione.

Bryn non aveva idea di quali tra le cose che aveva detto lo avesse divertito, ma avrebbe voluto saperlo per poterle ripetere a un altro appuntamento. Dane non era più teso e sembrava avesse dimenticato di avere una fila di persone alle sue spalle. Il pensiero che fosse merito suo, se si era rilassato abbastanza da non preoccuparsi di essere in pubblico, fu sufficiente a farle provare una sensazione di calore nel petto.

Anche se stava studiando il suo viso molto intensamente, notò quando lui allungò la mano destra, per toglierle le dita dalla protesi e poterle circondare la vita e attirarla al suo fianco. Sentì la forza del suo bicipite dietro la schiena.

Lui non la guardò, si limitò a tenere gli occhi sulla ragazza alla cassa. Bryn appoggiò una mano sul bancone e portò l'altra attorno alla sua vita agganciando il pollice alla cintura dei suoi pantaloni. Ebbe la sensazione che fosse una cosa intima, ma giusta.

Dane la scosse un po', facendole riportare l'attenzione su ciò che stava dicendo. «Assicurati che dica tutto giusto» le ordinò, poi elencò gli ingredienti che lei voleva nel gelato.

Gli occhi dell'adolescente si spalancarono sempre di più a ogni golosità ordinata da Dane, annuendo dopo ognuna.

«Ho detto tutto giusto?»

Bryn annuì. Per una volta nella vita, la sua mente era vuota. Tutto ciò a cui riusciva a pensare era quanto fosse bello essere stretta contro di lui e che buon profumo avesse. Un misto tra la pelle della giacca, un accenno di colonia e il lieve odore di sudore al di sotto, non abbastanza da essere disgustoso, ma quanto bastava per farle capire che era un uomo che non avrebbe mai trascorso le sue giornate seduto su una sedia dietro a una scrivania. L'Idaho era perfetto per lui. O lui era perfetto per l'Idaho, Bryn non era sicura di quale fosse più appropriato.

Dane prese il portafoglio e lo appoggiò sul bancone. Estrasse la carta di credito e la consegnò, il tutto senza spostare la protesi intorno alla sua vita. La ragazza passò la carta e la restituì, lui la infilò di nuovo nel portafoglio, lo chiuse e se lo rimise in tasca. Poi si spostarono di lato appoggiandosi contro un muro vicino al bancone per aspettare il loro cibo.

«L'hai fatto sembrare facile» commentò Bryn.

«Cosa?»

«La cosa del portafoglio.»

«Non è un intervento chirurgico al cervello tirare fuori una carta di credito, Smalls.»

«Non la pensavi così ieri sera al bar.»

Le fece un piccolo sorriso, poi la informò: «Avrei potuto prenderlo dalla tasca senza problemi.»

«No no. Eri ubriaco.»

«È vero, ma anche se sono mancino avrei potuto usare la destra, non è poi così difficile, anche se la tasca è dal lato opposto.»

«Quindi stavi fingendo?»

«Smalls, ho avuto l'opportunità che una donna carina infilasse la mano nei miei pantaloni e mi toccasse il sedere... quindi sì, stavo fingendo.»

Bryn rimase senza parole.

«Cosa sta succedendo dentro quel tuo meraviglioso cervello?»

«Hai detto che sono carina.» Quelle cinque parole le sfuggirono dalla bocca senza pensarci.

«Perché è vero.»

«Non me l'ha mai detto nessuno in tutta la mia vita.»

«Bryn, tu...»

Non riuscì a sapere cosa stesse per dire, perché fu interrotto da un dipendente che chiamò il loro numero.

Grata per l'interruzione, si allontanò da Dane e prese uno dei *Blizzard* e il sacchetto del cibo. Lui prese l'altro gelato e si diressero verso l'uscita.

C'era un uomo davanti alla porta e, mentre si avvicinavano, il suo cellulare squillò con una fastidiosa suoneria stridente, simile a un allarme.

Bryn sentì Dane irrigidirsi accanto a lei, e prima che potesse fare qualcosa, la afferrò per la vita e la tirò con forza di lato mettendosela davanti e dando le spalle all'uomo, per far sì di trovarsi tra lei e la minaccia percepita.

Era come se fossero invisibili agli altri, nessuno notò nemmeno cosa fosse successo. Una donna si avvicinò per salutare l'uomo sulla soglia e lui si chinò e la baciò prima di seguirla verso un tavolo sul retro del ristorante.

Dane respirava affannosamente contro di lei, il suo fiato caldo le avvolgeva il collo mentre il petto si alzava e abbassava contro la sua schiena. Il gelato che aveva tenuto in mano ora si stava sciogliendo sul pavimento ai loro piedi.

«Non preoccupatevi del casino, ripuliamo, nessun problema.»

Bryn sollevò gli occhi e vide accanto a loro una delle ragazze che prima stava lavorando dietro al bancone, con uno sguardo preoccupato sul viso.

Ignorandola per un momento, si voltò tra le braccia di Dane, che all'inizio non allentò la presa tenendola stretta a sé, ma alla fine la lasciò andare. Vedendo la sua espressione tesa e indecifrabile, prese in mano la situazione.

Si voltò di nuovo verso la ragazza. «Grazie. Scusa, ci siamo fatti cogliere di sorpresa.»

«Possiamo sostituire il *Blizzard*» le disse.

«No, va bene così. Possiamo condividere questo.» Bryn sollevò il contenitore che era riuscita a tenere in mano; per fortuna era quello più pieno. Non voleva aspettare che ne preparassero un altro, doveva portare Dane fuori di lì. «Ci dispiace per il casino.»

Ma la ragazza si era già allontanata, probabilmente per prendere uno straccio per ripulire.

«Dai, Dane. Andiamo.»

Lui annuì e deglutì a fatica, prima di muoversi di nuovo verso l'uscita. Non parlò, ma era evidente che fosse al limite. La sua testa girava a destra e a sinistra, controllando il parcheggio e l'area circostante il ristorante. Raggiunsero il pick-up e Bryn si mise il sacchetto del cibo sotto il braccio e tese la mano. «Guido io.»

Per un secondo pensò che avrebbe rifiutato, ma alla fine lasciò cadere il portachiavi sul suo palmo e le prese il sacchetto, mettendoselo sotto il braccio sinistro come aveva fatto lei, poi prese il *Blizzard* con la mano destra, aspettò che salisse in auto, chiuse la portiera con un colpo del fianco e andò dall'altra parte, entrando senza dire una parola.

Bryn spostò il sedile in avanti per poter guidare comodamente e avviò il pick-up. Nell'abitacolo regnò il silenzio fino a quando ad un certo punto Dane mormorò: «Mi dispiace.»

Invece di dirgli che non aveva assolutamente nulla di cui dispiacersi, sapendo che di sicuro non sarebbe stato d'accordo, lo informò: «Un *Blizzard* al cioccolato con pezzi di brownie ha milleduecento calorie. Quello con i biscotti e le gocce di cioccolato ne ha millecinquecento. Immagino che con tutto quello che c'è nella coppa che hai in mano, siano oltre duemila. È un'ottima cosa che tu sia così robusto e muscoloso. Il rilascio di dopamina dovuta al consumo di così tante calorie e zuccheri sarà inferiore se mi aiuti a mangiarlo.»

Non rispose, ma si accasciò sul sedile guardandosi intorno agitato mentre percorrevano la strada.

Lei continuò a parlare, raccontandogli fatti a caso sul contenuto di grassi e le calorie dei cibi più popolari dei fast food. Poi passò alle statistiche riguardo a quanti americani guidavano una macchina con il cambio manuale rispetto a una con quello automatico, e quando arrivarono nella piccola area picnic fuori dalla strada principale che conduceva a Rathdrum, finì con un monologo sulle sue opinioni riguardo al fatto che sempre meno donne sceglievano di laurearsi in fisica o matematica quando andavano al college.

Bryn spense l'auto una volta parcheggiato nell'area di sosta deserta e guardò Dane. Le rughe intorno ai suoi occhi erano sparite e poteva affermare che non stesse più stringendo i denti.

«Non muoverti, vengo dalla tua parte» le disse con voce ferma, senza aspettare la sua risposta mentre prendeva il sacchetto di cibo e il *Blizzard* che si stava sciogliendo, poi balzò giù dal pick-up.

Andò dal suo lato e aprì la portiera, le porse il gomito sinistro per darle qualcosa a cui aggrapparsi mentre scendeva in modo un po' impacciato. Ancora una volta, Bryn sentì la forza del suo corpo mentre lo usava come leva e la teneva in equilibrio facendola uscire in sicurezza dall'alta cabina dell'auto.

Continuò a tenersi al suo braccio mentre andavano verso il tavolo da picnic più vicino. Si sedette, rimanendo un po' sorpresa quando si sistemò accanto a lei. Avrebbe voluto dire qualcosa, ma non sapeva cosa. Non era sembrato troppo impressionato dalla sua conversazione in auto, e non aveva praticamente più idee.

«Non so che tipo di vita hai vissuto e chi hai conosciuto,

ma penso che siano stati un mucchio di idioti. Sei carina, Smalls. No, non solo carina, sei bella. E sai cosa ti rende così?»

Bryn scosse la testa e deglutì a fatica, l'emozione le strinse la gola impedendole di parlare mentre si rendeva conto che lui stava continuando la conversazione che aveva iniziato al ristorante prima che il loro cibo fosse pronto.

«Sei sensibile alle emozioni delle persone che ti circondano. Non ti vergogni quando qualcuno che è insieme a te fa delle cose stupide. Semplicemente lo accetti e sdrammatizzi qualunque sia la situazione.» Dane fece una pausa e le prese una delle mani che teneva strette in grembo. Strofinò il pollice sul dorso e infine se la posò sulla coscia e la coprì con la propria. «Sei minuta, ma il tuo cuore, la compassione e... il tuo essere... sono più grandi di quelli di chiunque abbia mai incontrato. Questo è ciò che ti rende ai miei occhi non solo carina, ma assolutamente bella.»

Bryn aprì la bocca, ma non ne uscì nulla. Non aveva idea di come rispondergli. Nessuna. E lui proseguì.

«Mi dispiace di averti detto quelle cose al supermercato. Sul serio. Non sei una svitata. *Io* lo sono. Devo fare shopping nel cuore della notte, così non vado fuori di testa. Quando c'è un temporale, devo ascoltare musica con le cuffie a volume molto alto. Probabilmente diventerò sordo e dovrò gestire anche quello in aggiunta a tutti gli altri problemi mentali. E non posso nemmeno stare in un fast-food per più di dieci minuti senza rendermi ridicolo.»

Come se avesse azionato un interruttore, Bryn ritrovò le parole. Difenderlo era molto più facile che pensare a se stessa. «Stronzate. Ok, sei un po' teso, e allora? Il venti percento dei veterani tornati dall'Iraq e dall'Afghanistan hanno qualche disturbo post traumatico da stress. Ed è il venti percento di due milioni e settecentomila persone, che sono circa seicentomila veterani. E questa è una stima al ribasso.» Non riusciva a interpretare lo sguardo sul suo viso, così sbottò in fretta:

«Almeno tu non spari in momenti strani, statistiche a caso che nessuna persona normale avrebbe mai saputo o *voluto* sapere.»

«Mi piace.»

«Come scusa?»

«Mi piace. Che tu ci creda o no, mi aiuta ad uscire dal momento di depressione in cui mi trovo. Sono affascinato da quello che sai ed è interessante.»

Bryn riuscì solo a fissarlo a bocca aperta. Lei? Interessante? Impossibile.

«Comunque, grazie, Smalls. Non ti ho fatto male?»

Sapeva a cosa si riferisse. «No. Affatto.»

«Tutto ciò a cui riuscivo a pensare era assicurarmi che non ti trovassi sulla linea di fuoco.»

«Hai fatto un ottimo lavoro. Sei così grande che non credo che l'uomo sulla porta abbia visto un centimetro del mio corpo.»

«Non è che sono grande, sei tu che sei piccola, Smalls.»

«Non è vero» protestò subito. «Sei come Gigantor.»

Dane fece un sorrisetto, e per lei quel guizzo delle sue labbra fu la cosa migliore che avesse visto da molto tempo. Non era tornato ad essere il solito – anche se ignorava quale fosse dato che non lo conosceva davvero bene – ma quell'espressione significava che stava uscendo da qualunque inferno in cui fosse ripiombata la sua testa. Le bastava.

Dopo una piccola stretta le lasciò andare la mano e prese il sacchetto del cibo. «Sarà meglio mangiare prima che si raffreddi troppo e che il gelato si sciolga del tutto. Ok?»

«Sì» concordò.

Chiacchierarono del più e del meno mentre divoravano gli hamburger e le patatine fritte, e poi condivisero il gelato quasi completamente sciolto. Dane ammise persino che era il miglior *Blizzard* che avesse mai mangiato in vita sua.

Finito tutto, tornarono in città e la riportò nel parcheggio della biblioteca, le aprì la macchina e rimase accanto alla portiera, per assicurarsi che si avviasse senza problemi, facendo una smorfia quando ci vollero tre tentativi.

Indietreggiando, disse con nonchalance: «A presto, Smalls.»

«Ci vediamo, Dane.»

E con quello partì, e in qualche modo ce la fece a guardarlo solo una volta.

Più tardi quella sera, sdraiata sul divano, Bryn rifletté sulla giornata e su Dane. Era ovvio che stesse avendo delle difficoltà, ma era altrettanto evidente che fosse un brav'uomo.

Abbassò gli occhi sul libro aperto in grembo e iniziò a leggere da dove aveva interrotto. Le informazioni su protesi e amputazioni erano affascinanti e non poteva fare a meno di sperare, da un punto di vista puramente scientifico, di avere la possibilità di esaminare di nuovo il moncone di Dane, ora che ne sapeva un po' di più sull'argomento.

Non le aveva fatto capire che voleva vederla ancora, né detto che l'avrebbe chiamata o chiesto di uscire di nuovo. Ma *l'aveva* definita carina. Se non fosse già stata per metà innamorata di lui, sarebbe successo dopo aver passato quel tempo insieme nell'area pic-nic sul ciglio della strada, senza parlare di nulla in particolare, condividendo un delizioso gelato sciolto mentre la parola "bella" continuava a risuonare nel suo cervello.

CAPITOLO SETTE

«ALLORA RACCONTAMI DI SMALLS» ordinò Truck. «L'hai *vista* di nuovo, vero? Quella città è minuscola.»

Dane si rilassò sul divano e sorrise mentre pensava alla donna che aveva avuto in testa nell'ultima settimana. Non l'aveva più vista, dato che si era rintanato in casa a cercare di affrontare gli incubi e i flashback provocati dall'episodio al *Dairy Queen*. Si sentiva un debole. Non avrebbe dovuto farsi influenzare così da quella roba. Sembrava quasi che essersi trasferito in Idaho lo avesse fatto peggiorare, invece che migliorare.

«L'ho portata fuori a cena» gli disse, cercando di scacciare i pensieri negativi.

«Be', porca puttana» sussurrò Truck. «Sei andato a un appuntamento?»

«Non chiamerei esattamente un *appuntamento* prendere cibo da asporto al fast-food del posto.»

«A Rathdrum, sì» replicò subito il suo amico. «E?»

«E cosa?» Dane sorrise. Era divertente prendere in giro Truck.

«Fish» ringhiò l'altro con impazienza.

«Abbiamo preso del cibo, ho abbassato troppo la guardia, ho avuto un flashback e siamo andati a mangiare in una cazzo di area di sosta lungo la strada.» Dane cercò di sembrare disinvolto riguardo all'incidente, ma sapeva che Truck non avrebbe lasciato perdere. Quello era in parte il motivo per cui lo aveva raccontato. Odiava vedere lo psicologo dell'esercito, gli dava sempre la sensazione che fosse di fretta e non gli fregasse nulla di com'era come persona. Ma parlare con un altro soldato, qualcuno che era lì quando era stato ferito, e sicuramente aveva visto molta più merda di quante ne avesse mai vista lui in missione, era una cosa completamente diversa.

«In che senso hai abbassato troppo la guardia? Esiste davvero come possibilità?»

«Eravamo in fila, davo le spalle alla porta ed ero a dieci secondi dal filarmela. Poi Bryn si è girata a guardarmi e ho visto i suoi occhi scrutare dietro e davanti a me... valutando la situazione. Mi sono sentito come se fossi di nuovo nel deserto, con un compagno al mio fianco, e mi sono rilassato.»

«E il flashback?»

Dane fece un respiro profondo. «Stavamo andando alla porta ed è entrato un tizio. Il suo cellulare ha squillato e la suoneria mi ha ricordato i fischi che avevo nelle orecchie mentre ero sdraiato sotto quel fottuto Humvee, incapace di muovermi.»

Ci fu un momento di silenzio sulla linea mentre Dane cercava disperatamente di impedire che quella visione prendesse il sopravvento nella sua mente e di evitare di buttarsi a terra e coprirsi la testa.

«I flashback sono una brutta rogna» disse Truck in tono comprensivo.

«Sì. Ho lasciato cadere la coppa del gelato che avevo in mano e afferrato Bryn, coprendo il suo corpo con il mio per proteggerla dai frammenti della granata che ero sicuro stessero per volare in aria.»

«E lei come ha reagito?»

Ci volle un secondo perché la domanda di Truck penetrasse nella sua coscienza. Quando lo fece, Dane disse semplicemente: «Niente. È rimasta lì tra le mie braccia mentre il tipo ci passava accanto.»

«La amo» fu la strana risposta di Truck.

«Che cosa?» gli chiese con voce soffocata. A livello logico, sapeva che non intendeva amare nel senso di... *amare*, ma inconsciamente non gli piaceva che pensasse a Bryn in quel modo.

«Non si è fatta prendere dal panico? Non ha lottato per liberarsi? Non ti ha rimproverato, sostenendo di averla messa in imbarazzo? Non ti ha detto che eri pazzo per aver avuto quella reazione?»

«No. Ha detto alla dipendente che non serviva che ci sostituisse il gelato e ce ne siamo andati. Mi ha persino chiesto le chiavi per poter guidare.»

«Cazzo, Dane» disse Truck sbalordito. «Non so la sua storia e non sto dicendo che dovresti fuggire con lei e sposarla, ma sembra che sia perfetta per te. Conosco pochissime donne che avrebbero reagito in quel modo, che non si sarebbero arrabbiate o imbarazzate, e che avrebbero capito che non eri in condizioni di guidare.»

«È super analitica. Vuole sapere come funziona tutto. Quando è nervosa spara fatti a caso di cui non ho mai nemmeno sentito parlare. Inoltre è quasi priva di buonsenso. Non so se è una forma di autismo o cosa, ma è tornata al bar a piedi da casa mia nel bel mezzo della notte. E quando le ho detto che non era una cosa molto intelligente da fare, non aveva idea di cosa stessi parlando. È un atteggiamento adorabile da morire, ma anche frustrante.»

«Sembra che abbia bisogno di qualcuno come te che la tenga d'occhio. Quando la rivedrai?»

«Non lo so. Io... è una settimana che non esco di casa, ho

paura di combinare qualche cazzata e fare del male a qualcuno quando reagisco nel modo sbagliato.»

«Chiamala» gli ordinò Truck.

«Non ho il suo numero.»

«Pff... ecco perché abbiamo Tex. Tutto ciò che serve è che tu gli dica il suo nome e troverà il numero in circa dieci secondi. Sul serio, chiamala. Quand'è stata l'ultima volta che sei andato in un ristorante all'ora di cena?»

«Prima di perdere la mano.»

«Appunto» disse Truck con tono compiaciuto. «È perfetta per te, Fish. Pare che tu abbia trovato la persona che è stata creata apposta per te. Penso che tu lo sappia, ma cerchi di combatterlo.»

«Senti da che pulpito viene la predica» dichiarò in tono impassibile.

«*Io* non sto combattendo nulla. So esattamente chi voglio e ho intenzione di fare il possibile per averla. A qualunque costo.»

Dane sospirò. Non era stata sua intenzione essere stronzo. Prese mentalmente nota di non commentare più niente sulla relazione, se così si poteva chiamare, di Truck e Mary. «Non lo so, amico. Ho ancora la testa incasinata.»

«Come pensi che si *senta* lei in questo momento?»

«Cosa intendi?»

«Ti ha aiutato quando eri ubriaco. Ti sei presentato al suo posto di lavoro e le hai chiesto di uscire. Avete cenato e ora non ti vede o sente da una settimana.»

«Accidenti» mormorò Dane, rendendosi conto che aveva ragione. Si era accorto quanto Bryn fosse stata sorpresa e compiaciuta quando le aveva detto che era carina. Non si era preoccupata di nascondere che lui le piaceva. *Piaceva* davvero. E quando si erano salutati la settimana prima, non le aveva nemmeno detto che l'avrebbe contattata o altro. L'aveva lasciata semplicemente andare via senza una parola di ringraziamento per avergli coperto le spalle, aver condiviso il suo gelato e tutto il resto. Era un idiota.

«Sono un idiota.»

«Sì. Ora, mi darai il suo nome in modo che possa chiamare Tex e farti avere il suo numero?»

Dane percepì il sorriso nella voce del suo amico. «Bryn Hartwell.»

«Perfetto. Ti mando un messaggio entro un'ora.»

«Grazie, Truck. Lo apprezzo. E... niente, volevo solo ringraziarti.»

«Prego. Per quanto mi dispiaccia, non sarò in grado di farmi sentire per un po' per vedere come stanno andando le cose, quindi non rovinare nulla fino a quando non torno a casa per poterti dare istruzioni appropriate su come sco...»

«Zitto, stronzo.» Dane interruppe il suo amico prima che potesse dire qualcosa che lo avrebbe davvero fatto incazzare. Gli dava fastidio sentire Truck dire qualcosa di volgare riferito a Bryn. «Tu e gli altri fate attenzione.»

«Sempre. E, Fish?»

«Sì?»

«Non essere così duro con te stesso. Ci sono molti veterani là fuori e, soprattutto, la maggior parte dei civili conosce l'esistenza del disturbo post traumatico da stress e dell'effetto che ha su di noi.»

«Ora sembri Bryn.»

«Ecco perché mi piace» disse Truck ridendo. «Ti invierò presto un messaggio con il suo numero e parlerò con i ragazzi di venire lassù a trovarti quando torneremo. Mi aspetto di incontrare questa donna fantastica.»

«Vedremo. Ci sentiamo, Truck.»

«A presto.»

Dane chiuse la chiamata e si raddrizzò sul divano. Forse era giunto il momento di farsi una tessera della biblioteca.

CAPITOLO OTTO

BRYN SI SEDETTE al tavolino della sala relax che si trovava sul retro della biblioteca e aprì il libro sui bunker che aveva scoperto la settimana prima. L'aveva già letto una volta e trovato davvero affascinante. Sapeva che in giro per il mondo c'erano persone che pensavano che la distruzione dell'umanità fosse imminente, ma non aveva idea di quanto fossero estesi i loro preparativi.

Accumulare armi, costruire bunker sotterranei, acquistare proprietà che avevano una fonte d'acqua che non era collegata a nessun impianto della città... era tutto molto interessante, e lei avrebbe davvero voluto parlare con qualcuno che si stava preparando per la fine del genere umano e fare un tour di un bunker dal vivo.

Ma la cosa più preoccupante al momento, era il pensiero che chiunque avesse preso in prestito il libro sui bunker l'ultima volta, avesse ritirato *anche* quello su come usare il fertilizzante per costruire una bomba. Aveva cercato quella persona, era un certo John Smith.

Bryn sarebbe stata sorpresa di scoprire che non era un nome inventato. Ma nel modulo di domanda della tessera della biblioteca c'era anche un indirizzo. Non sapeva se fosse legittimo o meno, però aveva deciso di ricercarlo. Sulle immagini satellitari trovate su Internet, sembrava una casa alla periferia di Rathdrum, ma non aveva idea se il misterioso John Smith vivesse davvero lì – avrebbe potuto inventare l'indirizzo insieme al nome falso – o se sulla proprietà fosse stato costruito un bunker. Ma il pensiero che ci fosse le faceva davvero desiderare di andare a vedere.

Quando era piccola, i suoi genitori l'avevano fatta visitare da tutti i tipi di medici. Poi, dopo aver scoperto il suo alto quoziente intellettivo, era stata costantemente testata per vedere esattamente quanto fosse intelligente. Era stata interrogata, esaminata e studiata da tantissime persone... quando tutto ciò che avrebbe desiderato era di essere lasciata in pace. Era uno dei motivi per cui aveva scelto di vivere a Rathdrum. Non c'era molta gente.

Qualcosa sullo stile di vita survivalista attirava quel lato di lei. Stare da sola, vivere fuori dal mondo, senza dover andare nei negozi e trattare con le persone. Senza bisogno di pagare le bollette. Le sarebbe mancato Internet e poter cercare informazioni quando voleva, ma essere in grado di scomparire la allettava. Moltissimo.

La smania stava diventando più forte ogni giorno. Aveva *bisogno* di vedere dal vivo un bunker, di vedere se l'immagine nella sua testa era una fantasia, o se avrebbe davvero potuto vivere tagliata fuori dalla società come facevano i survivalisti. O almeno come stavano pianificando di fare se fosse stato necessario.

I suoi genitori non avevano mai capito la sua estrema curiosità, dicendole più di una volta che un giorno l'avrebbe messa nei guai, ma Bryn li aveva semplicemente ignorati quando avevano cercato di frenarla. In che altro modo avrebbe potuto imparare qualcosa?

«Ciao.»

Bryn sobbalzò sulla sedia e si girò di scatto, e vide Dane in piedi sulla soglia della sala. Si mise una mano sul petto e disse senza fiato: «Non ho sentito la porta aprirsi.»

«Mi pare ovvio. E mi dispiace, non volevo spaventarti. Cosa stai leggendo così concentrata?»

Gli sorrise. «Un libro su come costruire un bunker.»

«Un bunker?»

«Sì, una di quelle case sotterranee in cui rifugiarsi per vivere in modo che nessuno sappia che sei lì, se la società dovesse collassare e tutti si rivoltassero l'uno contro l'altro. Sapevi che alcune persone li hanno costruiti per riuscire a viverci per anni? Possono avere acqua potabile, coltivare il proprio cibo e letteralmente scomparire dal mondo senza lasciare traccia. È troppo forte.»

Mentre parlava, Dane si era sistemato su una sedia accanto a lei. Non di fronte, proprio *di fianco*. Si chinò e usò l'indice per girare il libro in modo da poter vedere ciò che stava guardando.

«Lo sapevo. Stai leggendo come far entrare aria pura lì dentro, eh?»

Bryn annuì, cercando di respingere la delusione provata tutta la settimana per non averlo più sentito dopo il loro picnic. «A volte le persone usano solo un semplice tubo, ma i survivalisti estremi costruiscono un sistema di sfiato con ventilatori e si assicurano che abbiano diversi punti di aspirazione e scarico, nel caso in cui uno venga compromesso.»

«Cos'altro?»

Lo guardò. Non riusciva a capire se la stesse prendendo in giro o se volesse davvero sapere ciò che aveva imparato. Aveva un bell'aspetto. Teneva il braccio sinistro appoggiato sulle gambe, ma aveva notato che portava la protesi. Indossava anche i soliti stivali, un paio di jeans, una camicia bianca a maniche lunghe e l'onnipresente giubbotto di pelle; l'odore della pelle l'avrebbe sempre fatta pensare a lui.

Abbassò lo sguardo sul libro e si morse il labbro. Anche lei indossava dei jeans quel giorno, abbinati a una maglietta blu scuro con il logo della Biblioteca pubblica di Rathdrum con sopra il grembiule che usava quando riforniva gli scaffali, per evitare di sporcarsi troppo. Era molto grande per lei, ma prima di quel giorno non le era mai importato. Ai piedi aveva le sue solite scarpe da ginnastica. Bryn sapeva che i suoi capelli erano un disastro. Li aveva legati in una coda di cavallo quando era uscita di casa, ma probabilmente si stava già allentando. Non era per niente all'altezza di Dane. Neanche lontanamente. Magari era sprovveduta su un sacco di cose, ma il modo in cui era vissuta fin da piccola le aveva fatto imparare in fretta di essere un'emarginata che non si armonizzava con gli altri bambini carini e apprezzati.

«Be', ci sono circa tre milioni di americani che rientrano nella categoria dei survivalisti. Persone che stanno facendo piani dettagliati su come sopravvivere quando il mondo così come lo conosciamo finirà. È solo circa l'uno percento della popolazione, ma è stata una sorpresa scoprire quanto sia alto il numero. C'è un sito web molto popolare gestito da un ex ufficiale dell'intelligence dell'esercito americano. Dice che il governo non sarà in grado di occuparsi di tutti se dovesse succedere qualcosa di brutto, quindi la gente dovrebbe prepararsi ora per salvaguardarsi.»

Bryn ebbe per la prima volta un pensiero. «Eri nell'esercito, giusto? Cosa ne pensi?»

Invece di rispondere, le infilò le dita nella coda di cavallo che le pendeva sulla schiena, e se la portò al viso per annusarla.

«Dane?»

«Sì, Smalls?»

«Cosa stai facendo?»

«Ti annuso i capelli.»

«Lo vedo, ma perché?»

«Perché hanno un buon odore. Ed è passata una settimana da quando ho annusato il profumo di spiaggia. E riguardo a ciò che penso sul prepararsi per la fine del mondo... credo che sia una buona idea essere pronti per le emergenze. Hai visto dove vivo, non è troppo lontano da Rathdrum, ma è comunque fuori di qualche chilometro. C'è un torrente nella mia proprietà, dove posso prendere l'acqua se ne ho bisogno, nella dispensa ho cibo sufficiente per circa un mese, per ogni evenienza, e ho un generatore a gasolio per l'alimentazione. Se mi stai chiedendo se ho un bunker sotto la mia proprietà, la risposta è no.»

«Maledizione.»

Le sorrise, posò il gomito sul tavolo e vi si appoggiò. «Vuoi vedere un bunker, Smalls?»

Lei annuì. «Ho pensato che forse potresti conoscere qualcuno.»

«No, ma posso vedere cosa riesco a scoprire per te.»

«Davvero?»

«Sì. A una condizione.»

«Qualsiasi cosa.»

Il suo sorriso si allargò, ma rimase zitto.

«Quale? Dane?»

«Dovresti stare attenta a chi ti offri di fare "qualsiasi cosa". Potrebbero farsi un'idea sbagliata.»

«Riguardo a cosa?»

Fish si raddrizzò e portò lentamente la mano sul suo viso. Le sistemò dietro l'orecchio una ciocca di capelli ribelle. Bryn rabbrividì al suo tocco e si chinò verso di lui. Dio, era passato così tanto tempo da quando era stata toccata. Fu solo in quel momento che si rese conto di quanti pochi contatti avesse con altre persone.

«Cena. A casa mia.»

Lo fissò sbattendo le palpebre. «Come scusa?»

«Una cena a casa mia. Scoprirò se posso farti conoscere qualcuno qui vicino che ha un bunker, se verrai a cena da me. Ma devi promettermi che ti incontrerai con lui o lei, solo se ci sono anch'io.»

«Perché?»

«Perché alcune di quelle persone sono paranoiche e un po' pazze. Molti sono veterani che non hanno affrontato bene il reinserimento nella società e la loro reazione è stata quella di isolarsi da tutti. Hanno opinioni estreme sul governo e persino sul ruolo che le donne dovrebbero svolgere nella società. Ci sono anche uomini là fuori che dicono di essere survivalisti, ma in realtà sono estremisti, che complottano contro la società moderna o lavorano con uno dei tanti gruppi terroristici del mondo. Sono sicuro che hai sentito parlare di Ted Kaczynski. Il punto è che non è sicuro, Bryn.»

«Ma voglio solo vedere come hanno costruito i loro bunker» protestò, corrugando le sopracciglia.

Dane mise il braccio sullo schienale della sedia e si appoggiò a lei. «Non puoi semplicemente andare a spasso nelle zone deserte in cerca di bunker. L'ultima cosa che voglio è che tu ti imbatta in uno stronzo che pensa che le regole del governo non si applichino a lui. Ho fatto delle ricerche sui survivalisti prima di trasferirmi qui. Volevo essere sicuro di sapere in cosa mi stavo cacciando quando ho deciso di vivere in Idaho. I survivalisti non si fidano di nessuno e non sono neanche stupidi. Attraverso i miei contatti e le ricerche che ho fatto, ho scoperto che c'è un gruppo nelle vicinanze che dice di aver intrapreso quello stile di vita, ma nessuno ci crede. Sono tipi poco raccomandabili... e sono là fuori. L'ultima cosa che voglio è che ti imbatti in uno di quei tizi.»

«Non sono una minaccia per loro.»

«Smalls, per quella gente *chiunque* è una minaccia. E non sto parlando solo di quei tizi misteriosi. Pensa ai survivalisti e al loro modo di vivere. Passano la vita a prepararsi per un caos di massa. Se non mangiassi da una settimana e stessi morendo di fame, cosa pensi che faresti se scoprissi che qualcuno ha accumulato cibo per mesi? E se morissi di sete e ti imbattessi in una proprietà con acqua fresca potabile che gorgoglia? Quegli uomini, e talvolta anche le donne, proteggeranno ciò che possiedono con misure letali. È esattamente quello per cui si stanno preparando. Quindi, se accettano di mostrarti il loro bunker, e questo è un grande *se*, non solo vedrai cos'-hanno fatto per prepararsi, ma è anche possibile che tu poi sia in grado di ritrovarlo, o che dirai a qualcun altro che cos'hai visto. È un rischio enorme per loro.»

«Non ci avevo pensato» disse Bryn.

«Appunto. Quindi, se sarà possibile, organizzerò e verrò con te.»

«Ma ciò non significherebbe che sarebbero *due* le persone che conoscono tutto riguardo al loro progetto?»

Dane si fece serio per un momento prima di concordare. «Sì.»

«E non significherebbe che anche tu saresti in pericolo?»

Annuì di nuovo. «Probabilmente sì.»

«E non saresti più *tu* una minaccia dal momento che sei un uomo? Voglio dire, non sei esattamente Mr. Nerd che sta seduto davanti allo schermo di un computer tutto il giorno. Sei grande, muscoloso e un ex militare. Se tu avessi ragione, e sono sicura che sia così, se fossi il tizio ti vedrei come una minaccia più grande, e non ti vorrei vicino al mio bunker nascosto, e... perché sorridi? Non capisco.»

Bryn corrugò la fronte. Un momento prima era serio, ma mentre parlava le sue labbra si erano curvate e ora stava quasi ridendo.

«Non ridere di me» gli disse con voce calma, abbassando lo sguardo sul tavolo.

Sentì il suo dito sotto il mento e sollevò gli occhi mentre le inclinava il viso verso di lui.

«Non sto ridendo di te. Sono semplicemente stupito di quanto tu sia intelligente. Per rispondere alla tua domanda, sì, probabilmente sarei una grande minaccia per un survivalista. Ma non ho intenzione di mettere un annuncio sul giornale. Conosco dei ragazzi che possono aiutarmi a trovare qualcuno che sia degno di fiducia... almeno più di molti altri. Indipendentemente da questo, è comunque un rischio.»

Tolse il dito dal suo viso e lei sospirò sentendone la mancanza. «Va bene.»

«Ora, per la cena?»

Bryn annuì.

«Bene. Ti va di fare shopping con me?»

«Potrei farlo io... se vuoi.»

«Lo apprezzo, ma devo smettere di nascondermi in casa mia e uscire di più.»

Bryn scosse la testa. «Non è colpa tua, è...»

La interruppe prima che potesse finire la frase. «Che ne dici se ci incontriamo lì verso le sette.»

«Stasera?»

«Bisogna cogliere l'attimo. Spero che non ti dispiaccia mangiare tardi.»

«No, credo di avertelo già detto, non dormo molto. Di solito finisco per fare degli spuntini fino a sera tardi.»

Dane la guardò per un momento senza parlare.

«Che c'è?» La spiazzava, dato che non era così abile a leggere le persone, le sembrava di essere sempre lì a chiedergli ciò che stava pensando.

«Non vedo l'ora di conoscerti meglio.»

Bryn si strinse nelle spalle. «Sono solo me stessa. Niente di speciale.»

«Be', non ci credo. Alle sette al supermercato, ok? Ti aspetterò nel pick-up, se per te va bene.»

«Certo.»

«Sarò sul retro. Parcheggia vicino a me e ti vedrò.»

«Va bene.»

Dane si alzò e Bryn lo guardò, seguendolo con gli occhi in tutta la sua altezza. Prima che potesse dire qualcosa di cui sarebbe pentita, lui si chinò e mise la mano buona dietro la sua testa. La tenne ferma mentre le baciava la fronte, poi indietreggiò. «A dopo, Smalls.»

Rimase zitta mentre Dane lasciava la stanza tranquillamente come era entrato. La sua mente era in subbuglio, cercando di capire cosa diavolo fosse appena successo. Non lo sentiva da più di una settimana e si era convinta che non volesse avere più niente a che fare con lei... di nuovo. Poi nello spazio di – guardò l'orologio – quindici minuti, non solo le aveva promesso di aiutarla a scoprire maggiori informazioni sui bunker, ma anche invitata a fare la spesa con lui e a cenare... a casa sua.

Era surreale, ma la sensazione calda nel suo petto era bellissima. Bryn chiuse il libro e si alzò in piedi. Per quanto volesse stare lì seduta a crogiolarsi nella felicità che stava provando, doveva tornare al lavoro.

Durante il resto del pomeriggio mentre sistemava libri, le turbinarono nella mente tutte le domande che avrebbe voluto porgli. C'era così tanto che le sarebbe piaciuto sapere di lui, della sua mano mancante, del suo periodo nell'esercito, perché aveva scelto Rathdrum per vivere, se aveva una famiglia, cosa faceva ora per vivere e, cosa più importante, cosa gli aveva fatto cambiare idea su di lei.

Sorridendo mentre lasciava il lavoro alle cinque, Bryn era sicura che le due ore successive sarebbero state lunghe. Non vedeva l'ora di trascorrere del tempo con Dane, non capiva perché volesse passarlo con *lei*, ma avrebbe provato a goderselo finché fosse durato.

E sapeva che non sarebbe durato. Era sempre così. Ogni volta che un uomo sembrava interessato, era inevitabile che dopo un po' si sentisse frustrato in sua compagnia. Lei non era come la maggior parte delle persone ma almeno per quella sera, voleva fingere di esserlo.

CAPITOLO NOVE

BRYN ENTRÒ nel parcheggio del supermercato esattamente alle sette di quella sera. Da quando era tornata a casa poco dopo le cinque, fino a prima di andarsene, aveva trascorso la maggior parte del tempo a cercare di decidere cosa indossare. Non aveva un vasto guardaroba tra cui scegliere, e alla fine aveva optato per un paio di jeans neri e una camicetta bianca che non metteva da anni. Era di seta ricoperta da uno strato sottile di fiori in pizzo. Non si vestiva spesso in quel modo ma, per la prima volta da molto tempo, voleva sembrare più femminile.

Non possedeva delle scarpe con il tacco alto e si rassegnò ad indossare quelle da ginnastica come al solito, ma sperava che lo sforzo fatto nella scelta della sua camicetta avrebbe compensato quelle calzature patetiche.

Fermandosi nello spazio accanto al pick-up verde di Dane, vide che la stava aspettando davanti alla sua auto. Bryn scese e mise in tasca le chiavi, all'improvviso timida.

«Ciao.»

«Ciao. Sei molto carina.»

«Le scarpe non si adattano al vestito.» Bryn si sarebbe data uno schiaffo sulla fronte per aver attirato l'attenzione sulle sue calzature, ma dal momento che stava già pensando che non stessero bene con la camicetta, era inevitabile che saltasse fuori.

«Vanno bene. Smalls, vivi nell'Idaho non a New York. Sarei scioccato se indossassi i tacchi. Ma probabilmente dovresti procurarti un paio di stivali robusti. Vanno bene per la pioggia, la neve, il fango o semplicemente per sembrare cazzuti.»

Bryn rise. «Non credo che riuscirei a sembrare cazzuta nemmeno se ci provassi.»

Dane si avvicinò e le prese la mano e iniziò a camminare verso la porta d'ingresso dell'edificio. «È per questo che hai me.»

Bryn quasi inciampò per la sorpresa. Fu solo la forte presa di Dane sulla sua mano che le impedì di cadere di faccia. Aveva lui? Di cosa stava parlando? Prima che potesse chiedere, si avvicinarono all'entrata e lei ansimò.

Di lato alle porte scorrevoli automatiche c'era un uomo seduto per terra. Aveva con sé un piccolo cane spelacchiato e un cartello di cartone che diceva: *Veterano senzatetto. Hai qualche spicciolo?*

Bryn non riuscì a distogliere lo sguardo dall'uomo. Aveva una lunga barba e indossava un berretto rosso abbassato sulla fronte. Era ovvio che avesse addosso diversi strati di vestiti, e apparivano tutti sporchi e strappati. Stava a gambe incrociate, con una mano teneva un guinzaglio e con l'altra il cartello. Li guardò speranzoso mentre si avvicinavano.

«Avete qualche spicciolo? Ho fame, ma sto cercando di dare da mangiare a Muppet prima di prendere qualcosa per me. Non mangia da due giorni.»

La mano di Bryn andò immediatamente in tasca. Metteva sempre dentro una manciata di monete prima di uscire di casa. Era un'abitudine che le era rimasta da quando era giovane e sua madre le diceva di portarsi sempre appresso degli spiccioli per il telefono pubblico, "per ogni evenienza". Non aveva idea di cosa significasse, ma era un'abitudine che aveva iniziato e che non era mai stata in grado di interrompere.

Tirò fuori tutti quelli che aveva e lasciò andare la mano di Dane per avvicinarsi all'uomo e al suo cane. Si chinò e li lasciò cadere nella tazza davanti al tizio. «Mi dispiace non avere di più questa volta.» Bryn accarezzò il cane molto amichevole che aveva cercato di saltarle sulle gambe quando si era avvicinata. Poi tornò subito di fianco a Dane. Lo sentì riprenderle la mano mentre andavano verso l'ingresso.

Alla fine, quando furono dentro, lo guardò. «Non sopporto di vedere i nostri veterani trattati così male. E il suo povero cane.» Bryn scosse la testa con tristezza. «Ho un debole per i senzatetto. Mi sento in colpa ad avere un posto caldo e sicuro dove dormire che loro non hanno.»

Dane si fermò davanti ai carrelli e si girò verso di lei. «Smalls, Oliver non è un senzatetto.»

Lei lo guardò scioccata. «Sì, che lo è» protestò. «Per quale altro motivo starebbe seduto lì fuori con il suo povero cane, a chiedere qualche soldo?»

Le fece un sorriso che non raggiunse gli occhi, poi le sistemò i capelli dietro l'orecchio come aveva fatto quel mattino in biblioteca. «Quante volte gli hai dato dei soldi?»

«Ogni volta che l'ho visto. Mi dispiace un sacco per lui. Ha messo la sua vita in pericolo per il nostro Paese e ora non ha nessun posto dove vivere. È una vergogna, e spetta a persone come noi, quelle che lui ha trascorso parte della vita a proteggere, aiutarlo adesso.»

Dane le mise le mani sulle spalle e si chinò su di lei. «Sono d'accordo con te sul fatto che i veterani senzatetto sono un problema sociale su cui il governo sta ancora lavorando, ma

Smalls, te lo dico chiaro e tondo, quell'uomo non è né un veterano *tantomeno* un senzatetto.»

Bryn alzò lo sguardo scioccata, chiedendosi se si fosse completamente sbagliata a giudicarlo come persona. «Sì, lo *è*» ripeté con forza. «L'ho visto ieri fuori dalla biblioteca e all'inizio di questa settimana era alla stazione di servizio. Ha quella giacca mimetica con tutte le toppe che mostrano la sua unità.»

«Vive a un isolato da qui. L'ho visto allo *Smokey's Bar* l'altra settimana, prima di ubriacarmi. Stava parlando con la cameriera e stavano facendo piani per stare insieme più tardi... a casa sua. Probabilmente stava usando i soldi che aveva elemosinato per comprare alcolici. Era per lo più già ubriaco e si vantava con la cameriera di quanto guadagnasse impersonando un veterano e di come, dopo aver adottato il cane, ne stesse facendo il doppio.»

Bryn poté solo fissarlo inorridita. «Sta mentendo?»

Le labbra di Dane fecero un guizzo, ma non sorrise. «Sì, Smalls. Sta mentendo.»

«Si chiama Oliver?»

«Sì. L'ho sentito presentarsi alla cameriera. Ha importanza?»

«No, credo di no. Ma il nome "Oliver" non fa esattamente pensare a un truffatore.»

Dane non disse nulla, la fissò solo con uno sguardo compassionevole sul viso e le sopracciglia sollevate.

Bryn agì senza pensare, si sporse in avanti e posò la fronte sul suo petto, lasciando le braccia penzolare lungo i fianchi. «Sono un'idiota.»

«No, non lo sei» la rassicurò, accarezzandole i capelli e la schiena mentre con l'altro braccio le circondò la vita e la attirò a sé.

Bryn esitante appoggiò le mani sui suoi fianchi e lo guardò. «Non riesco proprio a passare davanti a un senzatetto e non dargli dei soldi. Mi fa stare così male sapere che non hanno un posto sicuro o caldo per dormire che mi sento obbligata a fare qualcosa per loro. Sono fortunata per tanti motivi e mi dispiace pensare a ciò che potrebbero star passando. Quando vivevo a Chicago, ho dovuto iniziare a prendere l'autobus per andare al lavoro perché ce n'erano troppi lungo il percorso che di solito facevo a piedi.»

«Non è una brutta cosa che tu abbia il cuore tenero.»

«Non mentono tutti, vero?»

«No, Smalls. Devi solo imparare altri modi migliori per aiutarli, oltre a regalare i tuoi soldi.»

«Come?»

«Che ne dici se ne parliamo più tardi. Possiamo fare prima la spesa?»

A quel punto, si raddrizzò e indietreggiò di un passo. «Certo. Scusa! Sì, andiamo. Non ti piace essere qui, quindi dobbiamo prendere ciò di cui abbiamo bisogno e andarcene subito.»

«Aspetta un secondo, Bryn.»

Rabbrividì sentendolo pronunciare il suo nome. Di solito la chiamava Smalls, che lei amava, ma c'era qualcosa quando diceva il suo nome con quella voce profonda e sexy che le faceva venir voglia di fare qualunque cosa le chiedesse. «Sì?»

«Grazie.»

«Per cosa?»

«Per il tuo supporto ai veterani. Perché ti preoccupi di loro... di noi. Significa molto.»

Si sporse in avanti e avvolse le braccia attorno a lui senza pensarci. La sua testa gli raggiungeva a malapena il mento, ma lo strinse forte per un attimo, poi si tirò indietro. «Prego. Adesso andiamo. Cos'hai intenzione di prepararmi per cena?»

———

Il giro del supermercato si era svolto in modo relativamente veloce e Dane era stato felice della presenza di Bryn mentre percorrevano le corsie. Probabilmente avrebbe potuto gestirlo senza di lei, ma guardarla fare il possibile per farlo sentire a proprio agio era stata una vera distrazione.

Non aveva messo la protesi, decidendo che Bryn aveva già visto il moncone più di una volta, e con la speranza di tornare a casa presto. Sembrava non le fosse importato affatto che non ce l'avesse, si era messa alla sua sinistra avvolgendo il braccio intorno al suo.

Girando per il supermercato, lei aveva chiacchierato costantemente, obbligandolo a fare attenzione a ciò che stava dicendo piuttosto che su chi ci fosse nelle corsie con loro. Bryn non era riuscita a raggiungere i prodotti sugli scaffali più alti, e aveva brontolato lamentandosi della disposizione degli oggetti. Anche se aveva lavorato lì solo per un breve periodo, era ovviamente orgogliosa di essersi sempre assicurata che la sistemazione fosse accessibile per i clienti, e le modifiche apportate dopo la sua partenza non le stavano bene.

Aveva scelto di mettersi in coda per pagare dove c'erano più persone, dicendogli che dal momento che la fila era più lunga si sarebbe messa meno gente dietro. Quando qualcuno si era accodato, Bryn senza dire nulla si era spostata al suo fianco per poterli tenere d'occhio.

Fare shopping con lei era stata un'esperienza straordinaria. Dal sentirla borbottare per il numero di carboidrati presenti nei prodotti che stava acquistando per prepararle la cena, al vederla interagire al suo posto con altri clienti, fino alla profonda soddisfazione per il fatto che stesse facendo tutto il possibile per farlo sentire a suo agio nel negozio affollato... il tutto, sommato a una sensazione di contentezza e appagamento che Dane non aveva mai provato prima.

Il bello era che se glielo avesse fatto notare avrebbe sicuramente sminuito le sue azioni dicendo che non erano niente di che, o che lo stava facendo per rendergli la vita più facile. Nemmeno una volta aveva accennato alla sua mano mancante o si era comportata come se in qualche modo la disgustasse. Non aveva idea di come fosse riuscito a essere così fortunato, ma Dane ebbe l'improvvisa illuminazione di dover fare tutto il necessario per assicurarsi di non lasciarsi scappare Bryn.

«Grazie.»

Sollevò lo sguardo su di lui mentre attraversavano il parcheggio con la spesa. «Per cosa?»

«Perché non mi tratti in modo diverso. Perché mi copri le spalle. Per aver accettato di venire a cena. Per tutto.»

Sembrava confusa, ma annuì comunque.

Dane fece scattare la chiusura centralizzata del suo pick-up e misero le borse sul pianale davanti al sedile posteriore. Chiuse la portiera e si voltò verso Bryn. «Sali in auto con me?»

Lei si morse il labbro e distolse lo sguardo.

«Cosa sta succedendo nella tua testa?» le chiese.

«Non è che non voglio, ma non è logico. Il mio appartamento è da quella parte» indicò la città «e casa tua da questa» indicò l'altra direzione. «Se vengo in macchina con te significa che quando avremo finito di mangiare, dovrai portarmi di nuovo qui per poter prendere la mia auto e rincasare. Per me è più sensato che ognuno usi la sua, così solo uno tornerà in città.»

Dane sorrise. Non si sarebbe mai stancato di come funzionava il suo cervello. «Smalls, non è poi *così* lontano. Inoltre, se venissi con la tua auto, poi ti seguirei comunque fino a casa tua, quindi risparmieresti anche benzina se andiamo con la mia.»

«Perché dovresti farlo? Quello *davvero* non è logico.»

Fece scivolare una mano dietro la sua nuca e disse: «Perché non sarei un granché come uomo se ti lasciassi guidare fino a casa da sola, al buio, in quel rottame, senza accertarmi che arrivi sana e salva. È una mia responsabilità assicurarmi che non ti succeda nulla.»

Era confusa. «Non sono una tua responsabilità. Sono un'adulta. Come hai detto, la città non è poi così lontana da casa tua, e mi prendo cura di me stessa da molto tempo ormai. Non capisco.»

Dane si leccò le labbra e si chinò verso di lei prima di rispondere. «Mi piaci, Bryn Hartwell. Vorrei avere l'opportunità di parlare con te per parecchie ore stasera. Sarà tardi quando te ne andrai e non mi sentirei tranquillo a mandarti in giro nel buio della notte. Potresti bucare una ruota o rompere la trasmissione. Un serial killer potrebbe essere in attesa di una donna sola che guida sulle strade secondarie dell'Idaho, da rapire e portare nel suo nascondiglio fra le montagne.» Quando aprì la bocca per parlare, lui continuò in fretta, senza darle la possibilità di farlo.

«Lo so, è illogico e le probabilità sono estremamente basse. Ma non me lo perdonerei mai se ti accadesse qualcosa mentre stavi tornando da casa mia.» Scrollò le spalle. «Chiamala un'assurda stranezza di Dane, o la conseguenza di essere un soldato. Non mi interessa. È quello che è. Ora... vuoi venire con me o con la tua macchina fino a casa mia?»

«Se ti prometto di chiamare quando arrivo a casa, mi lasceresti tornare da sola senza seguirmi?»

Scosse la testa, ma rimase in silenzio.

Bryn fece un respiro profondo e arricciò le labbra, borbottando: «Non ti capisco.» Poi riportò gli occhi su di lui e a voce più alta disse: «Verrò con te.»

Dane si sporse in avanti e le sfiorò la fronte con la bocca. «Grazie, Smalls.»

Nessuno dei due disse altro mentre la aiutava a salire sul suo pick-up, poi girò intorno all'auto fino al lato del conducente. Continuarono a rimanere in silenzio mentre percorrevano le strade tortuose fino a casa sua. Tuttavia, era un silenzio confortevole e Dane sorrise tra sé e sé. Amava quanto si sentisse a proprio agio con lei e non vedeva l'ora di conoscerla meglio. Quella sera, sperava che la loro relazione sarebbe cambiata da quasi sconosciuti a qualcosa di più.

Sapeva che avrebbe dovuto andarci piano con Bryn. Per certi versi era come una vergine inesperta, e per altri, un'anima antica. Era una contraddizione affascinante e moriva dalla voglia di sapere ciò che la appassionava e quali erano le sue speranze e i suoi sogni.

Per la prima volta da molto tempo, non si preoccupò di essere senza una mano e di ciò che una donna avrebbe potuto pensare al riguardo... era completamente concentrato sul desiderio di conoscere più cose possibili su Bryn e a quando avrebbe potuto convincerla a vederlo di nuovo.

CAPITOLO DIECI

«C'È STATO un generale romano che ha perso la mano in una delle guerre puniche e se n'è fatta fare una nuova di ferro, in modo da poter tenere lo scudo e tornare a combattere. Circa quindici anni fa, i ricercatori del Cairo hanno scoperto quella che pensano sia la più antica protesi documentata. Si tratta di un dito fatto di legno e pelle e, che tu ci creda o no, è stato trovato sul piede di una mummia di tremila anni che si ritiene fosse una nobildonna.»

«Veramente?» Dane mormorò, sapendo che Bryn era troppo persa nella rievocazione di protesi dell'antichità per ascoltarlo davvero.

«Sì. È incredibile come piccoli arti protesici siano progrediti nel corso degli anni. Voglio dire, i medici usano ancora la pelle per tenerli attaccati al corpo delle persone. E nel medioevo, duemila anni dopo la donna egiziana senza dito e il generale romano, i cavalieri usavano arti di metallo fatti dalle stesse persone che costruivano armature e armi.

Oh, poi sono arrivati i pirati. Tutti conoscono i loro uncini e le gambe di legno. La prima svolta importante nella progettazione di arti funzionali è stata nel XVI secolo. Un dottore francese... cavoli, non ricordo il suo nome, te lo farò sapere comunque, è stato la prima persona a fare una mano meccanizzata articolata.

Sapevi che l'Accademia Nazionale della Scienza nel 1945 ha istituito il "Programma per Arti Artificiali" a causa dei troppi veterani che erano tornati a casa senza un arto nella Seconda Guerra Mondiale? Lo scopo era quello di cercare di fare progressi sul materiale, sul funzionamento e sulle tecniche chirurgiche per rendere più facile l'utilizzo di una protesi.»

Erano seduti sul divano dopo aver mangiato il pollo alla parmigiana che lui aveva preparato per cena. Stavano parlando come se si conoscessero da anni invece che solo da una settimana circa. Dane aveva pensato per un momento che Bryn sarebbe stata riluttante ad aprirsi, a parlare di se stessa, ma si era sbagliato di grosso.

Sembrava che non avesse idea di quale potesse essere la cosa socialmente giusta o sbagliata da dire durante quello che in sostanza era un primo appuntamento. Avevano parlato di tutte quelle cose normali come avrebbero fatto due persone che vogliono conoscersi, tipo la famiglia, il lavoro e quando e perché si erano trasferiti in Idaho ma, alla fine, la conversazione aveva preso una strana svolta... a Dane però non aveva dato fastidio.

Sapeva che era affascinata dal suo moncone e dalla protesi, ma non quanto. Quando gli aveva chiesto di mostrarle quella che stava usando, era partita con il suo ultimo monologo.

«Ti fa ancora male il braccio? Senti dolori fantasma? Penso che sarebbe strano sentire male alla mano, guardare in basso e rendersi conto che non è nemmeno lì. Voglio dire, com'è che succede comunque? E hai detto che il tuo amico ha stretto tra le dita la tua arteria brachiale, ed è per quello che non sei morto dissanguato? Com'è riuscito a farlo camminando? Faceva male? Ovvio che sì. La tua protesi è fatta piuttosto bene, anche se in sostanza è solo un passo in avanti rispetto a un uncino da pirata, ma scommetto che potresti essere inserito nella lista per avere una mano bionica con tutte le carte in regola, per così dire. Quelle compagnie vanno pazze per una bella storia di un veterano... e tu per giunta sei anche di bell'aspetto, quindi adorerebbero metterti in mostra, ne sono sicura.»

Quando si fermò per riprendere fiato, Dane intervenne senza indugio: «Non ti dà proprio fastidio che mi manchi una parte del braccio, vero?»

Lei lo guardò confusa. «No. Perché dovrebbe?»

Poteva pensare a cento e una ragione per cui avrebbe potuto darle fastidio, ma se lei non ne conosceva nessuna, non l'avrebbe informata. «Vieni qui.»

«Dove?»

Dane sorrise e mise un braccio sullo schienale del divano e indicò al suo fianco con l'altra mano. «Qui.»

«Perché?»

Non poteva negare che le sue domande lo divertissero. Non avrebbe dovuto preoccuparsi che tenesse i suoi pensieri per sé, come facevano molte altre donne. Quando aveva una domanda, la faceva. Non ci girava intorno o nascondeva ciò che sentiva o pensava.

«Perché sono stanco e mi piacerebbe stringerti a me mentre parliamo... a meno che non ti faccia sentire a disagio.»

Considerò le sue parole per un momento, poi chiese: «È un preludio al pomiciare e fare sesso?»

Dane quasi soffocò, riuscì a malapena a mantenere la sua compostezza. «Stasera? No. Mi sto semplicemente godendo la tua compagnia e vorrei averti più vicino mentre continuiamo a conoscerci.»

«Quindi non stasera, ma forse più avanti?»

«Sì, Smalls. Se pensi di poterlo volere.»

Bryn inclinò la testa e pensò alla sua risposta prima di dire: «Sì, penso che potrebbe piacermi.»

«Allora vieni qui.»

Rilassandosi quando si spostò di quei pochi centimetri sul divano e si sistemò contro di lui, Dane rispose alle sue precedenti domande. «A volte sento dei dolori fantasma. *È* un po' strano sentirli e guardare in basso per rendermi conto che è tutto nella mia testa. Non ho idea del perché succeda, scusa. E sì, Truck ha capito che sarei morto dissanguato e ha infilato le dita proprio dentro la carne maciullata di ciò che era rimasto del mio braccio, e ha tenuto stretta l'arteria fino a quando non siamo arrivati in un posto più sicuro. Molti dettagli di quel giorno sono confusi, ma posso dire con sincerità che non ho idea di come sia riuscito a tenerla salda mentre camminavamo. E non sono sicuro di voler essere il testimonial di qualcuno per aver perso una parte del braccio. E anche se potrei desiderare una protesi più efficiente, ho scoperto che è più comodo stare senza.»

«Wow.»

«Wow, cosa?»

«Non posso credere che ti sia ricordato tutto quello che ho chiesto» gli disse Bryn, rilassandosi ancora di più al suo fianco.

«Non sei l'unica intelligentona qui, Smalls.»

Lei ridacchiò poi con lentezza portò il braccio attorno al suo stomaco, come se avesse paura che gli desse fastidio.

Dane posò il moncone sul braccio attorno a lui e appoggiò la testa sul divano. «Sono sempre stato abbastanza bravo a ricordare le cose. Non sono un genio come te, ma se qualcuno mi dice qualcosa, tendo a ricordarlo.»

«Forte.» Bryn fece una pausa, poi disse: «Cercherò notizie sui dolori fantasma e ti saprò dire.»

Dane sollevò la testa dal divano e si sporse per baciare la

sua. «Grazie.» Dopo un momento di silenzio, le chiese: «Vuoi guardare la TV?»

Bryn scrollò le spalle. «Se vuoi.»

«Cosa fai di solito quando torni a casa dal lavoro?» Passarono diversi secondi e quando non rispose, la incalzò: «Bryn?»

«Avevi ragione, sai» borbottò invece di rispondere alla sua domanda.

«Riguardo a cosa?»

«Sono una svitata.»

Dane sentì il suo cuore sprofondare. Sapeva che ciò che le aveva detto lo avrebbe perseguitato. «Non intendevo...»

«No, va bene. È vero. Sono abbastanza vecchia da saperlo ormai. Non dovrebbe più turbarmi.»

«Ma lo fa» dichiarò Dane con consapevolezza.

Lei scrollò le spalle. «Allora, di solito ceno, poi guardo tutti i libri interessanti che ho preso in biblioteca quel giorno. Potrebbero volerci venti minuti o tre ore, tutto dipende da quanto mi coinvolgono. Se mi ritrovo con domande senza risposta su ciò che ho letto, le cerco su Internet. A volte mi perdo in quello che faccio e poi mi rendo conto che è mezzanotte passata.»

Dane capì che stava rispondendo alla sua domanda su ciò che faceva dopo il lavoro e non la interruppe, ma la attirò di più a sé, abbracciandola mentre continuava.

«Se in biblioteca non c'è nulla che mi interessa, faccio le parole crociate. Oppure leggo le tesi più recenti pubblicate nel database online *ProQuest* e stabilisco se ritengo che la ricerca sia per qualche ragione imperfetta. A volte scrivo una mail all'autore e gli dico ciò che ne penso. Ogni tanto mi imbarco in una bella disquisizione con uno dei professori che hanno approvato la ricerca. Come ti ho già detto, non ho bisogno di dormire molto. I miei genitori mi hanno fatto esaminare anche per quello quand'ero piccola, ed è stato deciso che il mio cervello non si spegneva mai. Inoltre, nel mio DNA c'è il gene hDEC2 mutato, che ha dimostrato di esistere in persone che possono vivere normalmente con meno ore di sonno rispetto alla popolazione comune.»

«Fantastico» le disse Dane sincero.

Bryn alzò la testa di scatto a quell'affermazione. «Fantastico?»

«Sì. Sai quanto mi sarebbe tornato utile quand'ero nell'esercito? In servizio mi sono capitate un sacco di notti in cui ho lottato per rimanere sveglio.»

«Stai solo cercando di farmi sentire meglio sul fatto che sono stramba» brontolò Bryn.

«Un po' ma, Smalls, tu mi stupisci. Sei intelligente, e allora? Chissene.»

«Chissene?» chiese lei accigliata.

«Buono a sapersi, posso ancora insegnarti alcune cose» scherzò Dane. «Chi se ne frega. Chissene.»

Bryn ridacchiò e lui sentì lo stomaco contrarsi per essere stato in grado di farla sorridere dopo che si era rattristata.

«Penso che sia fantastico che tu conosca così tante cose. Al mio amico Truck piacerebbe di sicuro passare del tempo con te.»

«Voglio incontrarlo» disse Bryn, risistemandosi contro Dane. «Voglio ringraziarlo.»

«Anche lui vuole incontrarti. Ha detto che sarebbe venuto quassù con alcuni degli altri ragazzi con cui lavora. Anche loro miei amici.»

«Grande.» La sua voce era bassa e incerta.

«Cosa c'è che non va?» le chiese, vedendola a disagio.

«Di solito non vado d'accordo con le persone e temo che potrebbero comportarsi come hai fatto tu al supermercato. Dico sempre la cosa sbagliata, sono troppo intelligente e non voglio metterti in imbarazzo.»

«Smalls, semmai sono io quello che si mette imbarazzo *da solo*. Ti adoreranno. In effetti, se non starò attento, cercheranno di portarti via da sotto il mio naso. Per quanto riguarda l'essere intelligente, pensi che voglia uscire con qualcuno che non sa quanti millilitri ci sono in un litro?»

«Mille.»

«Esattamente.» Dane portò la mano sulla coda di cavallo di Bryn e le tolse con delicatezza l'elastico. Ci passò con cautela le dita in mezzo fino a quando non ci furono più grovigli, poi continuò ad accarezzarli, amando il profumo di cocco che emanavano. «Bryn, quanto tu sia intelligente non ha niente a che fare con il tipo di persona che sei. Ad esempio, ho conosciuto molti terroristi davvero intelligenti... uomini che avrebbero sparato a vista, senza esitazione, a me o agli uomini del mio plotone. O che si divertono a trovare modi diversi di torturare i soldati. Però, ho conosciuto alcune persone stupide che erano gli esseri umani più gentili che avessi mai incontrato. Quello che mi interessa e che mi piace di te è che sei generosa, ti preoccupi della gente e degli animali e fai di tutto per aiutare gli altri, anche se si comportano da stronzi nei tuoi confronti.»

«La maggior parte delle persone non è d'accordo» mormorò Bryn contro il suo petto.

«Quindi, sono *loro* quelli strani, Smalls, non tu. Guardami.» Dane attese che sollevasse la testa e incontrasse i suoi occhi. «In questa relazione, sono io quello che dovrebbe essere preoccupato. Non sono per niente alla tua altezza. Sono un soldato congedato per le ferite riportate che ha conseguito solo una laurea breve perché faceva bella figura sui documenti da presentare alla commissione di avanzamento. Sono deturpato e mi manca una mano. Ho problemi a stare in mezzo alla gente, anche se ci sto lavorando. I miei amici sono un gruppo di soldati talmente super segreti che non saprei nemmeno dirti dove si trovano in questo momento. Ho speso la maggior parte dei soldi risparmiati mentre ero nell'esercito per comprare questa casa e non ho idea di cosa voglio fare della mia vita. Ma ti dirò una cosa, non ho mai desiderato così tanto che qualcuno sorvolasse su tutto ciò e vedesse *me* come persona, quanto vorrei che lo facessi tu.»

«Dane...»

«Non sentirti in imbarazzo per quello che ti piace fare, Smalls. Non permettere a nessuno di farti sentire inadeguata. Fai ciò che ti fa star bene e al diavolo tutti gli altri. Truck e i miei amici ti adoreranno. Gli ho già raccontato tutto di te, quindi non sto parlando a caso. Ok?»

«Come fai a sapere sempre cosa dire per farmi sentire normale?»

«Dico solo quello che vedo.»

Bryn appoggiò di nuovo la testa sul petto di Dane e lo strinse. «Cosa ti piace guardare di sera?»

«Ho un debole per i documentari... oh, e i *Mythbusters*.»

«*Mythbusters*?»

«Non hai mai sentito parlare delle stranezze di Jamie e Adam?»

«No.»

«Mettiti comoda, tesoro. Ne rimarrai stupita. Anche se non ho dubbi che conoscerai già gran parte della scienza coinvolta.»

«C'è scienza nel programma?»

«Sì, Smalls. Un *sacco*. È il fattore trainante di tutta la trasmissione.»

Ore dopo, Dane si svegliò. Avevano cambiato posizione sul divano e si erano sdraiati intrecciando le gambe. Bryn era distesa su di lui con la testa appoggiata sulla sua spalla, una mano posata sul suo cuore e l'altra sotto il proprio corpo e dormiva profondamente. Lui le aveva messo un braccio intorno al fianco e la mano buona sopra alla sua sul petto.

Si era addormentato nel bel mezzo della seconda puntata di *Mythbusters*, e notò che la TV era spenta.

Bryn non se n'era andata nel cuore della notte. Aveva

spento la televisione e aveva deciso di rimanere esattamente dove si trovava.

Dane non era un uomo che credeva nell'amore a prima vista, ma gli importava più della donna che dormiva immobile e serena sul suo petto, di quanto gli fosse importato di chiunque in tutta la sua vita.

Si ripromise in quel momento di essere il tipo d'uomo che lei sarebbe stata orgogliosa di avere accanto, su cui avrebbe potuto fare affidamento. Bryn lo faceva sentire come se nulla fosse impossibile, anche per un ex soldato disabile con un'istruzione scolastica più scarsa della sua. Lei era un miracolo. Il *suo* miracolo

CAPITOLO UNDICI

Una mattina della settimana successiva, Bryn si svegliò come al solito alle cinque e mezzo e prese subito il telefono. Si raddrizzò sul letto posandosi contro la testiera e si apprestò a chiamare Dane. Gli aveva detto che avrebbe ricercato il motivo e le modalità per cui si verificavano i dolori fantasma, e lo aveva fatto, per tutta la settimana. Era riuscita persino a mettersi in contatto telefonico con un medico specializzato nella riabilitazione di persone adulte che avevano perso un arto a causa di traumi o malattie, e che lavorava presso il reparto amputazione e deficit degli arti all'Istituto di Riabilitazione di Chicago.

Bryn pensava che fosse un nome orribile per un reparto, ma cosa ne sapeva? La dottoressa Soriano le aveva spiegato che il dolore fantasma era considerato un problema psicologico che derivava dal fatto che la persona non si era ancora rassegnata alla perdita di una parte del corpo, ma le aveva anche detto che dopo varie ricerche il dolore era ora riconosciuto come una sensazione proveniente dal midollo spinale e dal cervello. Aveva continuato descrivendo i sintomi, le cause – che non erano difficili da capire – e i trattamenti.

Bryn era andata a dormire pensando a Dane e ai disturbi che si ritrovava a sperimentare e si era svegliata dopo averlo sognato. Senza pensare all'ora ma solo che voleva raccontargli ciò che aveva scoperto, compose il suo numero.

«Pronto?»

«Ehi, sono Bryn. Ho parlato con la dottoressa Rachna Soriano dell'Istituto di riabilitazione di Chicago, che è l'ospedale numero uno di tutto il Paese riguardo alle amputazioni. Comunque, ha detto che il dolore fantasma che senti è normale per la maggior parte delle persone che hanno perso un braccio, una gamba, una mano, un piede, anche la lingua a volte o il pene. Riesci a immaginare a cosa si prova a doversi far rimuovere la lingua? Che schifo. Ad ogni modo, molte delle persone che hanno perso una parte del corpo a volte hanno la sensazione che sia ancora lì, e la faccenda del dolore riguarda solo quelli che avevano un arto ma lo hanno perso, mentre non succede a quelli che nascono senza un braccio o un piede o altro. Direi che ha senso... se il cervello non sapeva che avrebbe dovuto essere lì, quella parte del corpo mancante non poteva inviargli segnali che indicassero che *c'era*.

C'è chi prova un dolore continuo, che dev'essere una cosa terribile, almeno tu ce l'hai di tanto in tanto. E in realtà sembra che il tuo sia effettivamente una buona cosa... cioè, non buona, perché qualsiasi tipo di dolore è sgradevole, ma hai detto che a volte ti sembra di sentire la mano pulsare mentre altri provano fitte lancinanti o bruciore. Ah. Non riesco a immaginare! A volte può essere causato dallo stress. Sei stressato? Non dovresti. Voglio dire, se lo sei devi lavorarci su. Odio che tu soffra.»

«Bryn?»

Lo ignorò e continuò eccitata. «La cosa più fantastica che ha detto è che il cervello può effettivamente rimapparsi in un'altra parte del corpo. Quindi, poiché la mano non può inviare segnali al tuo cervello, le informazioni sono indirizzate da qualche altra parte... per esempio al petto. Così, toccandoti lì, il cervello può impazzire perché sa che stai toccando il petto ma è come se venisse toccata anche la tua mano mancante, e può causare dolore perché i neuroni sensoriali si incrociano. Naturalmente, il dolore fantasma può anche essere causato da altri motivi, non altrettanto interessanti, come le terminazioni nervose danneggiate del moncone o del tessuto cicatriziale.»

«Che ore sono?»

La domanda di Dane la sconcertò per un attimo, ma guardò l'orologio sul comodino. «Le cinque e trentanove. Perché?»

«Ti alzi sempre così presto?»

«Sì.»

«Io no. Non più.»

«Oh.» Bryn si morse il labbro. «Stavi dormendo?»

«Sì.»

Rimase zitta per un momento, poi si azzardò a chiedere: «Ma ora non più... giusto?»

Ridacchiò, poi confermò: «No.»

«Ok. Quindi, i trattamenti. Puoi provare con i farmaci o con qualcosa di meno invasivo come l'agopuntura o una cosa chiamata TENS, stimolazione elettrica nervosa transcutanea. La dottoressa ha parlato dei tipi di farmaci che alcuni dei suoi pazienti assumono e credo che nessuno di loro sia molto piacevole. Cose come gli antidepressivi, che modificherebbero i mediatori chimici che ti fanno pensare che ti fa male la mano, o gli anticonvulsivanti che rilassano i nervi danneggiati. Alcune persone assumono anche stupefacenti come la morfina, ma non credo davvero che ti farebbe bene. E inoltre, non mi piace il pensiero che tu venga drogato. Il trattamento più interessante di cui mi ha parlato è qualcosa chiamato mirror box, è una scatola dotata di specchi, e penso di poterne portare una a casa tua senza troppi problemi. In sostanza metteresti la mano destra in un lato e il moncone nell'altro, lo specchio fa sembrare che tu abbia *entrambe* le mani nella scatola. Quindi fai esercizi con la destra e vedendola specchiata pensi che sia la mano mancante a farli. Sembra ridicolo, e credimi ho riso quando la dottoressa Soriano me ne ha parlato, ma ha detto che aiuta davvero con il dolore. Ce ne sono tanti altri...»

«A che ora sei andata a dormire?»

Bryn si accigliò per l'interruzione. «Intorno alle tre, penso. Perché?»

«Ti va di fare colazione?»

«Colazione?»

«Sì. Il pasto che la maggior parte delle persone fa al mattino quando si alza.»

«So cos'è, Dane. E sì, voglio farla, me la preparerò appena avrò finito di parlare con te.»

«Vuoi compagnia?»

«A colazione?»

«Sì, Smalls. Vuoi che venga da te così la facciamo insieme?»

«Ma mi hai vista ieri sera.»

Bryn lo sentì ridacchiare. Quel suono penetrò in lei, facendola rabbrividire. Si erano visti quasi ogni giorno da quando le aveva preparato la cena. Una volta aveva portato il pranzo in biblioteca e l'avevano condiviso in sala relax, lui seduto con le spalle rivolte al muro e la porta di fronte. Un'altra era stato ad aspettarla fuori dalla biblioteca – impedendole di dare venti dollari a Oliver, che si era sistemato nel parcheggio, probabilmente in attesa dell'uscita di Bryn – erano andati nel suo appartamento e avevano guardato altre puntate di *Mythbusters* e mangiato ramen. Il giorno prima l'aveva chiamata mentre stava entrando al lavoro e la loro conversazione era stata molto breve, dato che Rosie Peterman, la capo bibliotecaria, l'aveva guardata male per aver parlato troppo forte in biblioteca. Alle cinque del pomeriggio la stava di nuovo aspettando nel parcheggio. Lo aveva invitato a cena, ma lui le aveva semplicemente regalato una rosa, dicendo che stava pensando a lei, per poi seguirla fino al suo appartamento e guardarla parcheggiare ed entrare nell'edificio prima di andarsene.

E ora voleva sapere se le sarebbe piaciuto fare colazione con lui.

«È vero» disse Dane. «E ora voglio vederti di nuovo. Dal momento che sono sveglio, e a quanto pare ogni volta che lo sono non riesco a smettere di pensarti e voglio vederti, ho pensato che sarei potuto venire... se per te va bene. Posso fermarmi al negozio di ciambelle e prenderne qualcuna.»

«Le ciambelle fanno male.»

Ridacchiò di nuovo. «Molte cose fanno male, ma il più delle volte sono quelle che possono renderti più felice.»

«Le ciambelle ti rendono felice?»

«Sì, ma più dello zucchero sei tu. *Tu* mi rendi felice.»

«Wow. È stato... ehm... carino.» Bryn scivolò in giù sul materasso fino a posare di nuovo la testa sul cuscino. La voce di Dane era profonda e roca e poteva quasi immaginarlo sdraiato a letto, con un braccio dietro la testa mentre le parlava. Era sexy da morire e con ogni parola che pronunciava, si sentiva bagnare sempre di più tra le gambe. «Sei a letto?»

«Sì. Tu?»

«Mmm-mm.» Bryn fece scorrere la mano lungo la maglietta che usava sempre per dormire, fino alla pancia dove esitò per poi spingerla più giù, facendola scivolare sotto le mutandine. Inspirò profondamente.

«Tutto bene, Smalls?»

«Sì.» Posò l'indice sul clitoride e lo massaggiò con lentezza, chiudendo gli occhi e immaginando invece che fosse il dito di Dane.

«Cosa stai facendo?»

«Niente.» Tenne gli occhi chiusi continuando ad accarezzarsi.

«Ti stai toccando?»

Il tono della sua voce si era abbassato ancora di più e Bryn fece un piccolo gemito mentre premeva più forte contro il clitoride. Troppo persa nel piacere per fare attenzione alle proprie parole. «Sì.»

«Gesù, Smalls. Mi stai uccidendo. Posso immaginarti, distesa sul letto che ti accarezzi mentre parli con me. Scommetto che sei bellissima... e bagnata fradicia. Sei nuda?»

«No» riuscì a dire, muovendo più in fretta il dito. Era come se lui sapesse l'effetto che le faceva la sua voce, perché continuava a parlare, spingendola sempre più velocemente verso il culmine.

«È così sexy. Posso solo immaginare come sei in questo momento, con la mano premuta dentro le mutandine mentre ti tocchi. Se fossi lì, non sarei in grado di vedere nient'altro che la tua mano che si muove sotto i vestiti. Cazzo, quella visione rimarrebbe impressa nel mio cervello per sempre. Ci sei vicina, Smalls?»

Ci era molto vicina. «Continua a parlare» gli ordinò, desiderando che la sua voce profonda nell'orecchio la facesse arrivare al culmine del piacere.

«Ti piace il suono della mia voce? Sapere che mi stai facendo impazzire mentre immagino cosa stai facendo in questo momento? Il giorno più fortunato della mia vita è stato quando mi hai visto al supermercato. Sono così felice che tu mi abbia dato un'altra possibilità. Ti sei insinuata nella mia vita in modo così profondo che non riesco più a immaginare che tu non ne faccia parte. Mi fai venir voglia di essere una persona migliore. Non vedo l'ora di...»

Bryn gemette piano quando venne travolta dal piacere; continuò ad accarezzarsi raggiungendo l'orgasmo. Sentì vagamente che Dane stava ancora parlando, ma non aveva idea di cosa stesse dicendo. Fu quando fece un respiro profondo per cercare di ritrovare il controllo di se stessa che cominciò a capirlo.

«Dio, è stato così maledettamente eccitante, Bryn. Sei dolcissima. Grazie per averlo condiviso con me.»

«Prego?» Uscì più come una domanda che un commento.

«Sì. So che non ci frequentiamo da molto, ma condividendolo hai dimostrato che ti fidi di me, e ciò significa tanto. Ma devi sapere una cosa.»

Quando non disse altro, Bryn chiese incerta: «Cosa?»

«Vorrei vedertelo fare di persona prima o poi. Ora, vuoi delle ciambelle?»

Bryn si schiarì la gola e si sollevò fino ad appoggiarsi di nuovo contro la testiera. Sapeva di essere arrossita intensamente, ma non le importava. Non aveva programmato di masturbarsi al telefono con Dane, ma quando l'aveva immaginato sdraiato nel suo letto e sentendo la sua voce, non era riuscita a fermarsi.

«Sì, voglio le ciambelle.»

«Alzati e vestiti, Smalls. Sarò lì tra poco.»

«Va bene.»

«Dico sul serio, vestiti. Jeans, reggiseno, maglietta. Magari anche una felpa. Ho una buona forza di volontà, ma non sono sicuro che riuscirei a trattenermi se venissi ad aprirmi la porta in maglietta e mutande.»

«Mi bacerai?»

«Sì, Bryn. Ti bacerò, quando sarà il momento giusto per entrambi. Poi farò l'amore con te.»

«Sono pronta.»

«Io no» ribatté subito Dane. «Voglio essere il tipo di uomo di cui sarai orgogliosa. Quello che può portarti fuori a mangiare e non dare di matto. Il tipo di uomo a cui non frega niente se ha solo una mano. Ma non ci sono ancora arrivato. Ci sto provando e mi fai venire voglia di provarci di più. Ma tesoro, ascoltarti sussurrare il mio nome quando sei venuta è stato un incentivo. Sapere che hai dedicato del tempo a fare ricerche sul dolore fantasma e a parlarne con un esperto ne aggiunge un altro. E sapendo che la prima cosa che hai fatto quando ti sei svegliata questa mattina è stato prendere il telefono e comporre il mio numero in modo da poter condividere ciò che avevi scoperto, è stato il miglior risveglio che abbia mai ricevuto in tutta la mia vita. Quindi, sì, ti bacerò, Smalls. Bacerò ogni centimetro del tuo corpo e mi lascerò baciare da te allo stesso modo.»

«Va bene.» Non avrebbe voluto altro che accarezzarsi di nuovo alle sue parole, ma sapeva che non era per quello che le stava dicendo.

«Allora... trenta minuti? Ti metterai dei vestiti?»

«Sì. Ti aspetto.»

«Grazie per la sveglia, Smalls. Ci vediamo presto.»

«Ciao.»

«Ciao.»

Bryn spense il telefono e chiuse gli occhi per un momento. Era allo stesso tempo mortificata, eccitata e spaventata. Respirando profondamente, si girò e appoggiò i piedi sul pavimento. Aveva bisogno di farsi una doccia dato che avrebbe visto Dane quella mattina. Sorridendo e sentendosi femminile come mai in vita sua, entrò nel bagno più che pronta a iniziare la giornata... con una ciambella e passando del tempo con lui. La vita era bella.

CAPITOLO DODICI

Dane guardò Bryn e sorrise. Erano seduti sul divano, a fare una pausa dopo un altro episodio di *Mythbusters*, erano alla quarta stagione e il suo interesse non era scemato nemmeno un po'. Rosie, dopo averla vista parlare con Dane, che era diventato un visitatore abituale della biblioteca, le aveva dato il pomeriggio libero avendo intuito che si stava dando da fare per corteggiarla.

Era intrigante conoscere una donna come Bryn. La maggior parte delle persone cercava di fingere di non vedere la sua protesi... ma non lei. Quando notava qualcuno che lo fissava, lo richiamava. Quando i bambini facevano commenti, li coinvolgeva in una conversazione e addirittura lo trascinava verso di loro in modo che potessero vedere la sua protesi da vicino.

Lo faceva sentire come se non ci fosse assolutamente nulla di sbagliato in lui, tanto che aveva iniziato a crederci. Non c'era stato un altro episodio come quello di due settimane prima, quando si era masturbata al suono della sua voce, ma vedeva il desiderio nei suoi occhi ogni volta che lo guardava.

Fish si stava trattenendo perché... non sapeva perché.

Forse temeva che il sesso tra loro sarebbe stato imbarazzante. Non aveva provato a stare con una donna dopo l'incidente; capire dove mettere la mano e i gomiti sarebbe stato strano.

Ma se doveva essere onesto con se stesso, sapeva esattamente perché ci andava piano con Smalls. Per quanto desiderasse essere dentro di lei, si stava godendo al massimo l'attesa. Non ci aveva mai messo così tanta energia nel corteggiare una donna prima, e più a lungo avrebbe aspettato, più bello sarebbe stato. Ne era certo.

«Sei sicuro di non dover andare a Coeur d'Alene oggi?» gli chiese Bryn. «Potremmo andare in quel negozio di alimentari che vende cibo biologico. So che ti è piaciuto il pane senza glutine che ti ho fatto provare a cena l'altra sera.»

«È vero. Ma preferirei passare il tempo con te.»

Bryn inclinò la testa e lo osservò. «Va ancora così male?»

Dane non si sarebbe mai abituato al modo in cui lo guardava perché non si limitava a quello, lo *vedeva* dentro. Vedeva cose che nessun altro si era preso la briga di vedere prima... a parte Truck. «Va meglio. Pian piano ma sicuramente sta migliorando. Apprezzo che tu venga a fare la spesa con me ogni fine settimana. Aiuta.»

«Be', direi che ne traggo più benefici di te. Non devo preoccuparmi che la mia auto muoia quando sono in città e mi impedisci di dare tutti i miei soldi ai mendicanti. Doppio vantaggio per me.»

Dane sorrise e le fece scorrere l'indice lungo la guancia.

«Hai degli amici?» gli chiese.

«Amici?»

«Sì» disse Bryn in tono tranquillo. «Voglio dire, so perché io non ne ho tanti, sono troppo strana. Le persone non riescono a sopportare tutte le mie chiacchiere, i fatti che blatero. Ma tu? Sei bello, intelligente e un eroe. Ma non ti vedo mai con nessuno.»

«Non sono bello. Le donne lo sono, gli uomini al massimo possono definirsi affascinanti.»

«No. Sei bello. Sei tutto...» Bryn agitò la mano davanti a lui, indicando il suo corpo «duro dove dovresti esserlo con quell'aria un po' trasandata e... semplicemente bello.»

Dane non avrebbe proprio saputo come rispondere, quindi lasciò perdere. «Ho degli amici. Ma non qui. Truck mi chiama quando può.»

«Chi altro? Devi averne più di uno.»

«Sì. Il gruppo di uomini morti nell'esplosione che mi ha maciullato il braccio erano i miei amici. Non mi ero reso conto di quanto mi sarebbero mancati, ma poi Truck e il suo team affiatato mi hanno più o meno obbligato a vivere. Quindi adesso sono anche loro miei amici.»

«Hanno dei nomi divertenti come Truck?» chiese Bryn.

«Non sono sicuro che "divertenti" sia la parola giusta, ma sì, hanno dei soprannomi. Sono Ghost, Fletch, Coach, Hollywood, Beatle e Blade.»

«Forte. E tu?»

«Io cosa, Smalls?»

«Hai un soprannome?»

«Sì. È Fish.»

«Fish... mmm, sei un bravo nuotatore?» gli chiese.

Senza presunzione, rispose: «Il migliore.»

«Mi piacerebbe vederlo prima o poi.»

«Quando farà più caldo, sarei felice di andare a nuotare con te, Smalls.»

«Anch'io.»

«E tornando all'argomento di prima, ora sei anche tu mia amica, no?»

Bryn non rispose subito, si limitò a tenere per un attimo il suo sguardo penetrante su di lui. Poi gli fece un sorriso, così grande che Dane quasi sussultò per la sua luminosità. «Sì. Sono tua amica.»

«Bene. E Smalls, non sei strana. Pensavo che l'avessimo già superata questa cosa.»

«Diversa allora.»

«Diversa, *forse*. Ma chiunque non riesca a vedere la fantastica donna che c'è dietro le tue diversità, non merita di averti nella sua vita. Sei quel tipo di amica che si trova raramente, che mollerebbe tutto se qualcuno chiedesse aiuto. Disinteressata, premurosa, gentile e interessante. Ho imparato molte più cose stando in tua compagnia, che con chiunque altro io conosca. Amo questo di te.»

Bryn si morse il labbro, poi sorrise timidamente. «Grazie.»

«Prego. Da quanto ci conosciamo?»

«Trentasette giorni.»

Dane sorrise. Avrebbe dovuto immaginare che lo avrebbe saputo con precisione. «Giusto. E in tutto questo periodo, in tutti i momenti che abbiamo trascorso insieme, c'è stato qualcosa che avresti voluto chiedermi, ma non l'hai fatto?»

Adorava che Bryn dicesse sempre qualunque cosa stesse pensando, ma ultimamente aveva la sensazione che si stesse trattenendo. E lo odiava. Stava diventando sempre più difficile andarci piano con lei, ma si era ripromesso di non affrettare la loro relazione... ogni giorno che passava però, la voleva sempre di più.

Quando continuò a fissarlo, lui cercò di persuaderla: «Dai, Smalls. Siamo amici. Voglio che tu sia onesta con me.»

«Perchénonmihaiancorabaciata?» Disse le parole in fretta e tutte attaccate, tanto da farla sembrare una sola. Poi proseguì: «Voglio dire, vedo il modo in cui mi guardi a volte, e quella mattina al telefono... ho pensato che forse...» La sua voce si affievolì, abbassò la testa e giocherellò con un filo sulla cucitura dei jeans.

«Guardami, Smalls» le ordinò. Quando non sollevò la testa, le mise un dito sotto il mento e spinse piano verso l'alto. Quando finalmente incontrò i suoi occhi, continuò: «Non ti ho ancora baciata perché non mi fido di me.»

«Come scusa?»

«Non mi fido di me» ripeté. «Sei così fantastica e non sono mai stato attratto da qualcuno tanto quanto lo sono da te»

«Allora perché?»

«Perché so che non appena avrò un assaggio delle tue labbra, non riuscirò più a trattenermi. Vorrò di più. Ti vorrò sotto di me, sopra di me e vorrò perdermi in te. Sto cercando di andarci piano. Mi è piaciuto frequentarti, guardare la TV, fare shopping, stare in biblioteca, guardarti lavorare.»

«Sta funzionando? Ti aiuta a sentirti più a tuo agio in pubblico?»

Dane sorrise al suo cambio di argomento. Era una sua particolarità essere sempre più preoccupata per lui che per se stessa. «Sì, Smalls. Concentrarmi su di te, mi aiuta a rimanere con i piedi per terra.»

«Sono contenta.»

«Quindi, per rispondere subito alla tua domanda, voglio baciarti. E lo farò. E tanto perché tu sappia, una volta che avrò finalmente le tue labbra sulle mie, sarà solo una questione di tempo prima che ti porti a letto.»

«Va bene.»

«Va bene.»

«Dane?»

«Sì, Bryn?»

«Non voglio metterti fretta o altro, ma sono pronta per questo passo. Non appena lo sarai tu, lo sarò anch'io.»

Dane sorrise, le prese la mano e ne baciò il palmo. «Buono a sapersi. Vuoi iniziare un altro episodio?»

«Sì. Il prossimo è quello dei cannoni a vapore... dove cercheranno di capire se Archimede potrebbe averne fatto uno. Adoro il modo in cui si assicurano che gli episodi non siano troppo complessi per chi guarda, mescolando i miti più scientifici con quelli divertenti. Non vedo l'ora di vedere i risultati sulla composizione della scatola di cereali che pare sia più nutriente della roba zuccherata che contiene.»

Dane ridacchiò, si chinò sull'angolo del divano e prese il telecomando. «Vieni qui.»

Lei si avvicinò e si appoggiò a lui, tirandogli il braccio sinistro fino a quando il moncone non fu posato sul suo fianco, tenendo gli occhi fissi sullo schermo mentre passavano i titoli di coda.

Fish sospirò contento ignorando il suo uccello duro, e quando abbassò la testa per inspirare il profumo unico di Bryn, sorrise sentendolo pulsare. Solo annusare il suo shampoo al cocco glielo faceva rizzare.

Prestando maggiore attenzione alla donna al suo fianco e alla sensazione di averla contro di sé, piuttosto che alla televisione, ringraziò la sua buona stella di essere lì seduto con Bryn. Sapeva meglio di chiunque altro che se non l'avesse incontrata, la sua vita avrebbe potuto essere molto diversa. Lo aveva aiutato ad affrontare lo stress post traumatico e lo aveva fatto sentire di nuovo un uomo. Il fatto che non lo considerasse meno virile era stato un miracolo, che non si sarebbe lasciato sfuggire di mano.

CAPITOLO TREDICI

Bryn sollevò il telefono distrattamente, la mente ancora concentrata sul problema di matematica che stava cercando di risolvere. L'aveva trovato online, in una chat dove tutti parlavano di quanto fosse impossibile. Per lei era stato come sventolare un mantello rosso davanti a un toro.

«Pronto?»

«Ehi, Smalls. Che cosa stai facendo?»

«Matematica.»

Dane ridacchiò. «Puoi fare una pausa?»

«Potrei, ma in realtà non voglio.»

«Truck e i suoi amici stanno arrivando. Saranno qui tra una ventina di minuti circa.»

All'improvviso la mente di Bryn si concentrò su ciò che stava dicendo Dane. «Che cosa? Qui? Cioè qui, *qui*?»

«Sì. Qui a Rathdrum. Rimarranno solo per un giorno e mezzo. Quindi stasera preparerò una cena per festeggiare. Vuoi venire a conoscerli?»

Il primo pensiero di Bryn fu di accettare subito, ma una parte di lei era ancora molto spaventata dal fatto di non piacere ai suoi amici militari. Di dire qualcosa di totalmente assurdo che li avrebbe allontanati. E che se non fosse piaciuta a loro, magari Dane avrebbe avuto dei ripensamenti.

Come se potesse leggerle nella mente, le disse con voce sommessa: «Bryn. Fidati di me.»

«Va bene. A che ora?»

«Vengo a prenderti adesso.»

«Posso guidare fino a là.»

«Lo so. Ma verrò a prenderti comunque.»

«Dane, sul serio, i tuoi amici stanno arrivando, non è bello lasciarli lì mentre vieni in città a prendermi.»

«Smalls. Sono adulti. L'esercito si fida di loro con attrezzature da milioni di dollari e sono responsabili della vita di centinaia di altri uomini e donne con cui combattono. Penso che staranno bene a casa mia per i trenta minuti che ci vorranno per venire in città a prenderti e poi tornare.»

Sentì il sorriso nella sua voce e si arrese. «Ok. Se vieni subito va bene. Perché se mi lasci del tempo mi perderò di nuovo in questa equazione che sto cercando di risolvere e poi sarò scontrosa se dovessi interrompermi.»

«Sto arrivando.»

«Dane?»

«Sì, Smalls?»

«Cosa dovrei indossare?»

Non la prese in giro per averlo chiesto. «Jeans, scarpe da ginnastica, maglietta e un maglione o una felpa o qualcosa del genere. Fuori fa freddo.»

«Va bene. Lo posso fare. A presto?»

«Sì. Arriverò lì il più in fretta possibile.»

«Guida con prudenza.»

«Sempre.»

«Ciao.»

«Ciao.»

Bryn chiuse la chiamata e rimase seduta a fissare il vuoto. Non sapeva molto di Truck o dei suoi amici, perché non aveva mai chiesto nulla. Avrebbe voluto sapere tutto su di loro, ma temeva che se li avesse conosciuti meglio e alla fine avessero deciso che era insopportabile, l'avrebbe fatta soffrire sapere cosa si stesse perdendo.

Si allontanò dal computer e si affrettò a cambiarsi. Voleva essere pronta quando Dane fosse arrivato.

Venti minuti dopo, era nel pick-up.

«Ricordami i loro nomi» lo invitò Bryn. «E raccontami qualcosa di ciascuno di loro»

Senza irritarsi con lei, Dane cominciò: «Ghost è il leader del gruppo. È il più guardingo di tutti, ma non ha paura di buttarsi quando le cose si mettono male. Fletch ha recentemente sposato una donna che ha incontrato perché è andata a vivere nell'appartamento sopra il suo garage. Hanno una bambina di sei anni con la maturità di una diciottenne, Annie. Mi ricorda te sotto molti aspetti.»

«Davvero?»

«Sì. È intelligente. Molto intelligente. E stravagante. Da grande vuole fare carriera come soldato, proprio come suo padre. Tutti quelli che la incontrano la adorano all'istante.»

«Sono contenta per lei» disse Bryn con un po' di malinconia. Mentre cresceva, le persone sembravano solo irritate e sconvolte quando la conoscevano.

Come se potesse leggerle nella mente, Dane allungò la mano e le strinse un attimo la nuca, poi la riportò sulla leva del cambio. «Poi c'è Coach. È alto e snello, e si è fatto quasi distruggere la faccia da un uccello mentre si stava paracadutando con la donna che poi è diventata la sua fidanzata.»

«Dio. Sta bene però?» chiese Bryn.

«Sì. Lui e Harley stanno andando alla grande. Hanno un rapporto stabile. Poi c'è Hollywood. Capirai chi è perché è quello che sembra una dannata star del cinema. Ma non dire nulla, è un po' sensibile al riguardo.»

«Oh. Ehm... non capisco.»

Dane ridacchiò. «Sto scherzando. È sempre stato quello del gruppo, con cui tutte le donne ci provavano. Il suo aspetto è stato sempre un problema per lui. Ma ora non è più sul mercato. Non pensavo che avrebbe accettato di fare il viaggio fino a qui.»

«Perché no?»

«Perché di recente si è sposato... e inoltre la sua donna è stata letteralmente pugnalata due volte alla schiena. Ora sta bene» si affrettò a rassicurarla «ma ha avuto bisogno di un lungo recupero.»

«È terribile. Spero che abbiano catturato l'uomo che l'ha ferita» gli disse Bryn con fermezza.

«Oh, l'hanno fatto. E mi sono assicurato che il bastardo che stava dietro a tutto ciò che ha passato Kassie non possa più farle del male.»

Bryn gli mise una mano sulla coscia e annuì. «Bene.»

«Ok, per concludere... ci sono anche Beatle e Blade. Sono ancora single. E ovviamente, Truck. Ti ho parlato di lui. È single anche lui... ma in realtà non lo è.»

«Cosa intendi?»

«Solo che ha messo gli occhi su una donna lì dove vive. Anche lei è interessata, ma sta attraversando alcuni problemi di salute e non vuole legarlo o cazzate del genere.»

«Ma starà bene?» gli chiese.

«Non posso mentire... non lo so. Lei non ne parla e nemmeno Truck. Ma conosco il mio amico, se c'è qualcosa che può fare per renderle più facile la battaglia, lo farà.»

«Non vedo l'ora di incontrarli» disse Bryn, spostandosi in modo che la schiena fosse appoggiata alla portiera.

«Anche loro non vedono l'ora di incontrarti» affermò Dane.

«Possiamo dare a questo incontro un limite di tempo?» gli chiese guardando l'orologio.

«Cosa intendi?»

«È solo che... ero davvero nel mezzo di qualcosa. E se so che dovrò restare da te per cercare di piacere ai tuoi amici solo per un certo periodo di tempo, me la caverò meglio. Ad esempio, se so che rimarrò lì solo due ore, allora posso affrontarle, ma se è un tempo indefinito e non so quando potrò tornare a casa e rimettermi al lavoro sul problema di matematica, sarà solo... sarà più difficile» concluse debolmente.

Erano arrivati a casa sua e Bryn si morse il labbro agitata nel vedere i tre veicoli parcheggiati a casaccio intorno al vialetto. Dane spense il motore e allungò il braccio verso di lei. «Vieni, Smalls.»

Si spostò un po' e quando lui continuò ad attirarla di più a sé, fece scivolare con cautela una gamba sopra le sue fino a mettersi a cavalcioni su di lui. Le prese il mento in mano e la tenne ferma davanti a sé, circondandole la vita con l'altro braccio e posando il moncone sulla sua schiena.

«Bryn. Ti adoreranno.»

«Va bene.»

La studiò per un lungo momento, poi disse: «Ne hai proprio bisogno, vero?»

Lei annuì a scatti e cercò di spiegare: «Avevo dodici anni, ero stata invitata a una festa. Non volevo partecipare, ma i miei genitori pensavano che sarebbe stata una cosa positiva per me, così ci sono andata. È stato terribile. Le ragazze si sono sedute in cerchio e continuavano a ridacchiare e i ragazzi sono stati davvero cattivi. Non sapevo quando avrei potuto andarmene. Ero bloccata lì. Se avessi saputo quando sarebbero venuti a prendermi i miei genitori, sarebbe stato più facile perché avrei potuto dirmi che mancavano solo altre due ore, o un'ora, ma non ne avevo idea. Quindi, ho dovuto star seduta lì a subire, e la festa è durata un'eternità. Non mi piace incontrare persone, ma se so per quanto tempo devo rimanere, starò meglio.»

«Va bene, Smalls. Nessun problema. Allora, facciamo due ore, poi quando scadono verifico con te e vedrò come ti senti. Se vorrai andartene, ti accompagnerò.»

«Grazie Dane» gli disse in tono sommesso, guardando l'orologio per controllare l'ora. «Centoventi minuti, posso farcela. Per te.»

«Per me» ripeté lui.

Bryn annuì.

«Sei pronta?»

«No. Ma hai detto che non mi avrebbero preso in giro, e mi fido di te, quindi credo che dovrei essere pronta. Inoltre, sono solo due ore. Posso fare qualsiasi cosa per quel periodo di tempo.»

Dane spostò la mano dal mento alla nuca, la attirò a sé e le baciò la fronte. Poi le inclinò la testa e le sfiorò le labbra con le sue.

Senza pensarci, Bryn aprì la bocca e lo invitò ad approfondire il bacio.

Le leccò con lentezza il labbro inferiore, poi piegò la testa, per avere un migliore accesso.

Lo sentì premere il moncone sulla sua schiena e gli afferrò la camicia sui fianchi mentre imitava timidamente i movimenti della sua lingua. Assaporò le sue labbra, poi sospirò quando le infilò la lingua in bocca.

Dane si prese il suo tempo, imparando cosa le piaceva e cosa no, e non fu mai aggressivo con il bacio, mentre lei gemeva cercando di attirarlo con più forza a sé. Ma lui si scostò, mordicchiandole le labbra per stuzzicarla.

Poi la strinse in un abbraccio.

Bryn si abbandonò contro il suo petto e sentì il battito del proprio cuore rallentare, semplicemente stando così vicino a lui.

Il loro primo bacio era stato tutto ciò che aveva sognato e molto di più. Non aveva cercato di divorarla. Non aveva spinto la lingua nella sua bocca senza pensare a cosa le sarebbe potuto piacere. Si era preso il suo tempo. L'aveva stuzzicata. Assaporata. Era stato semplicemente perfetto.

Dopo qualche momento, le disse: «Un'ora e cinquantasette minuti, Smalls. Facciamolo.»

Bryn annuì e aprì la portiera. Scavalcò in modo goffo le sue gambe e, usando il suo braccio come leva, saltò fuori. Lui la seguì, mettendo le chiavi in tasca mentre chiudeva la portiera con l'anca. Le cinse la vita per quanto poteva con il braccio sinistro e iniziarono a camminare verso casa sua.

Bryn si leccò le labbra, gustandosi il sapore di Dane e lanciò un'occhiata all'orologio. Un'ora e cinquantasei minuti. Una passeggiata.

———

«Lo giuro su Dio, non ho mai visto niente del genere; Fish con solo un braccio e mezzo e Tex con una gamba e mezza, hanno messo KO quel tizio prima che si rendesse conto di cosa gli stava per succedere!» disse Kassie con entusiasmo.

Dane era seduto nel suo salotto, con Bryn in braccio, mentre la moglie di Hollywood le raccontava come si era svolta la tentata rapina al ricevimento di nozze di Emily e Fletch. Kassie non era stata presente, ma mentre si stava riprendendo dalle ferite delle pugnalate inferte dallo psicopatico tirapiedi del suo ex, Emily l'aveva intrattenuta portando le registrazioni di sicurezza dell'intero incidente.

I ragazzi erano arrivati, come previsto, dopo che era partito per andare a prendere Bryn, ed era rimasto sorpreso di vedere anche Kassie e Hollywood. A quanto sembrava, non aveva voluto lasciarla a casa da sola nemmeno per il breve periodo che sarebbe rimasto lì, e lei si era rifiutata di rimanere in Texas.

In ogni caso la presenza di Kassie era proprio ciò che serviva a Bryn. Era stata nervosa al pensiero di vedere tutti i suoi amici quindi, che ci fosse un'altra donna, aveva aiutato a rompere il ghiaccio. E come previsto, tutti l'adoravano. Erano rimasti affascinati da quanto fosse intelligente e, più di una volta, gli avevano lanciato degli sguardi d'intesa. Sapeva cosa significavano, e cioè che sarebbe stata un'eccellente ricercatrice per le loro missioni. Ma per niente al mondo l'avrebbe coinvolta in quel campo. Con la sua curiosità, avrebbe voluto conoscere maggiori informazioni e lui si rifiutava di metterla in pericolo in quel modo, perché sapeva senza ombra di dubbio che Bryn non sarebbe stata in grado di fermarsi. Spettava a lui proteggerla da se stessa, se necessario.

«Mi sarebbe piaciuto vederlo» dichiarò Bryn.

«Dirò ad Em di inviarti una copia» le promise Kassie, poi si allontanò da Hollywood, contro cui si era accoccolata sul divano, e disse: «Torno subito.»

«Qualcosa non va?» le chiese, preoccupato.

«No» gli rispose alzando gli occhi al cielo. «Devo solo usare il bagno.»

«Ti faccio vedere dove si trova» le disse Bryn, dimenandosi per scendere dalle ginocchia di Dane.

«Tutto bene?» le chiese Fish, aiutandola.

«Sì. Torno subito» lo rassicurò.

«Sono passate tre ore e mezza, Smalls. Tutto a posto?» si informò. L'aveva presa da parte dopo due ore ed era stato felice che fosse rimasta sorpresa del tempo che era già passato. Aveva fissato l'orologio a occhi spalancati, come se non ci credesse. Lo aveva rassicurato che non c'erano problemi e che le piacevano i suoi amici. Quindi era rimasta.

«Sto bene» lo tranquillizzò. «Ho solo bisogno di una pausa.»

«Ok» le disse Dane, per nulla offeso. Si era presa qualche pausa durante la serata; piccole passeggiate per schiarirsi la mente, e ogni volta che era tornata, gli era sembrata più rilassata. Non era che non volesse stare con lui e i suoi amici, aveva solo bisogno di tempo qua e là per ricaricarsi.

La guardò mentre spariva con Kassie dietro l'angolo.

«Mi piace, Fish» disse Truck non appena si allontanarono.

Lui sorrise. «Grazie. Anche a me.»

«Hai detto che ti stava pedinando?» chiese Blade sorridendo. «Vorrei anch'io una stalker così.»

«Stai zitto» grugnì, lanciandogli un tovagliolo appallottolato.

«Hai un aspetto migliore» dichiarò Ghost. «Più rilassato. Meno angosciato.»

«Mi sento così» gli confermò. «Di sicuro non mi fa abbassare la guardia. È più curiosa di Annie.»

«Gesù, sei condannato» commentò Fletch in tono sarcastico.

Dane sorrise, poi spiegò: «Non è una cosa negativa, è piacevole in realtà. Adoro il modo in cui può perdersi nelle sue ricerche per ore. Ma ultimamente è stata assorbita dallo stile di vita survivalista.»

«È pericoloso» disse Coach.

«Dimmi qualcosa che non so. Non mi preoccupo tanto per i survivalisti in generale, sì, sono riservati, ma in fin dei conti non credo che le farebbero davvero del male. Sono gli estremisti che non mi piacciono. Sto cercando di deviare l'interesse di Bryn dalla faccenda del bunker e di quello stile di vita, ma una volta che si è fissata su qualcosa...» Lasciò la frase in sospeso.

«Se dovessi aver bisogno di noi, chiama» gli ordinò Ghost. «Non me ne frega niente di cosa si tratti, possiamo essere qui in due ore al massimo.»

Dane abbassò lo sguardo sulle ginocchia per un momento

cercando di non farsi prendere dall'emozione. Pensava di aver perso quel cameratismo nell'esplosione che gli aveva portato via il braccio e la vita dei suoi amici; si erano protetti a vicenda e più di una volta era volato da loro per andarli ad aiutare quando era stato necessario. Non aveva perso solo il braccio, ma anche quel tipo di legame. Quel senso di sicurezza che derivava dal sapere di avere un gruppo di uomini che avrebbe mollato tutto, solo per essere al suo fianco nel momento del bisogno.

E ora lo aveva ritrovato. Non conosceva questo gruppo di Delta prima di quel fatidico giorno nel deserto, ma lo avevano inserito nella loro stretta cerchia senza battere ciglio.

«Dopo quello che hai fatto per Kassie, accidenti anche prima, dovresti sapere che ti copriremo sempre le spalle, amico» disse Hollywood in tono sommesso.

«Non so come ripagarti, Fish» intervenne Fletch. «Emily non ne ha mai parlato, ma so che era preoccupata del giorno in cui quel bastardo sarebbe uscito di prigione. Il fatto che tu ci abbia tolto quel peso dalle spalle significa davvero tanto per noi.»

«Sai che non l'ho fatto per essere ripagato» ringhiò.

«Succederà comunque» replicò subito.

«Come vuoi» borbottò Dane. «Cos'altro state facendo?» chiese, cercando di cambiare argomento.

«Le cose sono state tranquille, ultimamente» rispose Beatle per tutti.

Fu subito colpito da pezzi di tovaglioli appallottolati, una matita e un bicchiere di plastica vuoto, lanciati dagli uomini seduti nel confortevole soggiorno.

«Non posso credere che tu l'abbia detto, coglione» gli disse Blade. «Qual è la prima regola del team?»

«Non fare mai commenti su quanto sei annoiato o quanto le cose sono tranquille» rispose Ghost anche se era una cosa che sapevano tutti.

«Esatto. Gesù, se verremo inviati nel deserto per sei mesi, non te lo perdonerò mai» lo minacciò Hollywood.

«C'è qualcosa che vuoi dirci?» chiese Truck, sorridendo.

«Sì, Hollywood, hai da fare?» incalzò Ghost.

«Andate a fanculo» borbottò Hollywood.

«Oh, ecco vedi? Ora *sappiamo* che c'è qualcosa che vuoi dirci. Forza. Vedi di sputare il rospo. Sai che abbiamo i nostri metodi per farti parlare» lo prese in giro Fletch.

Dane adorava quegli scambi di battute, gli ricordavano fin troppo bene i suoi compagni caduti. Per una volta però non gli fece così tanto male.

«Vi ricordate di quella volta in cui eravamo in missione e abbiamo sentito Beatle urlare? Che siamo corsi dove si trovava, ma non ha voluto dirci cosa lo avesse fatto gridare come una ragazzina?»

«Stai zitto» disse Beatle al suo amico.

Blade lo ignorò e continuò: «E lo abbiamo fatto ubriacare, legato ad un albero con il nastro adesivo e minacciato di lasciarlo lì tutta la notte se non avesse ceduto?»

«Non hai visto le dimensioni di quel maledetto insetto!» Beatle disse a denti stretti. «Era enorme. E aveva sette centimetri di zanne!»

«È davvero divertente che tutti pensino che il suo soprannome sia legato al suo cognome, Lennon, quando invece è perché ha paura degli insetti! Quei piccolissimi coleotteri gli fanno perdere la testa!»

Beatle non continuò a protestare, si limitò a incrociare le braccia al petto lanciando occhiatacce ai suoi amici.

«Oh, e quando ha sentito che mia sorella era un'entomologa, ha giurato seduta stante che non avrebbe mai e poi mai voluto incontrarla!» Blade ridacchiò. «Come se ti avrei lasciato avvicinare a lei.»

«Non pensi che io sia abbastanza in gamba per tua sorella?» gli chiese.

«Oh, lo sei, ma non ti vorrebbe nemmeno tra un milione di anni» gli rispose.

«Perché no?»

«Perché ama gli insetti. Li *adora*. Li tiene in piccoli contenitori in tutto il suo appartamento. Non li uccide mai, nemmeno le mosche. Li cattura e li lascia andare. Penso che abbia anche alcune blatte soffianti che tiene come animali domestici.»

Beatle rabbrividì ma l'altro continuò. «Ti prenderei come cognato in un attimo, ma sfortunatamente non ce la faresti mai a stare con lei. Casey è un'amante degli insetti irriducibile. Sareste come acqua e olio. Infatti, attualmente è in Costa Rica con tre dei suoi studenti dell'università in cui lavora. Stanno studiando le formiche. Non chiedermi di che tipo, perché non lo so, ma trascorrono ogni giorno nella giungla a cercare, collezionare e catalogare dannate formiche moleste. Abbiamo trascorso anche noi la nostra buona parte di tempo nella giungla, ma non ci andresti mai volontariamente. Ti conosco.»

«Non ha importanza, non *incontrerò* mai tua sorella, comunque. Ma possiamo tornare alla questione scottante?» chiese Beatle, fissando Hollywood. «Quale segreto ci sta nascondendo Hollywood e come possiamo farglielo spifferare?»

Dane rise insieme agli altri. Era ovvio che Beatle stesse cercando disperatamente di cambiare argomento.

Hollywood guardò i suoi amici per un attimo, poi le sue labbra si contrassero e disse in tono pratico: «Non voglio essere mandato nel deserto o nella cazzo di giungla per sei mesi perché Kassie è incinta.»

Ci fu un momento di silenzio nella stanza poi parlarono tutti insieme.

«Cazzo sì!»

«Hooah!»

«Bel colpo, stallone!»

«Congratulazioni!»

Hollywood sollevò la mano per calmare tutti. Guardò in modo nervoso il corridoio, dove sua moglie e Bryn erano scomparse. Quando ebbe l'attenzione di tutti, spiegò: «Ma non potete dirle niente, e nemmeno alle vostre donne» guardò Ghost, Fletch e Coach mentre lo diceva. «O a chiunque altro. Non lo annunceremo ufficialmente fino a quando non supererà le dodici settimane. Manca ancora un mese o giù di lì. Le ho detto che l'avrei tenuto segreto.»

Tutti risero.

Hollywood scosse la testa. «Sì, mi ha persino creduto quando le ho detto che, dato che eravamo una delle agenzie governative più clandestine, sapevamo mantenere i segreti meglio di qualsiasi altra persona.»

Era una battuta ricorrente tra di loro e risero tutti di nuovo. C'erano cose che avevano fatto che avrebbero portato nella tomba senza mai raccontarle ad anima viva, ma quando si trattava di cose quotidiane e della vita personale, nessuno aveva problemi a condividere. Era legato al tipo di lavoro. Quando ti sei sdraiato insieme letteralmente nella merda o hai ucciso un altro essere umano a mani nude in modo che il tuo amico potesse vivere, i segreti della vita quotidiana non significavano un bel niente.

Sapevano tutti che qualsiasi cosa condividessero tra loro sarebbe rimasta nel gruppo. Punto. Era fuori discussione.

«Complimenti, amico» gli disse Fletch. «Sto dando del mio meglio con Emily, ma ancora nulla per noi. Però è molto divertente provarci.»

I ragazzi si sorrisero prima di tornare all'argomento precedente: prendere in giro Beatle per la paura e l'odio verso le creaturine inquietanti.

Le ragazze tornarono nella stanza e si unirono al divertente scambio di battute. Ma ciò che Dane amò di più fu che

Bryn andò dritta da lui e gli si sedette in braccio, come se fosse la cosa più naturale del mondo. Amava tenerla tra le braccia e aveva adorato ascoltarla mentre informava Beatle che lo scarafaggio era il più affascinante tra tutti gli insetti, e che il più grande di sempre era la blatta rinoceronte del Queensland, in Australia. Da quel che diceva era lunga circa otto centimetri e poteva pesare fino a trecento grammi.

Mentre la vivace discussione continuava intorno a lui, baciò la testa di Bryn e si rilassò sulla sedia quando lei avvolse la mano attorno al moncone, accarezzandolo distrattamente con il dito, mentre continuava a scherzare con le persone che per lui significavano più di ogni altra cosa al mondo.

———

Più tardi quella sera, una volta tornato dopo aver portato a casa Bryn, Dane trovò Truck in cucina. Tutti gli altri si erano sistemati per la notte. Hollywood e Kassie erano in una camera degli ospiti e Fletch aveva preso l'altra. Il resto dei ragazzi dormiva ovunque ci fosse spazio... erano abituati ad accamparsi in qualsiasi tipo di condizione, perciò il pavimento o il divano erano quasi lussuosi rispetto al terreno della giungla.

Era tutto silenzioso e immobile.

«Stava bene?» chiese Truck.

«Sì. È a posto» gli rispose.

«Mi piace.»

«Bene.»

«No, Fish. Mi *piace*» ribadì Truck.

«Che cazzo, amico?» sbottò Dane incrociando le braccia al petto. «Mary non ti basta?»

Truck non si offese, invece ridacchiò. «Non voglio dire che la voglio per me, ma solo che penso che sia assolutamente perfetta per te.»

«Da cosa l'hai capito?»

«Non ti farà abbassare la guardia. Tu non sei un uomo a cui fa bene annoiarsi. Voglio dire, stai vivendo nel bel mezzo del nulla nell'Idaho e non hai niente da fare, quando sei sempre stato abituato a essere nel centro dell'azione. Ero preoccupato che ti crogiolassi nello sconforto e sprofondassi sempre di più nell'abisso. Lei non te lo permetterà.»

Dane non avrebbe voluto sorridere, ma non riuscì a farne a meno e le sue labbra si curvarono. «No, non me lo permetterà» concordò.

«Esatto. Quindi, mi piace» ripeté Truck.

«È stravagante.»

«L'ho notato, Fish, ma ripeto, è esattamente ciò di cui hai bisogno.»

«Sono d'accordo. Mi fa stare bene. È come se potessi respirare di nuovo.» Abbassò lo sguardo e scosse la testa. «Ora devo dire ad Akilah che aveva ragione.»

«Riguardo a cosa?»

«La sera del matrimonio di Fletch ed Emily, mi ha detto che quando sarei andato dove la terra avrebbe nutrito la mia anima, avrei trovato una donna che non vede ciò che manca, ma che vede me.»

«Ragazza intelligente» commentò Truck.

«Non dovrebbe piacermi così tanto.»

«Che cosa?»

«Badare a Bryn. Essere protettivo nei suoi confronti» rispose Dane. «Mi fa sentire come se avessi di nuovo uno scopo. Assicurandomi che mangi, che arrivi a casa sana e salva, che non stia facendo delle ricerche che possano metterla nei guai.»

Truck gli mise una mano sulla spalla. «È il tipo di uomini che siamo. È quello che facciamo. Ci prendiamo cura di coloro che amiamo. Ci assicuriamo che abbiano sempre ciò di cui hanno bisogno. Stiamo al loro fianco, vegliamo su di loro, così che possano sbocciare.»

«E se si stanca del fatto che mi comporti così nei suoi confronti?»

«A volte devi essere subdolo al riguardo. Falla contare su di te in modo che alla fine non possa immaginare la sua vita senza.» disse Truck in maniera concreta, lasciando cadere la mano.

Dane guardò l'uomo che gli aveva salvato la vita per un lungo momento prima di chiedere: «È quello che stai facendo?»

«Ci sto provando» rispose. «Ma ho la sensazione che per te funzionerà molto prima che per me.»

«Grazie per non avermi fatto sentire uno stronzo perché desidero proteggerla... anche se da se stessa.»

«Non sei uno stronzo, Fish. Sei un uomo che ha trovato uno scopo. La vita fa schifo a volte, non è una bugia, ma se tieni bene gli occhi aperti, Bryn ti mostrerà proprio ciò di cui hai bisogno. Spesso si fa più fatica di quello che si vorrebbe, ma perseverando, lei ti mostrerà tutta la bellezza a cui puoi attingere.»

«Sei terribilmente filosofico» disse Dane con un sorrisetto.

«Sì. È meglio che vada a bere una birra e mi spacchi la lattina in testa o qualcosa del genere» replicò Truck.

«Vado a letto. Devo dormire quando posso, non so mai se Bryn mi chiamerà alle tre del mattino per parlarmi di qualcosa che ha trovato su Internet.»

«Goditela, Fish. E ricorda che hai degli amici se ne hai bisogno.»

«Lo apprezzo più di quanto pensi.»

«Lo so. Ci vediamo domani mattina.»

«Notte.»

Dane andò verso la sua camera con il cuore e la mente pieni

di emozione. Non gli piaceva vivere così lontano dai suoi amici, ma adorava l'Idaho. L'aria fresca e pulita, la poca gente... e Bryn. Anche se i ragazzi vivevano dall'altra parte del Paese sapeva, senza ombra di dubbio, che avrebbero mollato tutto se ne avesse avuto bisogno. Proprio come avrebbe fatto lui per loro.

di emozione. Non gli piaceva vivere così lontano dai suoi amici, ma adorava l'Idaho. L'aria fresca e pulita, la poca gente... e Bryn. Anche se i ragazzi vivevano dall'altra parte del Paese sapeva, senza ombra di dubbio, che avrebbero mollato tutto se ne avesse avuto bisogno. Proprio come avrebbe fatto lui per loro.

CAPITOLO QUATTORDICI

«DAI! ANDIAMO.» Bryn si dimenò sul sedile del pick-up accanto a Dane.

Faticava ancora a capire cosa ci vedesse in lei, ma adorava ogni secondo che avevano trascorso insieme. Dopo la visita dei suoi amici, si era rilassata ancora di più con lui. Le erano piaciuti davvero... ed era stato un sentimento reciproco.

La presenza di Kassie era stata una sorpresa, in senso positivo. L'aveva messa subito a suo agio ponendo mille domande sull'Idaho e aveva lasciato che Bryn blaterasse tutte le informazioni che aveva immagazzinato riguardo al suo Stato di adozione.

Quando erano andate in bagno, Kassie le aveva svelato di essere incinta, ed era per quello che doveva sempre fare pipì. Bryn era rimasta sorpresa di scoprire che ancora nessun'altro ne era al corrente, e sapere di essere l'unica a parte Hollywood, le aveva fatto quasi venir voglia di piangere. Non aveva mai avuto una vera amica in tutta la vita e, sebbene non conoscesse bene Kassie, il fatto che le avesse confessato di aspettare un bambino aveva aiutato tantissimo a calmare l'ansia che sentiva per la visita degli amici di Dane.

Inoltre, sembrava che a lui *piacesse* davvero il suo strano modo di esporre fatti a caso, ed era molto migliorato il suo problema di stare in mezzo alla gente. Le piaceva pensare che fosse in parte merito suo. Un giorno, avevano riprovato ad andare al *Dairy Queen* e incontrato un uomo di nome Steve che si trovava lì per riparare uno dei loro forni. Era proprietario di un'azienda che faceva servizio di assistenza ad apparecchiature industriali, soprattutto per i ristoranti, e avevano iniziato a chiacchierare mentre aspettavano il cibo.

Steve si era lamentato di essere molto più impegnato di quanto volesse. Si era trasferito nell'area di Rathdrum con la moglie e due bambini piccoli da Colorado Springs, al fine di godersi le attività all'aperto che la zona offriva, ma si era reso conto che in realtà aveva meno tempo da passare con i suoi figli rispetto a prima.

Anche se Dane non aveva alcuna esperienza di lavoro in quel settore, Steve era disperato e aveva detto che anche con una mano avrebbe potuto formarlo in alcune delle manutenzioni di base che non richiedevano molte abilità motorie, e che sarebbe stato di grande aiuto anche se avesse lavorato solo part time.

Così Dane si stava informando sulle licenze necessarie e su cosa avrebbe dovuto fare per lavorare per quell'uomo. Bryn aveva pensato di poter tornare a fare il turno di notte al supermercato, ammettendo però che preferiva di gran lunga passare le sue serate con Dane, così aveva rapidamente messo da parte quell'idea.

L'unica cosa di cui non era contenta per quanto riguardava la loro relazione era che sembrava ancora riluttante a baciarla. Baciarla *sul serio*. Dopo la conversazione a casa sua di un paio di settimane prima, quando gli aveva chiesto perché non l'avesse ancora baciata, aveva iniziato a premere le labbra sulla sua fronte in continuazione.

Quando stavano rannicchiati insieme mentre guardavano

la TV, le teneva sempre la mano, ma l'aveva baciata, nel vero senso della parola, pochissime volte dalla sera in cui erano venuti i suoi amici. E quei baci la lasciavano sempre con il desiderio di riceverne altri. Stava iniziando ad avere un complesso, soprattutto da quando le aveva detto che una volta che *l'avesse* baciata, non si sarebbe più fermato. Lui le piaceva, ed era abbastanza sicura che fosse reciproco, ma non lo voleva come amico. O *solo* come amico. Voleva andarci a letto. Lo desiderava davvero tanto.

Dane si girò di lato sul sedile e disse con un tono di voce serio: «Voglio ripassare ancora una volta ciò di cui abbiamo parlato prima di partire.»

«*Lo so*. Lo abbiamo ripetuto centinaia di volte» si lamentò Bryn.

«È importante, Smalls. So che sei eccitata, ma il tizio che ci farà vedere il suo bunker lo sta facendo solo come favore a qualcuno che conosco, e non ne è molto elettrizzato. So che hai un milione di domande, ma devi cercare di moderarti. Non chiedere le quantità di ogni cosa che possiede. Non chiedere dove si è procurato qualsiasi cosa che potresti vedere nel suo bunker. Non ti darà i dettagli di nulla nel caso in cui tu provassi a intercettare le sue fonti.»

«Non farei...»

«Lo so *io* e lo sai *tu*. Ma *lui* non lo sa.»

«Glielo dirò appena arriveremo lì.»

«Non ti crederà, Bryn. I survivalisti sono persone fantastiche, la maggior parte di loro ha un lavoro normale e sono inseriti nella società come qualsiasi altra persona, ma ciò non significa che non siano paranoici o super sospettosi nei confronti di chi fa troppe domande su ciò che stanno facendo e sui motivi. Ok?»

«Ok, ok, ho capito. Ma devi sapere che mi ucciderà dover tenere la bocca chiusa.»

Le fece un sorriso, uno di quelli che amava perché gli

riempiva il viso. Le rughe intorno ai suoi occhi si fecero più profonde e giurò di avervi visto un luccichio. «Che ne dici di un incentivo?»

«Di che tipo?»

Dane portò una mano sul suo viso e le accarezzò la guancia con le dita. Poi la spostò dietro il collo e la attirò a sé. «Sto morendo dalla voglia di portare il nostro rapporto al livello successivo, e questo lo sai, ma volevo assicurarmi che fosse quello che volevi anche *tu*. Voglio sentire il battito del tuo cuore contro il mio petto mentre ci baciamo e tocchiamo. Se oggi ti comporti bene e non ci metti nei guai con il signor Jasper, vedrò cosa posso fare per farlo succedere.»

Bryn trattenne il respiro e fissò le sue labbra. La sua proposta era un po' presuntuosa e persino un po' condiscendente, insinuando che fosse lui ad avere tutto il potere e il controllo nella loro relazione, ma dato che era ciò che lei desiderava da un bel po' di tempo ormai, sebbene non avesse fatto la prima mossa, era contenta che fosse stato lui a tirare fuori l'argomento. Non avrebbe perso l'occasione di avere ciò che sognava da settimane.

«Ci sto. A una condizione.»

«Spara.»

Notò che il respiro di Dane era più veloce e si sentì sexy sapendo che era stato il pensiero di baciarla, baciarla *sul serio*, che glielo aveva provocato. «Voglio un'anticipazione di ciò che otterrò se mi comporterò bene.»

Senza dire una parola, lui abbassò la testa e le sfiorò le labbra con le sue una volta, poi un'altra, e infine le catturò la bocca come se non potesse più trattenersi. Strinse la mano sul collo di Bryn che a sua volta portò la propria attorno alla sua nuca, tenendolo fermo contro di sé.

L'angolazione era scomoda, dato che si trovavano nel pick-up, ma Bryn non riuscì a pensare a nient'altro che alla sensazione provocata dalle sue labbra. Aprì subito la bocca, desiderando di più, e non rimase delusa quando le sfiorò la lingua con la sua.

Imitò i suoi movimenti, assaporando e godendosi il suo bacio. Quando lui si tirò indietro, glielo impedì seguendolo, accarezzandogli i denti con la lingua e intrecciandola con la sua. Dane si ritrasse un attimo, solo per mordicchiarle e succhiarle il labbro inferiore. Bryn gemette e cercò di spingersi con più forza contro di lui.

Dane ingentilì il bacio e lo terminò sfiorandole ancora una volta le labbra. Le strofinò il naso sul collo vicino all'orecchio e disse: «Per l'amor di Dio, Smalls, ti prego fai la brava oggi. Ho bisogno di più di questo. Non riesco più a starti lontano.»

Lei sorrise e si allontanò, ignorando i brividi provocati dal fiato caldo delle sue parole che le accarezzò il collo sensibile. All'improvviso si rese conto di quanto potere avesse su Dane e ciò le fece provare un senso di esaltazione.

Si portò una mano alla bocca e fece il gesto di chiuderla con una cerniera. «Oggi dalle mie labbra non uscirà una domanda in più. Promesso.»

«Cazzo, sei adorabile» mormorò, dandole un altro breve bacio.

Bryn sorrise quando lui si riposizionò al posto di guida e si sistemò i pantaloni prima di sorriderle timidamente.

«Perché gli uomini fanno quella cosa?»

«Quale?»

«Si palpeggiano in pubblico.»

«Non ci palpeggiamo, Smalls. Mi hai così eccitato che il mio cazzo è diventato duro. È fastidioso e preme sulla cerniera dei pantaloni. Quindi lo sistemo in modo che stia di lato e non contro.»

«Oh» sussurrò, e non riuscì a distogliere lo sguardo dall'inguine di Dane. Sembrava proprio grosso lì, ora che ci pensava. Si leccò le labbra chiedendosi che aspetto avesse.

«Ma la maggior parte delle volte ci sistemiamo quando le

nostre palle rimangono schiacciate sotto il sedere quando ci sediamo, o attaccate alla pelle. Non è un gesto sessuale, solo una comodità. Ma se non smetti di leccarti le labbra e di guardarmi come se volessi togliermi i pantaloni proprio qui in auto, non sarò mai a posto, non andremo mai via e non vedrai mai un bunker.»

Bryn sollevò lo sguardo sul suo. «Sei grosso.» Avrebbe voluto commentare anche le altre cose che aveva detto, ma non riusciva a smettere di pensare alle sue dimensioni. «Nessuno degli altri uomini con cui sono stata l'aveva grosso come te.»

«Per prima cosa, per favore, smetti di parlare di altri uomini. Mi fa impazzire. Secondo...»

«Perché?» lo interruppe lei, senza capire.

«Perché mi fa impazzire?»

Bryn annuì.

«Perché sto scoprendo di essere possessivo nei tuoi confronti, e non sopporto il pensiero che qualcun altro sia stato con te e abbia fatto le cose che sto morendo dalla voglia di farti.»

«Ma se non fossi stata con loro, sarei vergine. Sarei ancora più timida di adesso e non avrei idea di cosa aspettarmi, il che mi renderebbe reticente a venire a letto con te. Inoltre, non saprei proprio cosa fare per renderlo bello per te.»

«Smalls» le disse, scuotendo la testa. «Credimi sulla parola, ok? Non è che mi importi che tu sia stata con altri uomini... ok, è una bugia, mi *importa*, ma solo perché voglio essere l'unico nella tua mente quando pensi che vuoi andare a letto con qualcuno.»

«Sei l'unico uomo nella mia mente quando penso di fare sesso, Dane.»

«Bene.»

«Qual era la seconda cosa che volevi dire?»

«Non avrai problemi a prendermi dentro di te. Magari

sarò più grosso di quelli che hai avuto in passato, ma il corpo di una donna è fatto per riuscire a prenderlo di qualsiasi dimensione. Non mi spingerò con forza, mi assicurerò che tu sia pronta per me e che non desideri altro se non che sia dentro di te.»

Bryn aprì la bocca e la richiuse, poi la riaprì. Non sapeva cosa rispondere. Alla fine, disse semplicemente: «Grazie.»

Dane rise e si sporse verso di lei, appoggiandosi sul sedile con la mano buona. «Baciami, Smalls. Poi andremo a dare un'occhiata a questo bunker che aspetti da così tanto tempo di vedere.»

Fece come le aveva chiesto, imitando la sua posizione, appoggiandosi sulle mani e sollevando il viso per posare le labbra sulle sue in un casto bacio.

«Ora, allacciati la cintura e andiamo.»

Obbedì e si sistemò sul sedile, la sua mente passava dal pensiero di baciare e fare l'amore con Dane a quello della loro destinazione.

«Come hai fatto a trovare questo tizio?»

Dane uscì dal parcheggio di fronte all'appartamento di Bryn e svoltò a sinistra per attraversare la città. «Ho alcune connessioni di quando ero nell'esercito. In sostanza, conosco un tizio che sembra conosca tutti. L'ho contattato e ci ha organizzato l'incontro con questo survivalista. Da quello che ho capito, il signor Jasper non era così entusiasta della nostra visita, ma è stato convinto con la promessa dell'invio di alcuni materiali che di solito sono disponibili solo per la gente che lavora per il governo.»

«Che tipo di materiali?»

«Roba che non si può ordinare su Internet.»

«Quanto durerà il nostro tour?»

«Non ne ho idea. Immagino sarà il più breve possibile.»

Bryn annuì; se l'aspettava. «Posso fare foto?»

Lui sbuffò. «Direi di no, però vedremo come va.»

«Pensi che sia un uomo pericoloso?»

«Non proprio» rispose subito Dane. «Ma non voglio nemmeno metterlo alla prova. Ricordi che abbiamo parlato dei diversi tipi di uomini che vivono in quest'area? Che alcuni sono innocui e vogliono solo essere lasciati in pace a fare le loro cose, e altri potrebbero effettivamente essere pericolosi perché sono contro gli Stati Uniti e tutto ciò che rappresenta?»

«Sì.»

«Bene. Sono abbastanza sicuro che questa persona sia del primo tipo, ma non voglio fare nulla che possa fargli decidere che non gli piace averci nel suo spazio e diventare un uomo del secondo tipo.» La guardò intensamente. «Giochiamocela in modo intelligente, ok?»

«Ehi, sono la donna più intelligente dello stato. Posso farlo.» Fu ricompensata dalla risatina di Dane alla sua risposta. Si stava abituando a prendere in giro la propria intelligenza piuttosto che abbattersi a causa sua.

Parlarono del più e del meno mentre percorrevano le strade secondarie che circondavano Rathdrum. Bryn si perse nel giro di un paio di svolte, ma Dane continuò come se sapesse esattamente dove stavano andando. E ovviamente era così, perché venti minuti dopo si fermò su un vialetto di ghiaia situato tra due grandi colline.

Parcheggiò il pick-up davanti a una casa che aveva visto giorni migliori. Era marrone con dei rivestimenti in legno. Bryn poteva vedere i segni più chiari lasciati dalla neve dove si era accumulata durante l'inverno. Il portico, se così si poteva chiamare, dava l'impressione di poter volare via se avesse soffiato un vento forte. Ma non poteva negare che la proprietà fosse bellissima.

Uscirono dal pick-up e Dane andò da lei per prenderle la mano. Bryn studiò l'ambiente circostante mentre si dirigevano verso la porta d'ingresso. L'erba era alta e c'erano fiori selvatici ovunque guardasse. Grandi alberi circondavano la proprietà, gettando la loro ombra sulla casa. C'era un orto coltivato su un lato e Bryn sentì un ruscello gorgogliare da qualche parte in lontananza.

Il rumore di un fucile da caccia che veniva caricato la strappò dal posto incantato in cui si trovava la sua mente, per riportarla bruscamente nel presente.

«Fermatevi lì e identificatevi.»

CAPITOLO QUINDICI

LA VOCE ERA dura e arrabbiata e Bryn si irrigidì. Le si seccò la bocca e non sarebbe stata in grado di dire una parola nemmeno se la sua vita fosse dipesa da quello. Per fortuna, Dane non ne era rimasto così impressionato.

«Dane Munroe e Bryn Hartwell. Siamo qui per vedere il bunker.» La sua spiegazione fu breve e andò dritta al punto. Bryn gli strinse la mano, sollevata di ricevere una stretta in risposta. Dane non distolse gli occhi dalla casa, ma non sembrava nemmeno particolarmente preoccupato.

Un uomo uscì da dietro una recinzione alta su un lato. Guardando con più attenzione, Bryn si accorse che c'era un buco... abbastanza grande per la canna di un fucile.

Il tizio era alto e magro, più basso di Dane di qualche centimetro. Indossava un paio di jeans consumati e una maglietta nera. Le braccia e il viso erano abbronzati, come se fosse abituato a lavorare all'aperto, e i capelli neri erano unti, pettinati indietro e davano l'impressione che non li lavasse da giorni. Aveva gli occhi socchiusi, rendendo difficile vedere di che colore fossero. Il naso era storto, come se fosse stato rotto più volte. Era difficile dargli un'età, ma se avesse dovuto tirare a indovinare, avrebbe detto tra i cinquanta e i sessant'anni.

«Il signor Jasper, presumo» disse Dane in tono tranquillo, sollevando il braccio sinistro e la mano che teneva quella di Bryn, per mostrargli che non avevano armi.

«Bah. Siete in ritardo» borbottò l'uomo.

«Ci scusi.» rispose senza dare spiegazioni.

«Bene, andiamo allora. Vediamo di farla finita.» L'uomo si mise il fucile nell'incavo del braccio e con l'altro fece segno loro di seguirlo.

Bryn poteva dire che Dane non fosse elettrizzato dal fatto che il tizio non avesse posato l'arma, ma non disse nulla, camminò dietro di lui piano e con attenzione, come se temesse che qualsiasi movimento improvviso lo potesse spaventare. Per la prima volta capì cosa aveva cercato di dirle, non lo aveva fatto per dissuaderla.

Il signor Jasper era nervoso e a disagio perché erano nella sua proprietà. Qualunque fosse l'incentivo che lo aveva portato ad accettare, doveva essere enorme. Bryn si ripromise di tenere la bocca chiusa il più possibile. Avrebbe osservato tutto attentamente per poi ricercarlo più tardi. Aveva trovato alcune chat sul web mentre stava navigando in cerca di informazioni sui survivalisti, dove avrebbe potuto fare domande.

Si fermarono davanti all'uomo e lui tese un paio di mascherine, del tipo che la gente indossava per dormire. «Mettetele.»

«Oh, ma... ahi!»

Le parole di Bryn furono interrotte da Dane che le strinse le dita così forte che non poté fare a meno di gridare per il dolore, e senza dire nulla tese la mano per prenderle.

Si voltò verso di lei. «Va tutto bene. Non vuole che siamo in grado di trovare il suo bunker in futuro quindi, l'unico modo per visitarlo è se indossiamo queste. Il signor Jasper non ci farà del male, sta solo proteggendo la sua famiglia.»

Dane lo guardò come per avere una conferma delle sue parole, ma l'uomo rimase in silenzio. «Fidati di me, Smalls. Non permetterò che ti succeda nulla.»

Bryn annuì, anche se non ne era contenta. Capì che Dane sapeva che sarebbe successo, non sembrava sorpreso e neppure turbato dalle bende e comprese anche perché non glielo aveva detto. Non ne era affatto contenta, ma si fidava di lui.

«Ok.» Si chinò per sfiorarle le labbra con le sue prima di usare la protesi e l'altra mano per sistemare l'elastico intorno alla sua testa e la mascherina sugli occhi. Quando il suo mondo si oscurò, Bryn si fece prendere un attimo dal panico, poi sospirò di sollievo quando le prese la mano e le fece agganciare le dita sulla cintura dei suoi jeans.

«Per quel che vale» disse Jasper «non avevo intenzione di essere così nervoso, ma a me e ai miei amici sono giunte delle voci riguardo ad alcuni estranei che cercano di infiltrarsi nella nostra comunità. Non ci preoccupiamo di quelli che hanno la nostra stessa mentalità, ma quando qualcuno arriva e inizia a fare domande strane sulla presenza delle forze dell'ordine e su come tenere un profilo basso, ci innervosiamo. Sarò anche un survivalista, ma amo il mio Paese. Gli estranei che parlano male della buona vecchia America ci rendono nervosi. Mi capite? Non voglio avere niente a che fare con quelle cose, e proteggerò me e i miei cari da chiunque cercherà di togliermi la libertà. Lo sto facendo per la mia salvaguardia e per quella del mio stile di vita. Ok?»

«Sì, signore» rispose pronto Dane.

Bryn lo sentì avvicinarsi di più a lei e fu sollevata quando le prese di nuovo la mano.

«Tieniti stretta e fidati di me, Smalls. Ti tengo io. Non preoccuparti.»

«Vai avanti, oh, mio guerriero impavido.»

Sbuffò e fece una risatina, ma non rispose. Entro pochi

minuti sarebbero arrivati. Era tentata di usare i muscoli facciali per cercare di spostare un po' la maschera in modo da poter vedere, ma preferì non fare nulla che potesse far incazzare il signor Jasper. Era già abbastanza nervoso così. Inoltre, voleva davvero vedere il bunker. Se l'uomo era così agitato, doveva essere sorprendente.

Camminarono per circa dieci minuti per raggiungere la zona in cui si trovava.

«Tenete le bende sugli occhi finché non vi dirò di toglierle. Ora aprirò la porta. Vi dirò dove muovervi.»

Bryn voleva davvero vedere il bunker dall'esterno, ma a quel punto non avrebbe detto nulla. Era così vicina a vederne uno dal vivo che non voleva rovinare tutto.

Udì un forte scricchiolio, poi lei e Dane furono trascinati in avanti. Gli strinse più forte la mano e trattenne il respiro quando lui si abbassò scendendo un gradino. Bryn lo seguì, posando la mano libera sulla sua spalla mentre ne scendevano altri dieci.

La porta si chiuse sbattendo dietro di loro e il signor Jasper disse: «Ok, ora potete toglierle.»

Bryn si portò una mano tremante sul viso e sollevò la stoffa. Teneva stretta quella di Dane, non volendo perdere il contatto, e notò distrattamente che si era sollevato la benda anche lui. Sbattendo le palpebre alla luce intensa delle lanterne disposte intorno all'area, socchiuse gli occhi osservando l'ambiente circostante.

Era simile a molti dei rifugi di sopravvivenza che aveva visto online. Erano entrati a un'estremità dello spazio. Il suo primo pensiero, che le sfuggì inavvertitamente anche dalla bocca, fu: «Non è grande come pensavo.»

Alla sua destra c'era un divano dall'aspetto sorprendentemente comodo. Alla sua sinistra, in un angolo, una TV e un tavolo con una panca. Di fronte c'era una zona adibita a cucina, completa di lavandino. Più in là c'era quello che sembrava un piccolo corridoio con una stanza murata sulla parete sinistra.

«È tre metri per quindici» le disse il signor Jasper con una punta di orgoglio.

«Non sembrano quindici metri» affermò lei con sincerità.

«Perché c'è una stanza nascosta.»

Bryn fece un passo avanti, poi si fermò. «Posso guardarmi intorno?» chiese all'anziano burbero.

«Sì.»

Non le aveva risposto con un tono proprio educato, ma Bryn non esitò. Prima andò al lavandino e aprì l'armadietto al di sotto. Sembrava che avesse un impianto idraulico regolare. Mille domande le balzarono alla mente, ma le ricacciò indietro. Voleva sapere tante cose, ma lo aveva promesso a Dane... e voleva essere ricompensata. Era un buon incentivo.

Aprì gli armadietti e vide pile e pile di razioni MRE, i pasti pronti da mangiare, e alimenti disidratati che avrebbero potuto essere conservati per anni senza andare a male. C'erano anche libri, filtri e scatole di munizioni. Piatti, tazze, utensili, sapone, shampoo... le pile di cose erano infinite.

Aprì un piccolo armadio e vide dei vestiti invernali impacchettati sottovuoto, insieme a un mucchio di coperte e asciugamani. C'era un'ampia sezione destinata allo stoccaggio di materiale di primo soccorso.

Aprì la porta del bagno e rimase stupita da quanto tutto fosse moderno ed elegante. Quello non era stato un semplice lavoro fai-da-te. Il signor Jasper aveva speso un bel po' di soldi per assicurarsi che lui e la sua famiglia avessero un luogo sicuro in cui ripararsi in caso di una guerra nucleare, l'apocalisse o persino un attacco di zombie. Pensò che ci dovevano essere dei serbatoi per l'acqua pulita e le acque reflue, ma avrebbe cercato come funzionava quando fosse tornata a casa.

Dane non si era spostato dalla porta mentre lei esplorava, ma aveva comunque esaminato ogni centimetro del bunker senza dire nulla. Alla fine, Bryn chiese esitante: «Posso vedere anche la stanza nascosta?»

Senza dire una parola, il signor Jasper andò alla parete vicino al bagno e spostò una foto appesa lì. Dietro c'era una serratura digitale. Immise un codice, assicurandosi di stare di fronte in modo che né lei né Dane potessero vedere i numeri digitati, e il muro si aprì rivelando la stanza.

Bryn entrò senza pensare alla sua sicurezza e si guardò attorno. C'era un letto matrimoniale al di là di un'altra porta aperta sulla parete in fondo e una serie di letti a castello alla sua sinistra e alla sua destra. La "camera da letto principale", per così dire, aveva un po' di privacy data dalla porta. Si avvicinò e guardò dentro. Sulla sinistra c'era un armadio e quello che sembrava un grosso tubo nascosto nell'angolo.

«Cos'è quello?» La domanda uscì prima che riuscisse a trattenerla.

«Sistema di filtraggio NBC, con valvole di scoppio e di sovrappressione. Il wc è compostante e le porte sono resistenti ai proiettili. C'è uno scaldabagno senza serbatoio e una pompa per far defluire le acque grigie. La stufa è ad alcol e l'acqua proviene dal ruscello sulla proprietà; ho collegato una tubatura per farla arrivare qui, e viene immagazzinata in un grande serbatoio sotto il bunker.»

Bryn era impressionata e più desiderosa che mai di tornare a casa e cercare tutto ciò che le aveva appena illustrato, ma riuscì solo ad annuire.

«Avete finito?»

No. Non aveva finito. Avrebbe voluto aprire ogni mobile, guardare sotto ogni letto, accendere tutti gli apparecchi, fare la doccia, guardare un film e cucinare un pasto... solo per vedere come funzionava il tutto... ma aveva fatto una promessa, così annuì.

Le labbra di Dane si curvarono, ma disse semplicemente: «Grazie per avercelo mostrato.»

Il signor Jasper grugnì in risposta, evidentemente doveva aver esaurito tutti gli argomenti di conversazione.

Bryn tornò da Dane e lo guardò mimando "grazie" con la bocca, poi si rivolse al survivalista. «Grazie, signor Jasper. Sul serio. So che non era obbligato a mostrarcelo.»

«Non l'ho fatto per bontà di cuore, ragazza. Quando riceverò la mia merce?»

Ovviamente la domanda non era rivolta a lei.

«Appena torno a casa, organizzo tutto.»

Senza dire altro, l'uomo chiuse a chiave la stanza segreta e coprì la tastiera con la foto. Andò all'altra porta e si voltò di nuovo verso di loro. «Mettete le maschere.»

Questa volta Bryn non esitò e si abbassò la benda nera sugli occhi. Con la mano stretta in quella di Dane lo seguì su per le scale e verso la casa principale. Arrivati lì, scambiarono ancora qualche parola con il signor Jasper ringraziandolo di nuovo, poi Dane le aprì la portiera e attese che si sedesse prima di chiuderla, girare intorno al pick-up e salire.

Senza ulteriori indugi, fece inversione di marcia e ripercorse il vialetto di ghiaia verso le lunghe e tortuose strade che li avrebbero condotti a Rathdrum.

«Stai per esplodere, Smalls?»

Bryn buttò fuori un gran respiro ed esclamò: «Forse.»

Per la prima volta in un'ora da quando erano entrati nella proprietà del signor Jasper, Dane si rilassò. Rise di cuore e le sorrise. «Sono fiero di te.»

«Grazie. Ma, ehm... pensi che possiamo rimandare la mia ricompensa fino a quando non avrò passato un po' di tempo su Internet? Ci sono alcune cose che devo cercare al più presto.»

Lui continuò a sorriderle. Agganciò la protesi al volante e allungò l'altra mano verso di lei posando il palmo caldo sulla sua coscia. «Sì, tesoro. Ti aspetterò fino a quando non sarai pronta. Ma pensi che quando arriveremo a casa tua potrò avere un bacio da conservare fino alla prossima volta?»

«Sì, penso che si possa fare» gli disse, portandosi la sua mano sulle labbra e baciandone il palmo. «Grazie per aver organizzato tutto questo per me. È stato straordinario.»

«Prego. C'è qualcosa che vuoi chiedermi mentre andiamo a casa tua?»

Bryn annuì. «Ora che lo dici, sì.» Respirò profondamente e iniziò a parlare. Gli fece domande per tutto il tragitto fino a casa, e per circa altri dieci minuti mentre erano parcheggiati di fronte al condominio.

Quando riuscì a fermarsi, Dane le disse: «Vai. So che stai morendo dalla voglia di cercare le cose a cui non ho potuto rispondere. Più tardi mi chiami?»

«Certo» gli rispose, poi si morse il labbro.

«Che c'è?»

Lei lo guardò timidamente. «Non mi dai un bacio?»

«Pensavo che non l'avresti mai chiesto. Vieni qui.» Dane tirò la leva per spostare il sedile indietro del tutto mentre lei si metteva in ginocchio accanto a lui. La prese e se la sistemò sopra le gambe. Si era proprio abituata a farsi trasportare di qua e di là e a stargli in braccio. Si sentiva a suo agio lì. Protetta.

Non aveva ancora ritrovato l'equilibrio che Dane la stava baciando. La sua mano le cinse la vita per tenerla ferma e le divorò le labbra. Infilò la lingua nella sua bocca senza alcun preliminare. Bryn la spalancò per facilitare la sua esplorazione. Muoveva la testa a destra e a sinistra, cambiando l'angolazione del bacio, ma non si staccò mai dalle sue labbra.

Alla fine, si tirò indietro e le strofinò il naso con il suo.

«Chiamami quando hai finito.»

«Va bene.»

Rimase seduta immobile sulle sue gambe fissandogli le labbra, che si curvarono in un sorriso.

«Su, vai.» Dane l'aiutò a rialzarsi e a tornare dall'altra parte del pick-up. Una volta seduta bene sul lato del passeggero, le chiese: «Stai bene, Smalls?»

«Sto più che bene. Grazie ancora per oggi. Ha significato molto per me che tu mi abbia assecondato in quel modo.»

Lui annuì. «Ci vediamo, tesoro.»

«A dopo.»

Aprì la portiera e saltò giù. Sapendo che non si sarebbe allontanato finché non fosse stata all'interno dell'edificio, la chiuse e salutò con la mano, poi indietreggiò, mantenendo il contatto visivo con lui.

Quando raggiunse la porta, la aprì e scomparve all'interno. Si portò la punta delle dita sulla bocca e sorrise, ricordando quanto fosse stato bello sentire le labbra di Dane sulle sue e quanto fosse stato incredibile stare tra le sue braccia. Non si era mai sentita così contenta da nessuna parte in tutta la sua vita come quando la teneva stretta a sé.

Chiuse a chiave la porta dell'appartamento e andò dritta al computer, la sua mente andò subito al bunker del signor Jasper e al modo in cui era stato allestito. Era geniale e voleva scoprire quante più informazioni possibili al riguardo. Avrebbe solo fatto qualche ricerca per placare il suo impellente bisogno di conoscenza, poi avrebbe chiamato Dane.

____

CAPITOLO SEDICI

____

BRYN SI SVEGLIÒ LENTAMENTE, gemendo quando tutti i muscoli del suo corpo si allungarono mentre si raddrizzava. Era seduta alla sua scrivania, con il portatile davanti a sé e la finestra del forum dei survivalisti che aveva visitato la sera prima ancora aperta. Le persone che aveva incontrato online erano state nel complesso molto gentili e disponibili nel rispondere alle sue domande. Dopo aver visto il signor Jasper e da quello che diceva Dane, aveva avuto l'impressione che tutti i survivalisti fossero paranoici e riservati. Dalla sua esperienza non era affatto così. E naturalmente più risposte riceveva, più le venivano in mente altre domande.

Sbadigliò e si mise le braccia sopra la testa per allungarsi. Aveva fatto sogni strani per tutta la notte, che riguardavano bombe e gruppi di persone che cercavano di entrare in casa sua e...

Merda!

Dane!

Guardò l'orologio sul computer e gemette esasperata quando vide l'ora: le sei e mezza. Non ricordava quando aveva finito per addormentarsi, ma era molto tardi… o presto. Si era loggata al forum e aveva chattato con diversi survivalisti contemporaneamente. Era stato affascinante, e tutti i pensieri su Dane e sul fatto che avrebbe dovuto chiamarlo erano scomparsi.

Si prese un momento e uscì dal sito, cercando di non pensare a quando avrebbe potuto avere più tempo per parlare di nuovo con i survivalisti che aveva incontrato online e andò nella zona giorno del suo piccolo appartamento. Mancava ancora un po' prima che il cielo iniziasse a schiarirsi con il sole del mattino, quindi accese la luce dell'ingresso e andò a prendere il cellulare che aveva appoggiato sul tavolino appena dentro la porta.

C'erano tre messaggi. Tutti di Dane.

Dane: Oggi mi sono divertito.

Dane: Stai ancora facendo delle ricerche?

Dane: Voglio presumere che tu sia ancora seduta al computer e persa nelle informazioni su come salvarci la pelle se dovesse arrivare la fine del mondo, e che non mi stia evitando di proposito. ;) Chiamo domani. Spero tu abbia dormito un po'.

Bryn fissò i messaggi per un momento, provando una strana sensazione nel petto. Le aveva scritto per accertarsi che fosse tutto a posto e non sembrava arrabbiato che si fosse completamente dimenticata di lui. L'ultima volta che aveva fatto la stessa cosa con un uomo che aveva appena iniziato a frequentare, si era incazzato per aver "sprecato la serata" e le aveva detto che non voleva più vederla.

Dane la capiva.

A quanto pare non gli importava che a volte fosse sbadata,

che desse soldi ai senzatetto, che sembrasse non vedere il male nelle persone e che si perdesse nella ricerca di informazioni bloccando fuori tutto ciò che la circondava.

Guardando di nuovo l'orologio e vedendo che erano passati solo quattro minuti ed era troppo presto per chiamarlo, andò in camera da letto. Avrebbe fatto una doccia e si sarebbe cambiata per andare a trovarlo. Non doveva lavorare, ma voleva fermarsi in biblioteca per cercare un libro che uno dei survivalisti le aveva raccomandato. Il titolo era, ovviamente, *Sopravvivere all'apocalisse*. Voleva vedere se la biblioteca ce l'aveva già o se poteva essere ordinato.

Una delle cose che un uomo le aveva detto quella notte nel forum era quanto fosse importante avere delle copie cartacee dei libri di istruzioni. Se le infrastrutture fossero state distrutte dopo una bomba nucleare o un caos di massa, sarebbe stato difficile collegarsi a Internet. Quindi aveva senso avere i libri veri piuttosto che fare affidamento sul digitale o altri dispositivi elettronici.

Dopo aver fatto la doccia, Bryn ammazzò il tempo preparando dei muffin per la colazione. Non voleva rimettersi al computer perché sapeva che avrebbe finito per essere risucchiata dalle notizie sullo schermo.

Alla fine, alle otto meno dieci, si diresse verso la biblioteca. Di solito aprivano presto per le persone a cui piaceva leggere il giornale e in genere iniziare la giornata rilassandosi con un libro o una rivista.

Bryn salutò con la mano la sua collega dietro il bancone ma non si avvicinò per fare due chiacchiere. Andò dritta al computer per cercare ciò che le interessava e si ricordò di non aver restituito i due libri che aveva trovato sui bunker e i fertilizzanti.

Quel pensiero la bloccò. Trovare un survivalista non era stato proprio facile. Accidenti, ci era voluto un amico di un amico di Dane che aveva una certa influenza nel governo per trovare il signor Jasper. Ma grazie a quei due libri, aveva già trovato qualcun altro con cui poter parlare personalmente; chiunque li avesse presi in prestito era di sicuro un survivalista estremo.

Bryn pensò se avrebbe dovuto provare a controllare l'indirizzo di quel John Smith. Si ricordava che ne era stato inserito uno, ma c'era il rischio che non fosse un nome reale ma inventato. Sarebbe stato affascinante parlare con lui, avrebbe potuto scoprire molte informazioni. Sarebbe stato come avere un forum di survivalisti che prendeva vita proprio davanti a lei.

Ripensò a ciò che Dane aveva detto... e all'esperienza con il signor Jasper. Era stato disposto a mostrare loro il suo bunker, ma solo perché gli era stato promesso qualcosa in cambio. Aveva capito perfettamente che potevano essere pericolosi, non pensava che lo fossero *tutti* ma distinguere chi lo fosse e chi no, era la parte più complicata.

Bryn riconobbe la sensazione dentro di lei. La stessa di quando era più piccola e aveva voluto dissezionare la rana per saperne di più. Era consapevole che potesse essere rischioso parlare con qualcuno che aveva preso un libro sul survivalismo e uno sugli esplosivi, ma stava facendo fatica a lasciar perdere.

Ma oltre alla curiosità, era preoccupata dall'idea che là fuori potesse esserci qualcuno di effettivamente pericoloso. Che avrebbe potuto ferire altre persone. Alla gente piaceva Dane, ma lui non viveva in città, poteva essere vulnerabile a casa sua da solo. E se questo John Smith fosse stato davvero una minaccia? Non avrebbe dovuto essere fermato prima di fare del male a qualcuno?

Era indecisa su come comportarsi. Desiderava davvero vedere un altro bunker, voleva confrontarli, vedere le somiglianze e le differenze tra i due. Ma non è che potesse andare lì e dire: "Ciao, sono Bryn e vorrei vedere il tuo bunker."

Sapeva che non avrebbe accettato. Ma se avesse scoperto ulteriori informazioni riguardo a quell'uomo senza vederlo fisicamente? Avrebbe potuto provare a scoprire se quel John Smith doveva essere denunciato alle autorità.

Ma se non fosse stata in grado di scoprire altre informazioni e fosse andata a trovarlo, lo avrebbe semplicemente rassicurato sul fatto che non le importava dove abitasse e che non sarebbe tornata per rubare le sue cose se ci fosse stata la fine del mondo. Voleva solo sfruttare le sue conoscenze.

Decise in quel momento che l'indomani avrebbe cercato di scoprire il più possibile su John Smith. Bryn tornò a guardare lo schermo del computer e i libri che la biblioteca possedeva sul survivalismo e la preparazione alla sopravvivenza. Fortunatamente ce n'erano alcuni, non quello suggerito dal ragazzo sul forum, ma decise che intanto avrebbe iniziato con ciò che era disponibile.

Non era sorpresa di avere quel livello di interesse che rasentava l'ossessione, perché funzionava sempre così con lei. Se un argomento la colpiva, doveva esaurire completamente tutte le piste per ottenere informazioni al riguardo. In passato aveva fatto ricerche su tutto, dalle montagne russe e il modo in cui sono state costruite e la loro manutenzione – conclusa con un viaggio a Cedar Point a Sandusky, nell'Ohio, per osservarle e fare un tour VIP – all'uso di pesticidi nelle fattorie nel Midwest.

Non c'era alcuna logica riguardo a ciò di cui era ossessionata, ma Bryn aveva imparato negli anni che l'unico modo per poter tornare alla "normalità", qualunque cosa fosse, era imparare il più possibile sull'argomento. Una volta soddisfatta la sua curiosità e quando era certa di avere una conoscenza approfondita del problema o dell'argomento, poteva smettere.

Il giro nel bunker del signor Jasper aveva solo stuzzicato il suo interesse. Tutto era iniziato con il libro che aveva trovato in biblioteca e ora si ritrovava con un bisogno ossessivo di saperne di più. Non aveva detto a Dane delle chat con i survivalisti che aveva incontrato sul forum, ma più parlava con loro, più cose voleva conoscere.

Ma nonostante volesse sapere di più sui bunker e su quello stile di vita, aveva un'altra ossessione... Dane. Le piaceva davvero tanto. Era affascinata dalla sua protesi e da lui come persona. Per non parlare di quanto le piaceva baciarlo. Non era da lei avere più di un'ossessione alla volta, ma era veramente tanto presa sia da lui, *sia* dal survivalismo.

Come se pensarlo avesse l'effetto di una calamita, provò un bisogno impellente di sentire la sua voce, di scusarsi per non averlo chiamato la sera prima. Di connettersi con lui.

Tirò fuori il telefono mentre andava verso gli scaffali dei libri in cui avrebbe trovato quelli sul survivalismo, e toccò sullo schermo il numero di Dane.

«Ehi, Smalls.»

«Mi dispiace davvero tanto di non aver chiamato. Avrei voluto farlo. Non è che non volessi vederti o pomiciare con te, è solo che una volta loggata, ho iniziato a cercare i rifugi per survivalisti e sono tutti diversi. Sapevi che alcune persone devono guidare due ore per arrivarci? Si trovano sulle montagne, nascosti così bene che nessuno riuscirebbe mai a trovarli. Anche loro devono usare un GPS per arrivarci. Variano da quelli veramente costosi che vengono messi in opera da aziende specializzate – sapevi che ci sono società specializzate nella realizzazione di rifugi del genere? – ai container Conex che la gente nasconde sotto terra. È assolutamente fantastico. Mi sono lasciata distrarre, avevo intenzione solo di mandare un messaggio ad alcune persone, ma ho perso la cognizione del tempo. Mi dispiace.»

Quando lui non disse nulla, chiese esitante: «Dane?»

«Dove sei?»

«In biblioteca. Perché?»

«Sarò lì tra dieci minuti.»

«Ehm... va bene?»

Fish ridacchiò ma non aggiunse altro. «A presto, Smalls.»

Bryn chiuse la chiamata, e aggrottò le sopracciglia, confusa. Non aveva mai veramente compreso gli uomini, ma a volte non riusciva *proprio* a capire Dane. Scrollando le spalle, si mise il telefono in tasca e controllò gli scaffali. Se le rimanevano solo dieci minuti, avrebbe dovuto trovare i libri che le interessavano e prenderli in prestito prima del suo arrivo. L'ultima cosa che voleva era dimenticarsi di nuovo di lui. Sembrava che non fosse arrabbiato... questa volta, ma non voleva sfidare la fortuna.

Esattamente dieci minuti dopo, stava ringraziando Bonnie che le aveva appena consegnato i due libri, quando sentì una mano sulla sua schiena.

Voltandosi, trovò Dane dietro di lei che le sorrideva.

«Ciao.»

«Ciao. Pronta ad andare?»

«Direi di sì. Non che sappia dove stiamo andando.»

«A casa mia.»

«Oh. Ok. Va tutto bene?» gli chiese. Si stava comportando in modo strano e non sapeva esattamente cosa pensare.

«Sì.» La condusse fuori nel parcheggio e al suo pick-up.

«Posso venire con la mia auto.»

«No.»

Salì nell'abitacolo e attese che Dane si fosse allacciato la cintura e partisse verso Rathdrum, prima di parlare. «Mi dispiace davvero. Non intendevo perdere la cognizione del tempo. Ma devi sapere che succede molto spesso. Non posso farci niente.»

«Lo so.»

Bryn fece uno sbuffo esasperato. «Allora che c'è? Non dici più di due parole alla volta. Hai bisogno di caffè? Hai un livello di glucosio basso nel sangue? Comincio a spaventarmi.»

«Non sono affatto arrabbiato, tesoro. Sapevo quando ti ho accompagnata a casa che probabilmente non avrei avuto tue notizie molto presto. So come sei e non mi dà fastidio. Ma non ho dormito bene la scorsa notte.»

«Perché?»

«Ero preoccupato per i pensieri che ti stavano passando in quella bella testolina. Mi sono chiesto se avresti dormito, o se stessi organizzando di volare in Wyoming per incontrare un uomo conosciuto online che si è offerto di mostrarti il suo bunker. Ero preoccupato che tentassi di entrare nel database dell'FBI per scoprire ulteriori informazioni su ciò che potevo aver fatto arrivare per il signor Jasper, come compenso per aver accettato di incontrarci.»

«Non sono in grado di hackerare, anche se sono sicura che riuscirei a capire come farlo; non può essere tanto difficile, ma non sono interessata ai computer in quel modo. Il mio forte sono la scienza e la matematica.»

Dane sorrise, ma tenne gli occhi fissi sulla strada. «Inoltre, non ho dormito bene perché non riuscivo a smettere di pensare di vederti di nuovo senza la maglietta, *senza* essere ubriaco questa volta, e a quanto non vedessi l'ora di mettere le mani e la bocca su di te.»

«Oh.»

«Sì, oh.» Alla fine si voltò a guardarla, e Bryn si sentì quasi bruciata viva dalla passione e il desiderio che ardevano nei suoi occhi. «Ti voglio, Smalls. In ogni modo possa averti. Lo giuro su Dio, non ho mai provato un'attrazione simile con nessun'altra donna.»

«Non fai sesso da molto tempo» sbottò lei.

«No» concordò subito. «Ma solo perché non sono stato con nessuno da prima dell'incidente, non significa che non ho frequentato donne attraenti che mi avrebbero portato a casa per farsi scopare se avessi dato loro il minimo indizio che lo volevo. Ma non avevo nemmeno voglia di pensarci. Nessuna.

Zero. Ero troppo impegnato ad autocommiserarmi, a pensare a quanto fossi distrutto e fallito.

Penso che parte del motivo per cui sono stato così meschino nei tuoi confronti al supermercato quella notte, sia perché mi sono sentito attratto da te a prima vista. Mi ha gettato nel panico e ho reagito male. Sono davvero contento che tu mi abbia perdonato, ma *io* non l'ho ancora fatto. Ci sto lavorando.»

«Quindi andiamo a casa tua così che tu possa togliermi la maglietta e pomiciare?»

Rise e scosse la testa divertito. «Dici proprio le cose come stanno, eh Smalls?»

Lei scrollò le spalle. «Sì. Mi confonde quando le persone non dicono ciò che pensano. Spesso non capisco nemmeno il sarcasmo... anche se penso di essere migliorata in quel senso.»

«Allora sì, ti porto a casa mia per poter pomiciare e vedere quei tuoi meravigliosi seni senza il reggiseno che li copre. Voglio vedere come sei quando vieni, e ucciderei per sentire quanto sei calda e bagnata. Sono stato abbastanza chiaro?»

«Ah... sì. Dane?»

«Sì, tesoro?»

«Ti vedrò anch'io? Ti farò venire?»

«Puoi fare quello che vuoi con me.»

«Va bene allora.»

«Ma non ti salterò addosso nell'istante in cui entriamo. Voglio sapere cos'hai scoperto ieri sera. Voglio vedere i libri che hai appena preso e voglio farti mangiare. Mi piace prendermi cura di te, ascoltarti. Poi puoi chiedermi cos'ho fatto dopo essere tornato a casa e avremo una piacevole conversazione. E nel frattempo ti toccherò. Magari ti terrò la mano. Probabilmente ti darò qualche bacio. Quando ci sentiremo a nostro agio e avremo chiacchierato a sufficienza, ti porterò nella mia camera da letto, ti stenderò sulle lenzuola e ci daremo da fare.»

«Quindi faremo sesso?»

Dane scosse la testa mentre svoltava nel suo vialetto. «Non credo. Voglio dire, sono sicuro che potremmo cambiare idea se saremo così eccitati e smaniosi da non riuscire a resistere... ma non è il mio piano.»

Parcheggiò il pick-up e lo spense. Dane saltò fuori, andò dall'altro lato per aprirle la portiera. Prima che potesse uscire, si avvicinò per bloccarla. Le mise una mano sul fianco e il moncone sull'altra coscia, e si chinò per guardarla negli occhi.

«Ti voglio, Bryn. Voglio entrare in te così in profondità da non poter dire dove finisci tu e comincio io. Ma se devo essere sincero, mi è piaciuto molto conoscerti nelle ultime settimane. Sei divertente, intelligente e imparo ogni giorno qualcosa da te. Non ti frequento solo per fare sesso e spero che sia un sentimento reciproco.»

Bryn fece una risatina. «Nessun uomo è voluto uscire con me come hai fatto tu. Se voleva fare sesso, di solito lo diceva al secondo appuntamento.»

«Allora, voglio baciarti e toccarti ovunque. Voglio farti venire, ma voglio anche dimostrarti che per me significhi più che una semplice scopata. Va bene?»

«Non serve che me lo dimostri.»

«Ma voglio dimostrarlo a me stesso. Ora andiamo. Vedrò cosa c'è in casa per prepararti una colazione fuori orario. So che probabilmente hai già mangiato, ma devi buttar giù qualcos'altro per mantenere le forze. Non voglio che poi mi svieni.» Sorrise e continuò: «Ho ordinato le stagioni dalla cinque alla otto di *Mythbusters* e le hanno consegnate ieri. Possiamo continuare da dove eravamo rimasti.»

«Oggi?»

La aiutò a scendere dal pick-up e chiuse la portiera. «Sì, Smalls. Oggi. Ma non troppi episodi. Ho anche altri piani per noi... ricordi?»

Lo guardò mentre camminavano verso l'ingresso. «Sì, mi ricordo.»

Bryn si staccò da lui abbastanza a lungo da lasciargli aprire la porta e fece un respiro profondo. Fremeva di eccitazione e sapeva senza ombra di dubbio che quando avesse varcato quella soglia la sua vita sarebbe cambiata per sempre. Ma lo voleva. E voleva Dane.

CAPITOLO DICIASSETTE

DANE PREPARÒ una piccola frittata vegetariana per ognuno e guardarono un paio di episodi del programma scientifico che ormai Bryn adorava. Ma sapeva che non era concentrata sulla puntata.

Volendo tenerla un po' sulle spine, fece scorrere la mano su e giù sul suo braccio, felice di provocarle dei brividi. Le tolse l'elastico dai capelli e passò le dita tra le ciocche setose. Si chinò e inspirò il profumo che avrebbe sempre associato a lei, e si assicurò anche di sfiorarle con il naso la pelle delicata della nuca mentre lo faceva.

Poteva dire che Bryn era indecisa se alzarsi e strapparsi tutti i vestiti, o scappare via urlando perché non era pronta per quello che voleva farle. Se fosse stato per lui, avrebbe scelto la prima opzione. Doveva muoversi con cautela; l'ultima cosa che voleva era ferire inconsapevolmente la fantastica donna al suo fianco.

Quando terminò il secondo episodio, Dane si alzò e le tese la mano. «Vieni con me?»

Lei annuì e vi si aggrappò come se stesse per annegare e lui fosse l'unica persona che potesse salvarla. La condusse in camera da letto e si tolse le scarpe. Seguendo il suo esempio lo fece anche lei. Non indossava la protesi, dato che Bryn aveva detto che preferiva così quando erano soli a casa dell'uno o dell'altra. Lo preferiva anche lui perché si sentiva più normale quando non ce l'aveva, quindi era contento che la pensassero allo stesso modo.

«Sdraiati, tesoro, prima di cadere.»

Si spinse indietro sul letto a scatti e si sdraiò posando la testa sul cuscino, trattenne il respiro mentre contraeva le mani lungo i fianchi. Era evidente che fosse preoccupata di ciò che stavano per fare.

Proprio quando sembrava che stesse iniziando a farsi prendere dal panico, Dane le ordinò: «Respira, Smalls. Respira profondamente. Non ho intenzione di fare nulla che non sia bello... per entrambi.»

Il respiro che Bryn aveva trattenuto uscì in un sibilo. «Non sono brava in queste cose» sbottò. «Mi piaci molto e non voglio che sia una delusione.»

Dane si allungò su di lei appoggiandosi sui gomiti. Fece scorrere con delicatezza le dita lungo il suo braccio, cercando di calmarla. Sentì le sue mani sollevarsi e stringergli la maglietta ai fianchi. «Ti posso assicurare che non rimarrò deluso. Semmai, sono io quello che dovrebbe essere nervoso.»

«Tu? Perché?»

«Sai che è la prima volta che lo faccio da quando sono rimasto ferito.»

«Sì, quindi? Ti sei ferito il braccio, non il pene.»

Dane resistette all'impulso di ridacchiare nel sentirla chiamare il suo cazzo, *pene*. Amava che dicesse sempre qualsiasi cosa le venisse in mente; avrebbe reso il loro amplesso come minimo interessante.

«È vero. Ma in passato, quando stavo con qualcuno, non dovevo mai preoccuparmi di dove mettere le mani. Potevo sostenere il mio peso quando necessario senza pensarci. Ma adesso è impossibile, ne ho solo una e posso fare solo una cosa alla volta. Se voglio assicurarmi che tu sia abbastanza bagnata da prendermi tranquillamente, non posso spostare la mano e accarezzarti come avrei potuto fare in passato.»

Dane capì che stava rimuginando su ciò che aveva detto.

Dopo un momento, dichiarò semplicemente: «Posso capire che potrebbe essere un problema, ma ti conosco, sono sicura che in qualche modo compenserai.»

Sentì lo stomaco distendersi alle sue parole. Aveva una tale fiducia in lui. Era una sensazione inebriante. «Quindi rilassati, Smalls. Ok?»

«Parlo troppo.»

Questa volta non riuscì a fermare il sorriso che si allargò sul suo viso. «Non è vero.»

«*Sì*» insistette. «L'ultima volta che l'ho fatto, il ragazzo mi ha messo una mano sulla bocca e ha detto che non poteva venire mentre stavo blaterando.»

«Stronzo» disse Dane accigliandosi. «Bryn, ti ho frequentato abbastanza a lungo da conoscere questo tratto di te, e penso che sia adorabile il modo in cui dici esattamente quello che stai pensando. Non solo, ma mi *piace*. Non devo preoccuparmi di rovinare tutto o di dire la cosa sbagliata, perché me lo fai notare, o lo capisco anche solo con un'occhiata al tuo viso espressivo. È stimolante e, a essere sincero, mi fa sentire più a mio agio. Soprattutto qui a letto. L'ultima cosa che voglio è farti del male o fare qualcosa che non ti dia piacere. Sapere che me lo dirai, e non dovrò indovinare cosa ti piace, è incredibilmente eccitante. Quindi niente di ciò che uscirà dalla tua bocca mentre sono dentro il tuo corpo caldo e umido, avrà alcun effetto sul nostro orgasmo... eccetto forse che lo accelererà.»

«Gli ho detto che l'uomo medio eiacula più o meno la quantità che va da un cucchiaino a un cucchiaio da tavola quando raggiunge l'orgasmo.»

Dane spostò il peso sul gomito sinistro e portò la mano destra sull'orlo della sua maglietta, sollevandola sulla pancia e il petto mentre continuava a parlare. La vide fare un respiro profondo e la sentì inarcare la schiena mentre le prendeva in mano il seno sinistro. «Interessante. Cos'altro?»

«Con la masturbazione, il 75% degli uomini raggiunge l'orgasmo in due minuti.»

«Sembra plausibile» mormorò Dane mentre abbassava la coppa del reggiseno in modo da avere un migliore accesso al suo capezzolo. Lo liberò dal tessuto e lo prese tra le dita, ruotandolo e tirandolo fino a farlo inturgidire. «Ti piace, Smalls?»

«Sì. Oh sì. Ogni volta che fai... così... lo sento tra le gambe.»

Dane deglutì a fatica. Cazzo, era fantastica. «Cosa sai dirmi dei capezzoli?» Non distolse lo sguardo dal suo viso, desiderando assicurarsi che tutto ciò che le faceva fosse eccitante e non la mettesse a disagio.

«Alcune persone trovano che la parte superiore, quella sotto o i lati dei seni siano più sensibili dei capezzoli.»

Poteva dire che Bryn non stava davvero pensando a ciò che diceva, il che rendeva ancora più sorprendente il fatto che riuscisse a esporre quei fatti. «Tipo così?» chiese, muovendo le dita intorno al capezzolo, sfiorandolo ma senza toccarlo direttamente. Poi trascinò l'indice sotto e sul lato del seno, osservando la sua reazione a quel tocco.

«Dane» protestò, inarcando la schiena, cercando di fargli toccare di nuovo il capezzolo. «È bello, ma non come...» Le sue parole furono interrotte da un gemito, ovviamente desiderando che le sue dita tornassero dove erano state prima.

«Penso che abbiamo capito cosa ti piace di più, eh? Assolutamente i capezzoli. Buono a sapersi.» Si spostò sull'altro seno, abbassando la coppa anche su quello. «Sto imparando il modo migliore di darti piacere, ma posso dire una cosa che sarà dura...» lasciò volutamente la frase in sospeso.

«Che cosa?» sussurrò Bryn.

Lui sorrise e aspettò un istante, pizzicandole il capezzolo fino a quando non si inturgidì tra le sue dita come aveva fatto l'altro. «Non ho due mani per accontentare contemporaneamente queste bellezze... quindi dovrò usare le dita su uno e la bocca sull'altro se voglio stimolarli nello stesso momento.»

«Dio, Dane» gemette lei.

«Togliti la maglietta, Smalls» le ordinò. «Non posso farlo con una sola mano... e anche se potessi, al momento sono un po' occupato.» Non smise di accarezzarla mentre lei afferrava l'orlo della maglietta per toglierla

Dane si sollevò il più possibile sul gomito mentre si spogliava per lui. I suoi capelli si impigliarono mentre la sfilava dalla testa e finirono per allargarsi sul cuscino. Trasognato, si chinò e seppellì il naso nelle ciocche castane.

«Cazzo, hai un buon profumo, Smalls. Ti giuro che ho un'erezione ogni volta che sento odore di cocco. Se dovessimo andare in spiaggia sarà una tortura, perché tutto ciò a cui riuscirò a pensare sei tu sul mio letto, e i tuoi capelli sparsi sul cuscino.»

Bryn riportò le mani sui suoi fianchi e le infilò sotto la sua maglietta. «Toglila anche tu» gli ordinò, ignorando il commento sulla spiaggia e i suoi capelli.

«La mia mano è impegnata. Toglimela tu.»

Non esitò, fece scorrere le mani lungo il suo busto portando con sé la stoffa. Dane rabbrividì mentre i suoi palmi caldi gli accarezzavano la pelle sensibile. Le lasciò andare il capezzolo abbastanza a lungo da sollevare il braccio per far sì che potesse togliere una manica, poi riportò subito lo sguardo sul suo seno.

«Dane, solleva l'altro braccio così posso togliertela» gli ordinò dopo avergli sfilato la maglia dalla testa.

«Lasciala così» le disse distrattamente, sollevato quando fece come le aveva chiesto. La maglietta cadde sul materasso; non aveva voluto togliere la mano destra dal seno abbastanza a lungo da sollevarsi per gettarla di lato.

La guardò negli occhi sgranati e lucidi. «Bellissima, Bryn. Non ho mai visto una tale perfezione. Dimmi cos'altro sai sui capezzoli.»

«Ehm... appaiono su un feto prima degli organi sessuali... Dio... Dane!»

La sentì a malapena mentre abbassava la testa e prendeva in bocca il suo capezzolo destro. Lo senti inturgidirsi ancora di più quando lo strinse con delicatezza tra i denti e lo succhiò in modo lieve e costante accarezzandolo allo stesso tempo con la lingua mentre con la mano buona massaggiava e accarezzava l'altro seno. Bryn si contorse sotto di lui, ma non cercò di allontanarsi. Alla fine, si scostò da lei e mormorò: «Volevo farlo dalla notte in cui ero ubriaco e ti sei sollevata la maglietta solo perché fossimo pari. Sapevo che saresti stata così reattiva. Per qualche motivo lo sapevo, cazzo.»

Dane non le diede la possibilità di rispondere, spostò la bocca dall'altra parte e si dedicò a quel capezzolo, usando la mano per massaggiare il seno morbido e sollevarlo verso le sue labbra impazienti.

Si tirò indietro quando sentì Bryn accarezzargli il cazzo duro da sopra i jeans. Spinse i fianchi contro il suo palmo e gettò la testa indietro per un momento, godendo più del suo tocco sopra la stoffa dei pantaloni di quanto avessero fatto le mani di altre donne sulla sua pelle nuda.

Prendendole il viso con la mano che un secondo prima era sul suo seno la costrinse a guardarlo negli occhi. «Sei sicura, Smalls?»

«Gli uomini hanno bisogno di fare più sesso delle donne.»

«Cosa?»

«Gli uomini hanno bisogno di fare più sesso delle donne» ripeté.

«Può darsi. Ma mi masturbo con regolarità da quando ti ho conosciuta, posso aspettare fino a quando non sarai pronta.»

«Eri mancino.»

Abituato ai suoi commenti apparentemente a caso, Dane si chinò su di lei e strofinò il petto contro i suoi seni. «Sì. E?»

A Bryn manco un attimo il respiro, ma riuscì a chiedere: «È difficile masturbarsi con la mano destra?»

«Ah.» Dane sorrise e rispose alla sua domanda con onestà. «All'inizio sì. Era frustrante e mi faceva incazzare. Mi sentivo come se avessi di nuovo dodici anni, mentre cercavo di imparare il modo migliore per venire. Ma con la pratica è diventato più facile, e ne ho fatta *molta* negli ultimi due mesi.»

All'inizio pensò che non avesse capito, ma poi lei chiuse un attimo gli occhi e gemette. Tornò di nuovo a guardarlo e si dimenò sotto di lui, sfregando i capezzoli turgidi contro il suo petto. «Non sono mai venuta con un uomo. Ho un vibratore e riesco a raggiungere l'orgasmo se lo tengo contro il clitoride, ma sembra che gli uomini non sappiano cosa fare.»

«Ti do il permesso di dirmi esattamente come ti piace e come hai bisogno di essere toccata, se non dovessi riuscire a capirlo. Che ne dici?» Dane spostò la mano dal suo viso alla nuca. «Voglio essere il primo, Smalls. Il primo a sentire il tuo corpo caldo stringersi attorno al mio cazzo mentre esplodi di piacere. Il primo a vederti venire. Il primo a mostrarti che le donne possono avere più facilmente orgasmi multipli rispetto agli uomini.»

«Sei terribilmente sicuro di te» osservò Bryn. «La maggior parte degli uomini non ha idea di come sia fatto il corpo femminile o dove e come toccarlo.»

«È il motivo per cui puoi insegnarmi.» Vide l'interesse nei suoi occhi, quindi continuò. «Chiamala ricerca. Puoi vedere se è possibile insegnare a un ex soldato con una mano sola dove e come toccarti per farti venire. Ok?»

«Ok» concordò subito. «Se anche tu mi insegnerai come toccare te. Non ho mai fatto un pompino a un ragazzo... e nemmeno un lavoro di mano.»

«Accidenti, sarà divertente» dichiarò Dane, spostandosi e mettendosi in ginocchio. «Togliti ilreggiseno, Bryn, poi sbottonati i pantaloni e tira giù la cerniera, ma non toglierli. È compito mio.»

Annuì, inarcò la schiena e portò dietro le mani per sganciare il reggiseno. Dane non distolse lo sguardo dal suo corpo che si dimenava mentre anche lui si slacciava i pantaloni. Gli faceva male l'uccello così premuto contro la cerniera, ma non osava ancora liberarlo. Aveva bisogno di quella pressione per mantenere il controllo del proprio corpo. A prescindere da ciò che aveva detto a Bryn, era passato molto tempo da quando aveva fatto sesso e sapeva che non sarebbe durato a lungo una volta che fosse entrato in lei.

Quando Bryn finì ciò che gli aveva chiesto, le ordinò: «Metti le mani sopra la testa.»

«Voglio toccarti» disse imbronciata.

«E succederà. Ma nel momento in cui lo farai, esploderò. Lascia che mi occupi prima di te. Per favore.»

«Ok» disse, e sollevò lentamente le braccia fino ad appoggiarle sul cuscino, sopra la testa.

Dane non aspettò che si sistemasse, ma spostò la mano e gli occhi sul suo stomaco. Fece scorrere il palmo sulla pancia, su tra i seni, e di nuovo giù, fino a premerlo contro la fica. Tornò di nuovo verso l'alto, questa volta passandolo sul seno destro, poi sul sinistro, prima di trascinarlo di nuovo giù.

«Dane...»

«Sei rimasta senza parole, Smalls? Sono scioccato» la prese in giro, continuando ad accarezzarle il corpo, abituandola al suo tocco e, allo stesso tempo, stimolando le sue terminazioni nervose.

«Non riesco a pensare» gemette. Si chinò su di lei usando i muscoli delle cosce per tenersi su, e fece scorrere lievemente sul suo capezzolo il moncone deturpato. «Oh!»

«Era un *oh* bello o brutto?» le chiese, bloccandosi. Non aveva pensato a ciò che stava facendo, in realtà si era dimenticato di non avere una mano sul braccio sinistro. Non voleva fare nulla che la mettesse a disagio, ma per fortuna sembrò eccitarla di più.

«Bello. Decisamente bello. Ancora.» Bryn si dimenò sotto di lui, cercando di strofinarsi contro il moncone.

«Sì, Smalls. Dio, è così maledettamente sexy.» Dane non riuscì a distogliere gli occhi da lei che strofinava il capezzolo contro le cicatrici sul suo braccio. Gli aveva ripetuto più volte che non lo vedeva come un handicappato e che non era disgustata dall'amputazione, ma le sue azioni in quell'istante lo convinsero definitivamente. Bryn si stava godendo il momento e non voleva altro che sentirsi bene, e *lui* lo stava facendo succedere. Non le importava che gli mancasse una mano, che fosse deturpato, o addirittura nervoso quando era in pubblico.

Mentre continuava a contorcersi sotto di lui, Dane usò la mano per spingere giù le mutandine e i jeans fino a quando riuscì a raggiungere le sue pieghe bagnate con il pollice. Abbassò lo sguardo e inspirò profondamente. I peli pubici erano soffici mentre la sua mano ci passava sopra, ma la sua fica era liscia.

«Dio, Bryn. Ti sei depilata?» La guardò mentre con il pollice la accarezzava pigramente, spargendo i suoi umori su ogni centimetro del suo sesso

Scrollò le spalle e incontrando i suoi occhi disse balbettando: «È più igienico ed esteticamente più piacevole da vedere.»

Dane spinse più giù la mano in modo che la punta del pollice entrasse appena nel suo corpo, poi lo tirò fuori e lo passò una volta sopra il clitoride. «È *molto* piacevole da vedere. Ma c'è un altro aspetto positivo... senza peli è più sensibile.»

Bryn sollevò i fianchi contro di lui e inspirò profondamente. «Di più» ordinò.

«Stiamo entrando nella fase di insegnamento?» le chiese con un sorriso.

«Sì.»

«E mi dirai dove e come vuoi che ti tocchi se non lo faccio bene?» Spinse le mutandine più in basso e girò il polso in modo che il pollice si posasse di nuovo sulla sua apertura. Lo infilò piano in lei, ma questa volta non si fermò solo alla punta, continuò finché non fu dentro il più possibile, e l'indice e il medio si posarono sul suo clitoride scivoloso.

Bryn quasi balzò dal letto quando lo tirò fuori per poi spingerlo di nuovo dentro, assicurandosi nel frattempo di continuare a strofinare il clitoride con le altre dita. Abbassò le mani da sopra la testa per afferrargli i bicipiti, affondandogli le unghie nella pelle. A Dane non importava che si fosse mossa, e il lieve dolore sulle braccia non fece altro che aumentare il piacere del momento. Nessuno dei due era completamente nudo, ma era l'esperienza più sexy ed erotica che avesse mai avuto in vita sua.

Bryn sollevò di nuovo i fianchi sostenendo il proprio peso con la schiena, così Dane si spostò leggermente per farle posare il sedere sulle sue cosce. Si chinò su di lei, mettendo il braccio sinistro sulla sua pancia in modo che il moncone posasse tra i suoi seni per tenerla ferma.

Quella posizione la aprì di più a lui, e rimpianse di non aver avuto la lungimiranza di togliersi i pantaloni prima di arrivare a quel punto, ma non poteva fermarsi, nel modo più assoluto. Aveva bisogno del suo orgasmo come di respirare. Spinse le dita dentro e fuori dalle sue pieghe. Poi di nuovo.

Per una volta fu lui a parlare mentre lei rimaneva in silenzio. «Non mi stai dicendo cosa fare, quindi forse sto andando bene, mmm? Ti piace, Smalls? È bello, vero? Sei così bagnata, mi stai gocciolando sulla mano. Sento che mi stringi il pollice... non è abbastanza, no? Hai bisogno di qualcosa di più grande lì dentro, giusto? Ci arriveremo, prometto, ma per ora, mostrami quanto sei bella quando vieni. Voglio assistere a ciò che nessun altro uomo ha avuto la fortuna di vedere prima. È solo mio. Lasciati andare. Fidati di me per portarti al piacere. Smetti di pensare e senti. Senti e basta, dolce Bryn.»

Dane capì che era sull'orlo dell'orgasmo e quando si spinse dentro di nuovo, allungò il pollice per arrivare un po' più in là e lo piegò, sentendo la morbida parete di tessuto dietro il clitoride. Quando lei sussultò nella sua stretta, sorrise.

«Sì, Smalls. Proprio *lì*, mmm? *Quello* è il punto giusto, eh? Ti fa sentire *bene*, vero?» A ogni parola enfatizzata, Dane sfregava il dito contro il punto G. «*Vieni* per me, Bryn. Puoi *farlo*.» Con un'ultima spinta, premette più forte dentro di lei e contro il clitoride.

Tenendola giù e amando i movimenti a scatti e incontrollati che faceva, mantenne la pressione sul clitoride mentre veniva travolta dall'orgasmo più potente e sconvolgente a cui avesse mai avuto il privilegio di assistere. Attenuò il suo tocco mentre lei diventava più sensibile, aiutandola a riprendersi dall'estasi sessuale.

Tolse lentamente il pollice tra le sue gambe e se lo portò alle labbra. Aspettò che Bryn socchiudesse gli occhi, poi aprì la bocca e leccò ogni goccia di umore dalle dita.

«L'eiaculazione femminile è formata principalmente da acqua e non contiene molte calorie. Il seme, invece, ha da cinque a sette calorie per cucchiaino.»

Dane ridacchiò e indietreggiò, facendole posare i fianchi sul materasso e aiutandola a sistemarsi i jeans prima di chinarsi su di lei e baciarla. Le loro lingue si intrecciarono e lasciò passare diversi minuti prima di scostarsi. «È bello sapere che posso leccarti e farti venire tutte le volte che voglio senza dovermi preoccupare dell'apporto calorico.»

Bryn arrossì e si leccò le labbra nervosa.

«Ti piace il tuo sapore?»

Lei scrollò le spalle. «Non ci avevo pensato prima. Ma mi piace il sapore che hai *tu* adesso. Con me ancora sulla lingua.»

Dane non riuscì a smettere di sorridere.

«Sono venuta per merito tuo. Non ho dovuto dirti cosa fare.»

«No.»

«Quello era il mio punto G, vero?»

«Sì.»

«Il punto G è l'abbreviazione di punto Gräfenberg... prende il nome da Ernst Gräfenberg, un ginecologo tedesco. Non è stato affatto dimostrato che esista, alcune persone dicono che si tratta semplicemente di un'estensione del clitoride.»

Dane non poté farne a meno; buttò indietro la testa e scoppiò a ridere. Riprendendo il controllo con difficoltà, si chinò e strofinò il naso sul suo. «Direi che esiste, Smalls. Vuoi che lo dimostri di nuovo?»

Bryn si morse il labbro e sembrò indecisa in modo adorabile, ma alla fine dichiarò: «Forse più tardi. È il mio turno di farlo.»

«Fare cosa?»

«Farti venire.»

Sempre sorridendo, Dane rotolò sulla schiena e si mise accanto a lei con la mano buona dietro la testa come se si stesse rilassando su una spiaggia di Tahiti. «Fai pure.»

Bryn si mise lentamente in ginocchio vicino al suo fianco e si prese del tempo per osservare il suo corpo prima di chiedere: «Posso toglierti i pantaloni?»

«Sì.» Quando stava per farlo, lui si affrettò ad aggiungere:

«Ho la sensazione che sarà molto veloce. Sono così eccitato in questo momento che non sono sicuro di poter resistere a lungo. E prima di diventare nervosa, sappi che qualsiasi cosa farai sarà perfetta. Non puoi sbagliare, Smalls. Giuro.»

«Sei in forma» dichiarò lei mentre gli toglieva i jeans. «Di solito gli uomini ci mettono da un minuto a un'ora per diventare di nuovo duri dopo l'orgasmo... vista la tua età e il tuo tipo di corporatura, immagino che sarai probabilmente nella parte bassa di quella scala.»

«Grazie per il voto di fiducia, ma vedremo come va. Non è una gara, e ci sono tante cose che voglio fare con te prima che facciamo sesso sul serio.» Portò la mano buona dietro al suo collo, tirandola delicatamente verso il basso in modo che si guardassero negli occhi. «Rilassati, Smalls. Abbiamo tutto il tempo del mondo. Ok?»

Bryn annuì a scatti e Dane la lasciò andare. Sollevò i fianchi e allungò la mano destra per spingere giù in modo goffo i boxer, usando un piede per calciarli via. Si sdraiò completamente nudo senza sentirsi in imbarazzo per la prima volta da quando era stato ferito. Sapeva d'istinto che Bryn non lo avrebbe trovato ripugnante. Era una consapevolezza inebriante che glielo fece diventare ancora più duro.

La guardò osservare il suo corpo nudo. Se non se lo fosse aspettato, avrebbe potuto preoccuparsi per lo sguardo clinico nei suoi occhi. Lo aveva capito solo da qualche settimana, ma lei processava le informazioni in modo diverso da chiunque avesse mai incontrato. Il suo cervello era in costante movimento e, quasi come un computer, aveva bisogno di input continui.

Dopo diversi istanti, lo guardò negli occhi e si leccò le labbra. «C'è qualche punto off-limits?»

«Gesù» esclamò Dane senza fiato. Poi fece un respiro profondo e le disse: «No. Toccami ovunque vuoi, Smalls. Posso farcela.»

CAPITOLO DICIOTTO

BRYN SI LECCÒ le labbra poi si morse quello inferiore. Ovunque, aveva detto. Ma non sapeva da dove cominciare. Era assolutamente bellissimo, dalla testa ai piedi. Poteva vedere alcune cicatrici qua e là, ma era come se lo avessero reso ancora migliore. Era un uomo complesso e le imperfezioni del suo corpo sembravano renderlo più accessibile e interessante. Chiudendo gli occhi, si chinò e mise il naso nel punto tra il collo e la spalla e inspirò profondamente.

Dane spostò la testa di lato per darle più spazio, e Bryn ne strofinò la pelle. Aveva un odore un po' muschiato, con un accenno del sapone che aveva usato quella mattina. Spostandosi piano lungo il suo corpo, passò il naso sul petto, sulla pancia, e più giù. Usando la mano per sollevare l'erezione, inspirò il suo profumo alla base. Decisamente più muschiato del resto del corpo, ma ciò non smorzò affatto il suo desiderio.

Spostandosi fino a sedersi tra le sue gambe, aprì gli occhi e lanciò un'occhiata a Dane. La stava fissando con uno sguardo indescrivibile. Si bloccò. Merda, si stava comportando in modo strano? Non avrebbe dovuto annusarlo? Non le aveva vietato nulla, ma forse lo aveva detto così per dire.

«Dai, Smalls. Continua a esplorare.»

Buttò fuori un respiro e notò una goccia di seme apparire sulla punta del suo cazzo. «Hai un buon odore... interessante... ti dispiace?»

«No.» La sua risposta fu breve e concisa, ma era tutto ciò che aveva bisogno di sentire.

Fece un altro respiro profondo e fu ricompensata dalla goccia di seme che si ingrandiva. «Il liquido preseminale viene prodotto nelle ghiandole di Cowper, e lo sperma nei testicoli. È un errore credere che il liquido pre-eiaculatorio non contenga sperma. Circa il quarantun percento degli uomini ha uno sperma attivo nel liquido preseminale e solo quello può ingravidare le donne.»

«Davvero?»

La voce di Dane s'incrinò, ma Bryn era così affascinata da ciò a cui stava assistendo, che non se ne rese conto.

«Sì. Gli studi dimostrano che il liquido pre-seminale e il seme hanno un sapore simile: salato e amaro, ma può dipendere dal tipo di cibo che l'uomo ha mangiato.» I suoi occhi andarono su quelli di Dane mentre con un dito prendeva la goccia di liquido dalla punta.

«Oh, Signore» sussurrò lui, ma non distolse lo sguardo da lei.

Bryn si mise il dito in bocca e vi avvolse la lingua.

Dopo qualche istante, Dane le chiese: «Be'? Qual è il verdetto?»

«È... non proprio buono.»

Lui ridacchiò e l'attenzione di Bryn tornò al suo cazzo che rimbalzava a causa dei movimenti. «Ad alcune persone piace, ad altre no. Va bene lo stesso se tu non lo apprezzi.»

«Non ti arrabbierai se non voglio ingoiarlo?»

«Assolutamente no. Niente di ciò che facciamo quando

stiamo insieme mi farà arrabbiare. Se non ti piace, non ti piace.»

«Posso comunque farti i pompini... purché tu non mi faccia ingoiare.»

Dane quasi si soffocò ma disse: «Dio, Smalls. Non hai idea di quanto sia maledettamente sexy l'immagine che ho in testa in questo momento; tu chinata su di me o in ginocchio mentre prendi il mio cazzo in bocca. Riesco a vedere le tue labbra chiudersi intorno a me... cazzo ... Non mi lamenterò mai di voler venire nella tua bella fica piuttosto che nella tua bocca. Sono come creta nelle tue mani, tesoro. Mi assicurerò di darti qualsiasi cosa tu voglia. Ma spero che non ti arrabbierai per il fatto che adoro il *tuo* sapore e che abbia intenzione di avere incontri avvicinati con la tua fica in modo regolare.»

«Oh, no, non credo che mi dispiacerà affatto.»

Bryn si leccò le labbra e studiò il cazzo di Dane. Non aveva mai avuto la possibilità di essere così vicina a uno. In passato, gli uomini con cui era stata avevano cercato di metterglielo dentro il più in fretta possibile senza lasciarla esplorare. Non voleva sprecare quella possibilità... anche se era ancora spaventata di dire o fare qualcosa di strano e che Dane si sarebbe reso conto che era davvero la donna più imbranata del pianeta, scappando il più lontano possibile da lei.

Si sporse in avanti, spingendo il suo uccello verso lo stomaco in modo da poter guardargli i testicoli. Erano leggermente pelosi e penzolanti, e aveva l'impressione che dessero fastidio tra le gambe. Mise un dito su uno e spinse, e fu sorpresa di quanto fosse morbido.

«Prendili in mano» ordinò Dane. «Non stringerli, ma soppesali.»

Fece come aveva chiesto. «Sono molto più morbidi di quanto pensassi.»

«Un attimo prima di venire, diventano più duri.»

«Sono sempre così grandi?»

Dane sbuffò. «No. Dovresti vederli quando ho freddo o paura. Si restringono praticamente fino a diventare della dimensione di un chicco d'uva.»

Bryn annuì. «Sì, è il riflesso cremasterico, contrae i muscoli per tirare su i testicoli vicino al corpo per mantenerli caldi. Pendono più in basso quando hai caldo?» La sua mano li avvolse con cautela, abituandosi alle dimensioni e al peso.

«Direi di sì.»

«Li senti ballonzolare quando cammini?»

Dane scoppiò a ridere. «No. Non proprio. Rimangono piuttosto contenuti nei boxer. A volte si spostano quando mi siedo e quindi devo sistemarli, ma per la maggior parte del tempo, non li noto... a meno che non stia per essere preso a calci proprio lì o se sto vicino a una bella donna... come te.»

Bryn annuì, la sua mente stava già passando all'argomento successivo. «Anche gli uomini hanno un punto G, la ricerca dice che è circa cinque centimetri dentro l'ano ed è più o meno delle dimensioni di una castagna. Molte persone la chiamano prostata, ma a me piace invece pensarlo come il punto G di un uomo.» Spostò il dito indice verso il suo sedere e alzò gli occhi verso di lui quando le afferrò il polso.

«Che ne dici di lasciarlo per un altro giorno?»

«Non ti piace?»

«Non l'ho mai provato, tesoro.»

«Oh.» Ne era felice. Adorava che ci fosse qualcosa che non aveva fatto e che forse avrebbero potuto condividere insieme. Continuarono a fissarsi e Bryn non riuscì a interpretare cosa stesse pensando Dane. «Mi mostrerai cosa ti fa stare bene? Non voglio fare nulla di sbagliato.»

«Con piacere. Ma non credo che potresti farmi qualcosa di sbagliato. Dammi la mano.»

Gliela porse e lui la avvolse attorno alla punta del suo

cazzo, assicurandosi di bagnarla con il liquido preseminale. La fece scendere lungo l'erezione, lubrificandola, poi risalì. Mantenne la presa stretta su quella di lei, ma non tanto da darle l'impressione che gli stesse facendo male.

«Il modo migliore è iniziare piano, accelerare dopo un po' e terminare lentamente.» Bryn si concentrò sulle loro mani mentre parlava, assorbendo ogni parola e imparandola a memoria. «Sono già molto duro, ma quando sarà passato poco tempo dopo essere stato con te, ci vorrà un po' di più per arrivare a questo punto. Potresti usare solo una mano per farmi venire, ma sarebbe più interessante se cambiassi... ne usi una, poi entrambe, poi di nuovo una. Alterna la sequenza e i tocchi... mi terrà vicino al limite più a lungo.»

Bryn annuì, avvolse quella sinistra sotto al punto in lui cui stava guidando l'altra, e sorrise quando gemette di piacere.

«Sento che ti contrai. È eccitante» gli disse, senza distogliere gli occhi dalle loro mani che continuavano ad accarezzarlo su e giù per tutta la dura lunghezza.

«Sì, così. Non trascurare le palle. Sono molto sensibili. Puoi smettere di accarezzarlo o continuare con una mano sola e dedicarti a loro toccandole con dolcezza. Puoi stringerle, ma lievemente... Dio... sì... proprio così... perfetto...»

Bryn usò le unghie per graffiare piano la pelle sensibile e fu ricompensata da un'altra goccia di liquido che colò dalla punta.

Lui continuò con voce roca: «La punta del mio uccello è molto sensibile, è quella con più terminazioni nervose. Metti il pollice e le dita a formare una O e muovile su e giù...non così in basso... sì, cazzo, proprio così. Dio, la tua mano è molto più morbida e coordinata della mia.»

Bryn alzò lo sguardo sul viso di Dane e il suo battito accelerò. Aveva chiuso gli occhi e inclinato la testa all'indietro. La mano che aveva guidato la sua era caduta di lato e stringeva il lenzuolo accanto a lui. Non si era mai sentita così potente come in quel momento. L'uomo più forte e più autoritario che avesse mai incontrato in vita sua era creta nelle sue mani. Era una sensazione fantastica.

Quando lui non disse nulla per diversi istanti, gli chiese con voce sommessa: «Cosa devo fare adesso?»

«Usa la mano libera per premere contro la base, c'è un pezzo di pelle che incontra...»

La sua voce si affievolì quando Bryn trovò esattamente il punto che le stava descrivendo e lo accarezzò. Fece scendere l'altra fino alla base, poi tornò ad accarezzare di nuovo solo la punta. Aggiunse alcune torsioni del palmo e modificò la stretta.

Ora il liquido colava quasi con costanza, lubrificando tutta la lunghezza rendendo il movimento più fluido. Bryn si leccò le labbra, godendo del fatto di riuscire a compiacerlo.

«Ci sono vicino, Smalls. Molto vicino. No... non accelerare... più mi avvicino all'orgasmo, più sarò sensibile. Quando verrò, porta la punta verso il mio stomaco per raccogliere lo sperma e stringimi forte il cazzo... non accarezzarmi... altrimenti mi darà più fastidio che piacere... sei pronta?»

«Sì. Per favore. Voglio vederti venire.»

Bryn sentì la sua mano afferrarle la coscia mentre si trovava tra le sue gambe, e avvolgere in qualche modo il moncone al suo avambraccio destro.

«Oh sì... stringimi un po' di più le palle... cazzo, proprio così... quando te lo dico, premi forte alla base... pronta? Ecco che arriva... ora! Caaaazzo!»

Bryn quasi non lo sentì imprecare perché era troppo assorbita dallo sperma che fuoriusciva dalla punta del suo uccello. Si fermò come richiesto e lo sentì pulsare sotto il palmo mentre veniva. Il suo sperma fuoriuscì in diversi lunghi getti bianco latte, che gli ricoprirono il basso ventre.

Dane gemette un paio di volte e sollevò i fianchi quando lei mosse piano la mano su e giù sul suo uccello che si stava ammorbidendo. Uscì dell'altro sperma dalla punta, lubrificandole il palmo e rendendo tutto molto scivoloso. Ricordando che le aveva detto che diventava molto sensibile dopo l'orgasmo, Bryn lo lasciò andare posandoglielo sulla pancia, per poi coprirlo con la mano.

«Cosa stai facendo?» le sussurrò.

«Mi sembra sbagliato lasciarlo» rispose un po' imbarazzata.

Lui ridacchiò e le disse. «Dammi l'altra mano.»

Bryn gliela porse e deglutì a fatica quando se la portò sullo stomaco e la posò sullo sperma.

«Non è un esperimento scientifico approfondito se non lo completi, Smalls.»

«Questo non era niente di scientifico» ribatté lei, sorridendo, ma senza distogliere lo sguardo dalle loro mani che spargevano il seme sul suo stomaco. «Non avevamo una teoria ufficiale.»

«Ma farmi venire ti ha fornito alcune informazioni su causa ed effetto, non è vero? E credo che non siano solo affidabili, ma anche valide.»

Bryn gli sorrise, felice che stesse parlando la sua lingua. Stando al gioco disse: «Credo che tu abbia ragione, signor Munroe. Se dovessi condurre di nuovo lo stesso test, penso che molto probabilmente otterrei gli stessi risultati.»

«Assolutamente. E l'esperienza ha dato le prove che doveva?» chiese pigramente.

«Intendi dire, se ho capito il modo giusto di accarezzarti il cazzo per farti venire?» rispose.

«Esatto.»

«Allora sì, la validità della mia ricerca è stata dimostrata.»

«Vieni qui» ordinò Dane, allungando il braccio sinistro per circondarle il fianco.

Bryn scivolò sopra il suo petto, strusciando di proposito i capezzoli turgidi sullo sperma. Crollò su di lui e abbassò la bocca sulla sua mentre lui alzava la testa per andarle incontro.

Non fu un semplice bacio gentile come quelli che avevano condiviso in passato, fu appassionato e quasi disperato. Strofinò il naso contro quello di Dane muovendo con impazienza la testa, cercando di avvicinarsi di più e aprì la bocca sotto il suo assalto per accogliere la sua lingua. Appiattì le mani contro il suo petto, poi le fece scorrere piano verso l'alto per accarezzargli il collo e la mascella mentre continuavano a baciarsi.

Fish infilò la mano sotto la vita allentata dei jeans per afferrarle il sedere e strusciare l'inguine contro il suo e le circondò le spalle con l'altro braccio per tenerla schiacciata contro il proprio petto.

L'odore del suo orgasmo non fece altro che eccitare di più Bryn. Anche se non era una fan del sapore, adorava che lui sapesse di sesso... che *sapessero* di sesso. Aveva ancora le dita umide del suo seme e si rese conto di averglielo spalmato sul petto e sul collo mentre si baciavano. Era un'eccitazione tattile e olfattiva. Inspirò profondamente, persa ancora una volta nell'ebbrezza della soddisfazione sessuale.

Dane si tirò indietro e le morse piano il labbro inferiore prima di succhiarlo facendola gemere e ansimare come se avesse corso per tre chilometri.

Rimasero un attimo a fissarsi negli occhi poi lui li richiuse e inclinò di nuovo la testa per premere ancora le labbra sulle sue. Questa volta quando gli leccò la lingua, lui la succhiò in risposta. Bryn gemette; non si era mai sentita così travolta dall'emozione in tutta la sua vita. Neanche prima di sostenere l'esame GRE, il test di ammissione per conseguire il dottorato.

Alla fine, quando ebbero bisogno di respirare, scostarono la testa, senza spostare nemmeno di un centimetro i loro corpi uniti. Senza dire una parola, Bryn posò la guancia sulla spalla di Dane e si rilassò su di lui.

Lo sperma era appiccicoso, pensò che l'odore nella stanza fosse come quello di un film porno alla fine di una scena, e le sue mutandine erano bagnate dall'orgasmo e per l'eccitazione di essere riuscita a compiacere Dane. Non avrebbe voluto più muoversi. Cercò di memorizzare ogni secondo di ciò che era appena accaduto, nel caso avesse fatto qualcosa che avrebbe potuto rovinare la loro relazione nel prossimo futuro.

Quando il battito del suo cuore finalmente rallentò e riuscì di nuovo respirare normalmente, sussurrò: «Grazie.».

Dane ridacchiò sotto di lei. «Penso che dovrebbe essere la *mia* battuta, Smalls.»

Sollevò la testa per poterlo guardare. «Nessuno si è mai fidato di me come hai appena fatto tu. Mai. Non avevo idea che fosse così... fantastico. Sfrenato. Intenso.»

«Aspetta solo che io sia dentro di te e che veniamo insieme.»

«Vuoi ancora farlo?» Non riuscì a nascondere la vulnerabilità che trapelò nella sua domanda.

«Sì, Bryn. Voglio entrare dentro di te più di quanto abbia mai desiderato qualcosa in vita mia. Compreso quando mi sono svegliato in ospedale in Germania e ho capito di aver perso la mano e pregato che fosse tutto un sogno.»

«Wow.»

«Sì» concordò Dane. «Se pensi che ciò che abbiamo appena fatto sia stato eccitante, aspetta solo che sia dentro di te.»

«Dio» sospirò Bryn. «Non so se sopravvivrò.»

«Sopravvivrai. E spero ne diventerai dipendente.»

«Non credo che *quello* sarà un problema» commentò sarcastica, poi mormorò con riluttanza: «Probabilmente dovremmo alzarci.»

«Lo faremo tra un secondo.» Non sembrava avesse fretta di muoversi. «Sono comodo. Tu no?»

«Be', sì. Ma sei coperto di...» non finì la frase.

«Sì. Ed è fantastico, cazzo.»

«Va bene allora.»

«Va bene allora» ripeté lui. «E per la cronaca» continuò con voce sommessa mentre le accarezzava dolcemente il sedere sotto le mutandine, «non sono mai stato così eccitato in vita mia come poco fa. Sarai anche alle prime armi in questo genere di cose, ma la passione che traspariva nei tuoi occhi, l'entusiasmo e la meraviglia... sono stati il miglior regalo che qualcuno mi abbia mai fatto. Grazie. Ho trascorso l'ultimo anno sentendomi quasi un mezzo uomo. Hai cambiato tutto con un lavoro di mano. Volgare, ma vero.»

Bryn si rannicchiò di nuovo contro il suo petto, rifiutandosi di fargli vedere le lacrime provocate dalle sue parole.

«Ho usato due mani» gli disse con voce tremante.

Lui ridacchiò. «È vero.» Come se sapesse che aveva bisogno di un momento per riprendersi, disse solo: «Fai un pisolino, Smalls. Avrai bisogno della tua energia stasera.»

«Non faccio pisolini.»

«Shhhhhh.»

«Prepotente.»

Lo sentì ridere, ma non disse nient'altro, mentre le accarezzava la schiena nuda con il moncone e il sedere con la mano. Non avrebbe mai pensato che fosse possibile, ma dopo pochi istanti dormiva profondamente.

CAPITOLO DICIANNOVE

BRYN MISE i gomiti sul tavolo e appoggiò il mento sulle mani. Era stata pronta, più che pronta, a fare sesso con lui, ma il loro pisolino era stato interrotto dallo squillo del telefono di Dane. Aveva chiamato Steve, per chiedergli di accompagnarlo a fare delle manutenzioni per vedere se lavorare con lui fosse davvero ciò che voleva fare.

Bryn lo aveva incoraggiato ad andare per il resto della giornata con l'altro uomo, anche se lo sguardo di desiderio e passione negli occhi di Dane era stato difficile da ignorare. Voleva fare l'amore con lui più di quanto desiderasse quasi tutto... anche più di quando aveva avuto l'opportunità di sedersi a parlare con Stephen Hawking delle sue ultime ricerche. Ma Dane doveva farlo per ritrovare se stesso, e lavorare con Steve poteva essere il primo passo per raggiungere l'obiettivo. Non solo, ma dopo che l'ebbrezza del suo orgasmo si era esaurita, si era sentita di nuovo insicura, quindi era scesa dal letto e aveva preso la maglietta, facendogli segno di dire di sì a Steve.

Un'ora dopo era nel suo appartamento... e si stava annoiando a morte. Le parole crociate non la soddisfacevano, non c'era nessuno in linea nel forum dei survivalisti con cui parlare e non stava trovando informazioni su Internet che non conoscesse già.

Guardando l'orologio, vide che la biblioteca era ancora aperta. Una volta che l'idea metteva radici non era possibile fermarla, la sua sete di conoscenza era insaziabile e sapeva che non sarebbe stata in grado di pensare a nient'altro fino a quando non l'avesse soddisfatta.

Sapendo che Dane era impegnato, e lo sarebbe stato per il resto del pomeriggio, concluse che avrebbe avuto un sacco di tempo per andare in biblioteca e fare ciò che doveva prima che lui tornasse e andasse a casa sua.

Rabbrividì di piacere quando pensò a cosa avrebbe voluto fare più tardi quella notte. Dane aveva messo bene in chiaro che avrebbero fatto l'amore quando fosse tornato... e dopo il bacio che le aveva dato non vedeva ancora di più l'ora di scoprire cosa si era persa.

Ma ogni cosa a suo tempo.

Bryn scacciò dalla mente i pensieri di Dane nudo e prese le chiavi della macchina e il cellulare. Non si preoccupò del portafoglio perché stava andando in biblioteca... erano solo un paio di chilometri o giù di lì, e se avesse guidato rispettando il limite di velocità, non avrebbero dovuto esserci problemi.

———

Un'ora dopo, Bryn stava guidando lungo una strada sterrata, a qualche chilometro di distanza da Rathdrum, determinata a portare a termine la sua missione. Aveva iniziato solo guardando alcuni dei libri sui survivalisti che non aveva controllato in precedenza e le era venuta in mente la persona che aveva preso in prestito i due volumi *Progetta e costruisci il tuo rifugio antiatomico* e *Pericoli dei fertilizzanti*.

Più ci pensava, più si rendeva conto che non era una cosa positiva. Quelli del forum avevano ribadito quanto potessero essere pericolose alcune persone che avevano adottato quello stile di vita, soprattutto perché erano paranoici sul fatto che degli estranei localizzassero i loro bunker. Ma nessuno aveva parlato della necessità di avere degli esplosivi nei loro rifugi. Sapeva che facevano un po' di orticoltura, ma in piccoli pezzi di terreno perché, appunto, non volevano svelare dove si trovassero... e avere un grande orto poteva condurre qualcuno dritto a loro.

Quello l'aveva fatta riflettere; perché un survivalista leggerebbe un libro sui pericoli dei fertilizzanti quando non aveva una buona ragione per averne così tanto a portata di mano?

Poi si era ricordata dell'indirizzo che aveva cercato, e *ciò* le aveva fatto pensare che forse poteva fare un giro in auto per controllare, per vedere se c'era qualcosa di sospetto. Non si sarebbe messa in contatto con nessuno; si ricordava degli avvertimenti di Dane e di quelli del forum riguardo al fatto di affrontare un survivalista.

Così aveva deciso che avrebbe solo scoperto se l'indirizzo era inventato o se qualcuno effettivamente viveva lì. E se fosse stato così, avrebbe detto a Dane cosa aveva trovato in biblioteca, e anche dei libri, e lui avrebbe potuto aiutarla a decidere cosa fare al riguardo... se non altro.

Aveva inserito l'indirizzo nell'app del navigatore del suo telefono. Dalla vista satellitare non si vedeva nessuna casa, ma lo spillo era puntato su una strada vera. Sapendo che non sarebbe stato intelligente andare senza avvisare Dane provò a chiamarlo, ma passò subito sulla segreteria telefonica.

Ehi Dane. Volevo farti sapere che sto andando a controllare un indirizzo. Di recente sono stati presi in prestito due libri dalla stessa persona, e sospetto che questo tizio stia combinando qualcosa che non va bene. Non so nemmeno se l'indirizzo sia reale, probabilmente l'ha inventato. Ma non preoccuparti, anche se è reale non parlerò con nessuno. Ho intenzione solo di andare lì e verificare. Ti dirò di più quando torno. Dovrei essere a casa verso le cinque. Spero che la tua giornata con Steve stia andando bene e che non ci sia stato niente che ti ha fatto andare fuori di testa oggi. Se è successo, non ti rattristare. Sono sicura che Steve ti coprirà le spalle. Comunque, non vedo l'ora di fare sesso con te stasera. Lo sapevi che quando le persone fanno sesso il loro naso all'interno si gonfia? Gli scienziati pensano che sia a causa dell'aumento del flusso sanguigno. Mi interessa vedere se è vero o no... ok, vado. E non ti preoccupare, sono al sicuro. Ciao.

Mettendo il telefono nel supporto sul cruscotto, Bryn tenne d'occhio il piccolo schermo, assicurandosi di svoltare al momento giusto.

Scendendo lungo il sentiero di ghiaia a una corsia che avrebbe dovuto essere il vialetto della casa che stava cercando, se esisteva e se le sue indicazioni erano corrette, Bryn non poté fare a meno di sentirsi nervosa. La sua sete di conoscenza a volte l'aveva messa nei guai, ma quella volta era stata intelligente, aveva detto a Dane dove stava andando e sarebbe tornata indietro subito se avesse visto una casa di qualsiasi tipo.

La sua auto procedette a scossoni mentre percorreva il lungo vialetto fino a quando non arrivò davanti a una casa sgangherata. Non sembrava proprio un luogo in cui potesse vivere qualcuno, ma quella era l'area rurale dell'Idaho, non c'erano ville lungo ogni strada sterrata. C'era anche un grande edificio, una specie di garage ricavato da quello che sembrava un enorme tubo tagliato a metà.

Rimase seduta in macchina, la curiosità combatteva contro con il suo bisogno di fare la cosa più intelligente e sicura. Tirò giù il finestrino e non sentì altro che il sibilo del vento tra gli alberi e il cinguettio degli uccelli.

Rabbrividì, provando come la sensazione che qualcosa non andasse.

Bryn ingranò subito la retromarcia per andarsene di corsa da lì, quando il rumore di un'arma che veniva caricata la fece girare.

C'era un uomo accanto al suo finestrino aperto con la canna di un fucile puntata verso il suolo.

In un certo senso, le ricordava il signor Jasper. Aveva i capelli molto lunghi con un disperato bisogno di essere lavati, ed era alto e magro. Ma le somiglianze finivano lì. Mentre il signor Jasper sembrava diffidente, quest'uomo sembrava pazzo da legare.

Teneva gli occhi socchiusi con sospetto e poteva vedervi la malvagità nelle loro profondità. Le mani e il viso erano sporchi, incrostati di terra e chissà cos'altro, e la barba nera arruffata gli dava un aspetto ancora più sinistro. Era più giovane del signor Jasper, probabilmente intorno ai trentacinque anni.

«Chi cazzo sei?» La sua voce era bassa e minacciosa... e capì fin nel profondo di trovarsi in guai seri.

Avrebbe voluto tornare indietro nel tempo, anche se solo di qualche minuto. Non avrebbe dovuto svoltare nel vialetto. Una volta che si era resa conto che probabilmente non c'era una casa all'indirizzo che aveva preso in biblioteca, avrebbe dovuto semplicemente fare un'inversione e tornare a Rathdrum. Avrebbe dovuto dire a Dane ciò che aveva trovato. Lui le avrebbe fatto sapere se aveva davvero scoperto qualcosa, se la persona che aveva preso i libri fosse innocua o meno.

Ma ormai era troppo tardi.

«Ehm... sono Bryn... a quanto pare mi sono persa. Devo aver sbagliato a svoltare da qualche parte. Mi stavo girando per tornare indietro.»

«Oh, hai sbagliato a svoltare di sicuro, ragazza. Esci dalla macchina. Adesso.»

Lei non voleva, non voleva davvero. Ma quando sollevò il fucile e glielo puntò contro, capì di non avere scelta. Era intelligente, forse sarebbe riuscita ad uscirne. Avrebbe voluto girarsi, prendere il cellulare e chiamare Dane, ma quando si mosse, l'uomo si avvicinò di più a lei e poté vedere il suo dito contrarsi sul grilletto.

«Ok ok. Sto uscendo» disse in tono sommesso aprendo la portiera della macchina. Teneva gli occhi sull'uomo davanti a lei e sull'arma, e non osava guardare altro.

Non capì il movimento che fece con la testa... la scosse verso sinistra e poi annuì una volta.

Così non vide la persona arrivare dietro di lei e non si rese conto più di nulla quando cadde a terra perdendo conoscenza.

———

Dane salì su Miss May con un grugnito stanco. Era fuori forma. Nelle quattro ore in cui aveva seguito Steve di qua e di là, a chinarsi e tenere tubi mentre l'altro controllava raccordi e collegamenti e cercava i motivi per cui un grande piano cottura o un frigorifero non funzionavano, aveva fatto lavorare muscoli che non usava da un bel po'.

Si ripromise di iniziare a correre e tornare in forma. Sapeva di essersi lasciato andare per troppo tempo. Truck aveva cercato di dirgli di alzare il culo e darsi da fare, ma non gli aveva dato ascolto. Ora che Steve gli aveva ufficialmente offerto la posizione part-time, era entusiasta di tornare alla condizione fisica che aveva prima dell'infortunio.

Dane si sporse, aprì il vano portaoggetti e prese il cellulare. L'aveva lasciato lì per non essere distratto mentre lavorava, e per fare una buona impressione con quello che avrebbe potuto essere il suo futuro capo.

Sorridendo quando vide che aveva ricevuto un messaggio da Bryn, cliccò per ascoltarlo e si sentì subito inquieto. Era ovvio che lei non avesse davvero capito quanto potessero essere pericolosi i survivalisti. E poi la conosceva, sapeva che non sarebbe riuscita solamente ad andare a controllare un indirizzo se pensava che potesse esserci effettivamente un bunker sul posto.

Sorrise per un attimo al commento sul naso, e poteva immaginare che volesse infilargli il dito nelle narici per vedere se si era gonfiato internamente mentre facevano sesso. Ma la preoccupazione per lei superò subito il divertimento per la sua eccentricità.

Compose il suo numero e attese, ma andò direttamente alla segreteria telefonica. Le lasciò un rapido messaggio dicendole di chiamarlo non appena lo avesse ricevuto, ma non aveva intenzione di aspettare che lo contattasse. Accese il pick-up e attraversò Rathdrum per andare verso il suo appartamento.

L'auto non era nel parcheggio, quindi si girò e proseguì verso la biblioteca. Non era nemmeno lì, però parcheggiò e andò verso l'edificio. Era l'ora di chiusura, ma aveva giusto il tempo di entrare e vedere se Bryn aveva parlato con qualcuno prima di andarsene.

Dane aveva un brutto presentimento riguardo all'intera faccenda. Era la stessa sensazione che aveva avuto proprio prima che la sua unità andasse a indagare sulle segnalazioni di insurrezioni nell'area ed erano passati sull'ordigno esplosivo improvvisato. Quando si era svegliato in ospedale in Germania, si era ripromesso che se avesse mai avuto di nuovo quella sensazione, non l'avrebbe ignorata pensando di essere semplicemente paranoico.

La porta suonò quando Dane entrò nell'edificio pubblico e andò dritto al banco dei prestiti. Non aspettò nemmeno che la donna seduta lì – gli sembrava che si chiamasse Bonnie –

chiedesse se poteva aiutarlo. L'aveva già incontrata un paio volte, ma al momento non era interessato a scambiare convenevoli.

«Hai visto Bryn oggi?»

«Ehi, Dane. Sì, era qui prima. Perché?»

«Non risponde al telefono e sono preoccupato per lei.»

La donna sembrò sollevata. «Oh, be', probabilmente è stata distratta da qualcosa. Le succede spesso.»

Dane stava già scuotendo la testa prima che arrivasse a metà della frase. «No. C'è qualcosa di più questa volta.»

Bonnie sembrò a disagio, corrugò la fronte e si morse il labbro prima di dire: «Forse dovrei farti parlare con Rosie.»

«Sì, per favore» accettò subito, sapendo che la capo bibliotecaria sarebbe stata in grado di aiutarlo più in fretta della studentessa universitaria che stava sempre seduta alla reception.

Bonnie si alzò e indietreggiò, continuando a guardarlo, finché non raggiunse una porta dietro di lei. Quindi girò sui tacchi e scomparve.

Dane combatté a malapena l'impulso di camminare avanti e indietro. Gli sembrava che il tempo scorresse al rallentatore. Ogni secondo in cui rimaneva lì in biblioteca era un altro in cui Bryn avrebbe potuto essere in pericolo. Non lo sapeva ancora con certezza, forse l'indirizzo che stava verificando non avrebbe portato a nulla, ma per qualche ragione non pensava fosse così. Non aveva idea di come o quando fosse diventata così importante per lui, ma non poteva più negarlo.

Rosie Peterman uscì dalla porta dietro il bancone. «Ciao, Dane, posso aiutarti?»

«Ehi, Rosie. Ho motivo di credere che Bryn sia nei guai. Di recente è stata affascinata dallo stile di vita dei survivalisti. L'ho portata a incontrare un uomo che ha un bunker e temo che abbia solo alimentato la voglia di saperne di più. So che è insolito, ma conosciamo entrambi Bryn, lei non vede esattamente i pericoli quando è persa nella sua sete di sapere. Puoi aiutarmi a capire cos'ha cercato e quale indirizzo ha trovato?»

La bibliotecaria annuì in modo solenne. «Lo so. Il suo amore per le informazioni è ciò che la rende un'impiegata eccezionale. E sì, ho dovuto ricordarle più di una volta di concentrarsi sul suo lavoro piuttosto che sfogliare i libri che sta archiviando. Seguimi. Vediamo cosa riusciamo a trovare. Possiamo iniziare controllando il video della sicurezza... vedere cos'ha fatto quand'era qui.»

Dane lanciò un'occhiata all'orologio mentre seguiva la donna. Era consapevole di non avere molto tempo per cercare l'indirizzo, ma dato che era l'unico modo per trovare Bryn, lo avrebbe fatto. Sperava solo che lei potesse resistere fino a quando non fosse riuscito a rintracciarla.

———

Bryn sollevò la testa dal petto e gemette per la fitta di dolore. Aveva il collo indolenzito a causa dell'angolazione strana in cui era stata e le faceva male la testa... anche se non sapeva perché. Cercò di aprire gli occhi, ma li richiuse subito alla luce intensa che le trafisse le pupille, provocandole fitte ancora più forti.

«La prigioniera è sveglia.»

Bryn non capì cosa diavolo intendesse quella voce, così aprì un po' le palpebre con cautela, volendo vedere dove si trovasse e cosa stesse succedendo.

La luce intensa che la illuminava dall'alto e di fronte le impedì di vedere. «D-dove sono?» balbettò.

«Facciamo noi le domande qui, non tu. Chi sei e cosa stavi facendo nella mia proprietà?»

Deglutendo a fatica si leccò le labbra secche, ma invano, la sua bocca non era in grado di produrre saliva per darle sollievo. «Sono Bryn. Mi sono persa.» Decise di attenersi alla storia che aveva usato la prima volta che lo aveva visto. «Mi hai colpito?»

«Facciamo noi le domande qui.» Ora le parole provenivano da una voce decisamente femminile. «Per chi lavori?»

«In biblioteca. Lavoro in biblioteca.»

Bryn strillò quando fu sommersa dall'acqua gelida dalla testa ai piedi. Cercò di sollevare le mani per bloccare la seconda secchiata, ma scoprì che aveva le braccia legate strette dietro la schiena. Ansimando alla seconda doccia non richiesta e altrettanto fredda, riuscì solo a sbattere le palpebre e a strattonare inutilmente le manette.

«Ritenta» disse la voce dell'uomo.

Bryn socchiuse gli occhi, ma non riuscì a vedere nulla oltre la luce. Era come essere su un palco con un riflettore puntato su di lei. La stanza era buia, tranne per quelle luci. Abbassò lo sguardo su di sé e vide che indossava ancora i jeans e la maglietta che aveva messo quella mattina prima di andare in biblioteca.

Lo aveva già capito appena vista la casa ma in quel momento, il fatto che avesse preso una decisione sbagliata era stata corroborata. Non avrebbe dovuto provare a scoprire se l'indirizzo era reale o meno, sarebbe dovuta andare direttamente da Dane... o addirittura alla polizia. Ripensò non solo alla conversazione avuta con lui, ma anche a tutte quelle scambiate con uomini e donne online, riguardo alle differenze tra un survivalista che voleva essere lasciato in pace e gli uomini pericolosi che potevano vivere nella loro città rurale e nei dintorni. Doveva ammettere di aver scoperto personalmente quanto avessero avuto ragione.

Ma almeno aveva chiamato Dane e gli aveva detto dove stava andando.

Gemette. Merda. In realtà non gli aveva dato l'indirizzo. Gli aveva detto che stava per andare a verificarlo, ma non *dove*.

Era proprio nella merda – ed era tutta colpa sua. Per una persona intelligente come avrebbe dovuto essere, di certo era stata stupida.

«Mi chiamo Bryn Hartwell. Lavoro davvero in una biblioteca» disse all'uomo. «Non sono nessuno. Sono una nerd e ho incontrato un survivalista l'altro giorno e ciò mi ha fatto interessare allo stile di vita. Stavo solo girando per la campagna per controllare diverse proprietà che erano in vendita e mi sono persa. Questo è tutto. Proprio tutto.»

«Chi hai incontrato? Frank?»

Bryn era in totale confusione. *Chi diavolo era Frank?* L'uomo non le diede la possibilità di rispondere.

«Non importa. Sei solo un'altra spia del governo che è qui per assicurarsi che non porti a termine la missione della mia vita! È il mio destino. Il governo degli Stati Uniti sta facendo il lavaggio del cervello ai suoi cittadini. Ci osservano in continuazione. Conoscono ogni mossa che facciamo. Non ci lasciano venerare chi vogliamo e ancor meno vogliono che altri Paesi venerino chi ritengono opportuno. Deve finire. E alla maggior parte dei cittadini non importa nulla, lo accettano! Si occupano dei loro affari, non si preoccupano del massacro in cui il Paese li sta conducendo, tutto in nome della sicurezza nazionale. Per chi lavori? Per la CIA? L'FBI?»

«No!» rispose subito Bryn. «Per nessuno. Sono solo io.»

«Stai mentendo.»

«No, lo giuro!» Lottò ancora per liberarsi, desiderando nient'altro che ricominciare la giornata e non prendere la decisione incredibilmente stupida di cercare quell'indirizzo da sola.

«Vuoi che vada a occuparmi della sua auto adesso?» chiese la donna con voce bassa e tremante.

«Be', Bryn, non so chi tu sia veramente, ma lo scoprirò» le disse l'uomo. «Ho lavorato troppo e duramente per arrivare dove sono e preparare l'operazione che ho pianificato, per lasciare che una ficcanaso rovini tutto. Sei un'altra dimostrazione del fatto che l'unica cosa per cui è utile una femmina è quella di avere figli e tenere in ordine la casa, come fa la mia donna. Non va dove non è desiderata e fa esattamente ciò che le è stato detto. Quando i talebani conquisteranno questo Paese, si assicureranno che le donne imparino qual è il loro posto. Non andrai da nessuna parte, capito? Quando tornerò sarà meglio che tu sia pronta a rispondere alle mie domande. Non vuoi sapere cosa farò se non collaborerai.»

Bryn sentì il rumore dei passi e di una porta chiudersi, poi più niente.

Non aveva idea di dove si trovasse, ma sapeva di essere nei guai. Rabbrividì nell'aria fresca e scosse la testa, cercando di togliersi da una guancia una ciocca di capelli bagnati che si era appiccicata; non si mosse. Abbassò la testa sconfitta davanti a quella situazione senza speranza.

Ma poi il suo senso di autoconservazione prese il sopravvento. Non sarebbe stata lì senza far nulla ad aspettare che l'elusivo signor Smith la torturasse di più.

Trascorse alcuni minuti cercando di liberare le mani, ma riuscì solo a ferirsi i polsi. Anche le caviglie erano fissate alle gambe della sedia di legno su cui sedeva. Le luci le facevano male agli occhi, così li chiuse e cercò di pensare.

Il suo telefono era ancora nell'auto, a meno che il signor Smith e sua moglie non lo avessero trovato e rotto. Forse Dane avrebbe potuto trovarla in quel modo. In realtà non aveva detto a nessuno in biblioteca cosa stesse per fare, ma aveva effettuato l'accesso al sistema informatico. Dane era intelligente, forse avrebbe potuto risalire alla sua attività e trovare l'indirizzo.

Buttò fuori un respiro che uscì come un mezzo singhiozzo e una mezza risata. Dane non era un genio del computer. Sì, era intelligente, ma non aveva idea se avrebbe pensato di rintracciarla in quel modo. La compagnia telefonica avrebbe potuto vedere a quali celle si era agganciata. Ma prima che arrivasse a capire di fare tutto quell'iter, sarebbe potuto essere troppo tardi per lei. C'era da immaginarlo che proprio quando non vedeva l'ora di passare la notte con un uomo, avrebbe combinato qualcosa e rovinato tutto.

Rilassando i muscoli del collo, appoggiò la testa allo schienale della sedia. Tenne gli occhi chiusi e fece un respiro profondo, cercando di scacciare le lacrime. Piangere non l'avrebbe aiutata. L'unica cosa su cui doveva contare era il suo cervello. Doveva uscirne in qualche modo. Ma non aveva detto a nessuno dove stesse andando e Dane non sarebbe piombato dentro per salvarla magicamente dalla sua stupidità. Avrebbe dovuto ascoltarlo, ma adesso era irrilevante. Era sola.

CAPITOLO VENTI

«Quindi ha trascorso un po' di tempo al computer, poi è andata via?» chiese Dane. «È possibile vedere cosa stesse guardando?»

Rosie scosse la testa. «Non proprio. Voglio dire, tutti i dipendenti hanno il loro login e sono sicura che qualcuno che ci sa fare con i computer potrebbe riuscirci, ma io non ci capisco nulla.»

«Forse potrei essere in grado di aiutare.»

Dane si voltò verso la porta e vide la donna con cui aveva parlato qualche minuto prima. Si scervellò per ricordare il suo nome e alla fine gli venne in mente: «Bonnie, giusto?»

Lei annuì. «Mi sto specializzando in informatica all'università dell'Idaho. Ho fatto un corso lo scorso semestre sul monitoraggio degli accessi e della pressione dei tasti. Non sono sicura di poter aiutare, ho preso solo una B, ma sono disposta a provarci.»

«A questo punto qualsiasi cosa sarebbe estremamente utile. Esco un attimo a fare una telefonata, ma per favore fatemi sapere se trovate qualcosa» disse Dane alle due donne.

«Certo» rispose Rosie, già concentrata sullo schermo quando Bonnie iniziò a darsi da fare.

Dane compose il numero mentre usciva dalla biblioteca silenziosa. «Dai, dai» mormorò mentre il telefono squillava nell'orecchio.

«Yo! Come va, Fish?»

«Ho bisogno del tuo aiuto.» Non ci girò intorno. Se qualcuno poteva aiutarlo a scoprire in che guaio si era messa Bryn, era Truck con tutti collegamenti che aveva.

«Aggiornami.»

«Bryn è scomparsa. Mi ha informato che stava controllando un indirizzo di qualcuno che aveva preso in prestito alcuni libri in biblioteca, ma non mi ha detto quale fosse. Non risponde alle chiamate, vanno direttamente alla segreteria.»

«Hai chiamato Tex?»

«No. Prima volevo sentire te. Ho davvero una brutta sensazione, Truck.»

«Dammi il suo numero e lo chiamo io.»

Dane glielo riferì subito. Far parlare lui con Tex lo avrebbe lasciato libero di concentrarsi su qualunque cosa stesse succedendo.

«Che auto guida?» gli chiese.

«Un rottame di Corolla degli anni novanta. È irraggiungibile da circa due ore.»

Dane sentì Truck parlare con qualcuno in sottofondo e camminò avanti indietro mentre aspettava che tornasse al telefono.

«Ok, me ne sto occupando, ma c'è un problema. Se potessi, sarei là da te in un batter d'occhio, ma mi hai beccato nel peggior momento possibile. Sai che farei letteralmente qualsiasi cosa per te, fratello, ma in questo momento non posso andarmene.»

Lo stomaco di Dane sprofondò. Aveva pensato che Truck lo avrebbe aiutato. Aveva pensato...

«Ma sto già organizzando con il resto della squadra, saranno in strada tra venti minuti. Stanno venendo lì, Fish.»

«Va tutto bene?» gli chiese Dane. Era preso dalla preoccupazione per Bryn, ma non poteva ignorare i campanelli d'allarme che gli stavano suonando in testa riguardo a ciò che gli aveva detto Truck.

«Ho un appuntamento che non posso perdere. Sai che lo farei se potessi. Ma è letteralmente una questione di vita o di morte. Se non lo faccio oggi, perderò ogni possibilità.» Abbassò il tono della voce. «Mi uccide, cazzo. Mi *uccide* non poter essere lì. Ma ti copro comunque le spalle. Sarò il collegamento con Tex e contatterò la polizia locale mentre la cerchi.»

Non aveva idea di quale potesse essere la questione di vita o di morte di cui parlava il suo amico, ma non era il momento di chiederglielo.

«Dane? Penso di aver trovato qualcosa.»

Le parole arrivarono dalla porta d'ingresso della biblioteca, si voltò e vide Bonnie che gli faceva segno di tornare dentro.

«Resta in linea, Truck.»

«Rimango in ascolto.»

Dane apprezzò il suo amico più di quanto riuscisse a esprimere al momento. Tornò in fretta nella biblioteca e nell'ufficio di Rosie, tenendolo in linea. «Sei riuscita a entrare?»

«Sì» rispose Bonnie. «Ha cercato due libri che erano stati presi in prestito circa due mesi fa. *Progetta e costruisci il tuo bunker antiatomico* e *I pericoli dei fertilizzanti*. Poi ha fatto l'accesso nel database degli utenti per controllare la scheda della persona che li aveva presi. Un certo John Smith.»

«C'è l'indirizzo?»

«Sì, certo.» Lo lesse ad alta voce.

«Hai sentito, Truck?» gli chiese.

«Verifico subito.»

«È lì che dev'essere andata.» Dane si girò verso Bonnie, che ora lo guardava preoccupata. «Grazie. Sono esattamente le informazioni di cui avevo bisogno.»

«Starà bene? La troverai?»

«La troverò» rispose con determinazione. «Grazie.» Si diresse di nuovo verso la porta d'ingresso.

«Chiamo Tex. Gli do le informazioni che hai ottenuto. Nel frattempo, sii intelligente. Porta pazienza e non fare nulla di folle.»

«È là fuori. Ha bisogno di me.»

«E la ritroverai» ribatté Truck. «Fintanto che non perdi la testa. Hai bisogno di informazioni, quindi porta pazienza e aspetta che ti richiami con qualcosa in mano. Non andare a quell'indirizzo da solo. Bryn è una tipa dura. Qualunque cosa stia succedendo, rimarrà lì, aspetta fino a quando non arrivano i rinforzi.»

«Non mi piace» replicò Dane, anche se era qualcosa che Truck già sapeva.

«E a Hollywood non piaceva che Dean avesse preso la sua donna, ma ha lasciato che il team facesse ciò che sa fare meglio.»

Sapeva che Truck aveva ragione. «Aspetterò, ma chiamami nell'istante in cui scoprirai qualche informazione.»

«Lo farò.»

Sospirò sollevato, poi per togliersi il dubbio gli chiese: «Sarai in grado di fare questa cosa e anche portare a termine la tua questione di vita o di morte?»

«Sì. Potrei non essere disponibile per una trentina di minuti circa, ma prima mi assicurerò che la squadra sia lì e pronta ad agire, e che tu abbia tutte le informazioni di cui hai bisogno.»

«Sono in debito con te.»

«Vaffanculo» sbottò Truck. «Non mi devi nulla. Devo chiamare Tex.»

Dane si accigliò quando chiuse la chiamata, ma lascio perdere e andò al suo pick-up. Pensò di controllare di nuovo a casa di Bryn. Magari, per miracolo, era tornata lì e avrebbe potuto richiamare Truck e dirgli di fermare i ragazzi.

Non era così. Dieci minuti dopo, Dane era seduto in auto a fissare senza vederlo l'appartamento. Avrebbe voluto andare all'indirizzo che gli aveva fornito Bonnie, ma sapeva che Truck aveva ragione; gli servivano più informazioni prima di precipitarsi in una situazione potenzialmente instabile. L'ultima cosa di cui aveva bisogno era diventare anche lui un ostaggio.

Quando suonò il telefono, rispose con impazienza, sapendo che era Truck. «Che cos'hai trovato?»

«Niente di buono» replicò senza mezzi termini. «Tex ha verificato l'indirizzo e ha scoperto chi è veramente quell'uomo, non ho idea di come abbia fatto, una delle sue solite magie informatiche immagino. Il suo nome è in realtà Joseph Knox, e figura in parecchi elenchi dei sorvegliati; mancato pagamento di tasse, violenza domestica, aggressione con arma letale e comportamenti da coglione in generale. E questo negli ultimi tre anni. Prima di allora, ha trascorso del tempo all'estero.»

«Cazzo» imprecò Dane.

«Già. È andato a Parigi ed è scomparso. È riemerso due anni dopo in Inghilterra. È stato espulso dopo essere stato arrestato come sospettato in uno degli attentati alla metropolitana che ci sono stati. Non avevano alcuna prova che lo legasse direttamente all'esplosione, così lo hanno rimandato a casa.»

«Gesù. Quindi ha trascorso del tempo con i terroristi laggiù?» chiese sbalordito. «Come diavolo gli hanno permesso di andarsene qui in giro indisturbato?»

«Non c'era nulla che potesse essere dimostrato; viaggiare non è contro la legge» osservò Truck. «Ad ogni modo, è sposato, e i genitori di lei hanno presentato diverse segnalazioni perché pensano che stia facendo il lavaggio del cervello alla figlia, ma i poliziotti non possono fare molto perché ogni volta che la interrogano, lei giura di non venire maltrattata in alcun modo e che il suo posto è vicino al marito. Mi sembra la tipica sindrome di Stoccolma. L'indirizzo di questo tizio è letteralmente nel bel mezzo del nulla e a prescindere da come ti avvicinerai, è probabile che sappia che sei lì prima che arrivi a meno di cento metri dalla proprietà.»

«Pensi che sia una copertura quella del survivalista?» gli chiese.

«Di sicuro» rispose Truck.

«Se si comporta come tale, probabilmente avrà tutto l'allestimento. Dov'è il posto migliore per un bunker all'interno della proprietà?» Dane aveva la sensazione che se Bryn era andata a quell'indirizzo, era proprio lì che lo stronzo l'avrebbe rinchiusa... se non le aveva sparato a vista. Aveva detto che sarebbe solo passata per verificare, ma se Knox aveva un sistema di sorveglianza, l'avrebbe comunque vista. Il pensiero di un terrorista incline al lavaggio del cervello, che teneva prigioniera Bryn gli fece accapponare la pelle.

«Confine sud-ovest della proprietà. Si appoggia su una grande collina con un ruscello nelle vicinanze. Ci sono alberi dappertutto, boschetti qua e là. Abbastanza per avere copertura, ma non sufficienti da nascondere l'intera proprietà. L'auto di Bryn non si vede da nessuna parte, ma c'è una dependance accanto alla casa. Potrebbero averla già nascosta. Hanno avuto tempo.»

«Ci penso io.»

«Aspetta la squadra» gli ordinò Truck.

«Sai che non posso farlo» replicò con voce calma e determinata. «Bryn è là fuori e non so se quel bastando le sta facendo del male. Se si sente superiore alle donne, non prenderà bene la sua intelligenza e probabilmente Smalls non riuscirà a tenere la bocca chiusa. Lei è così. Non dirmi di aspettare.»

«Ha preso in prestito dei libri sui fertilizzanti» incalzò Truck. «È per quello che Bryn ha sentito il bisogno di vedere se l'indirizzo esisteva, in primo luogo. Ma nel caso avessi dimenticato il tuo fottuto addestramento, significa che potrebbe farla saltare in aria prima che tu riesca ad avvicinarti a lei, se si sentisse minacciato.»

«Cazzo!» imprecò Dane.

«Ascoltami, Fish» gli ordinò. «Sono un tuo superiore, cazzo! Farai ciò che dico, capito?»

«Ha preso Bryn.» Il tono della sua voce era sommesso e straziato.

«Lo so. Ma ci sono sei degli uomini di cui mi fido di più al mondo che stanno venendo da te. Non lasceranno che le succeda qualcosa, ma devi permettere loro di arrivare per aiutarti. Hai capito?»

«Sì.»

«Ti fidi di me?»

«Sì» ripeté.

«Ti fidi di *loro*?»

Fece un respiro profondo e disse: «Sì» mentre lo buttava fuori.

«Bene. Ho parlato con Fletch. Abbiamo discusso del modo migliore di agire. Stanno studiando le mappe satellitari in modo da conoscere la conformazione della proprietà. Quando entrerai lì dovrai cavartela da solo e improvvisare, ma avrai sei uomini che ti coprono le spalle. Ricorda, il tuo compito è trovare Bryn. E solo Bryn. Hai capito, Fish? Porta fuori l'ostaggio. Lascia tutto il resto al team.»

A Dane piaceva quella parte del piano. «Posso farlo.»

«Ottimo. Fletch ti contatterà non appena atterreranno. Ti darà un tempo d'arrivo previsto. Il tuo compito sarà quello di distrarre Knox il più possibile. Dì qualsiasi cosa sia necessaria e fa' qualsiasi cosa serva.»

«Hai qualche idea? L'ultima cosa che voglio è che faccia esplodere prematuramente qualsiasi maledetto fertilizzante abbia immagazzinato lassù.»

Truck rimase in silenzio per un momento, poi disse: «La cultura islamica impone che gli uomini siano superiori alle donne, e ciò mi ha dato un'idea di come potresti entrare lì e far uscire la tua Bryn senza iniziare la terza guerra mondiale o che Knox faccia esplodere quella cazzo di montagna.»

«Dimmi tutto» ordinò Dane.

I due uomini passarono alcuni minuti a discutere l'idea di Truck e a perfezionarla. Vagliarono possibili scenari e il modo migliore per approcciare quell'uomo estremamente instabile senza farlo andare fuori di testa.

Quando ebbero deciso il piano, Truck disse: «Fish...»

«Sì?»

«Mi incazzerò davvero tanto se ti farai ammazzare. Non ho passato un'ora a tenerti insieme il braccio per permetterti di andare a morire nel mezzo dell'Idaho.»

Dane ridacchiò, ma non era un suono divertito. «Non prometto nulla. Bryn è tutto ciò che conta.»

«Fanculo. Ascoltami, sergente» ordinò, ovviamente sapendo che il suo tono era abbastanza duro da ottenere ancora una volta l'attenzione di Fish. «Non puoi aiutarla se entri lì incazzato o preso dall'emozione. Lascia fuori quella merda, *ora*. Usa la testa. Sei più intelligente di così, e da quello che mi hai detto, lo è assolutamente anche lei. Non puoi battere Knox se entri lì ad armi spianate. È quello che si aspetta. Devi superarlo in astuzia. È l'unico modo per far uscire da quella situazione Bryn, e anche te. Blocca le tue emozioni e fai ciò che abbiamo pianificato. Il tuo team ti copre le spalle. Capito?»

Dane fece un respiro profondo. Truck aveva ragione. Per

quanto lo facesse incazzare, aveva ragione. «Quel tizio non prenderà bene che gli sbirri entrino nella sua proprietà. Vuole mantenere segreto dove si trova e cosa sta facendo. Ha usato il suo vero indirizzo nella fottuta richiesta della tessera della biblioteca, anche se ha usato un nome falso. Non è molto intelligente, ma lo è abbastanza da avere un piano pronto nel caso in cui qualcuno ficchi il naso... come ha fatto Bryn. Odia qualsiasi tipo di autorità. Se la polizia locale si avvicina, perderà la testa.»

«Sono d'accordo. Saranno in posizione lontano dalla casa. Agirete tu e il team. Questo è tutto. Non saprà nemmeno che ci sono i poliziotti fino a quando non sarà troppo tardi per lui per fare qualcosa.»

«Bene.»

«Vorrei tanto poter essere lì» disse in tono sommesso Truck.

Dane aveva avuto un po' di tempo per pensare mentre aspettava che lo richiamasse; c'era solo una cosa che gli avrebbe impedito di andare in Idaho con il resto della squadra. Solo una persona.

«Devi farla sentire al sicuro» gli disse con fermezza. «Bryn verrà sempre per prima nella mia vita. Sempre. È come dovrebbe essere. Le nostre donne dovrebbero sempre venire per prime. Capisco, Truck. Non devi dirmi altro.»

«Grazie, fratello.» La voce di Truck era roca, come se stesse trattenendo una forte emozione.

«Devo tornare a casa e cambiarmi» gli disse Dane. «Chiamerai per aggiornarmi?»

«Certo.»

«A più tardi.»

«A dopo.»

Dane chiuse la chiamata, la sua mente era già in modalità battaglia, considerando le sue opzioni e il modo in cui se la sarebbe giocata nella proprietà di Knox. Non aveva mentito a

Truck. Aveva bisogno di andare a casa. Doveva prendere una cosa, e i vestiti che indossava al momento non sarebbero andati bene. Non per quello che doveva essere fatto.

«Tieni duro, Smalls. Sto venendo a prenderti» sussurrò mentre guidava il pick-up lungo la Main Street, verso casa.

CAPITOLO VENTUNO

BRYN NON RIUSCIVA a liberarsi dalle manette; ci aveva provato in continuazione senza successo. Per la prima volta nella vita, era senza parole. Non aveva un fatto astruso nel suo cervello in attesa di essere spifferato, e non sapeva cosa avrebbe potuto dire per convincere chiunque la tenesse prigioniera, di essere davvero una vittima innocente. Aveva supplicato l'uomo senza concludere niente di buono. Non sapeva da quanto tempo fosse lì, ma ormai dovevano essere passate delle ore.

«Per chi stai raccogliendo informazioni?»

«Non lavoro per nessuno, lo giuro! Mi sono solo persa.»

Le arrivò un'altra secchiata d'acqua in faccia da un punto dietro il grande riflettore, facendola sputacchiare e quasi soffocare. Era bagnata fradicia da tutta quella che le avevano versato addosso, non era al livello del waterboarding ma, in quel momento, sembrava altrettanto efficace. Era pronta a dire qualunque cosa l'uomo volesse sentire. Purtroppo, non aveva idea di cosa fosse. Aveva freddo, e mentre rabbrividiva, cominciò a pensare che non sarebbe riuscita a uscirne viva.

«L'hai detto, ma non ti credo. Lavori in biblioteca, quindi

probabilmente hai cercato e scoperto tutto sul mio ultimo progetto. Lavori per il governo? Stronzi. Le persone che amministrano questo Paese non ne hanno idea. Mi stai spiando per loro? Lavori per l'FBI? Cerchi di scoprire come dimostrerò quanto sono tutti vulnerabili in questo Paese? Vengono stabilite regole per proteggere i leader, non la gente comune. Non gliene frega niente di noi. Quando inizieranno a cadere le bombe nucleari dove pensi che si nasconderanno? Esatto, saranno al salvo nei loro bunker, e ci lasceranno tutti in balia di noi stessi. Be', sono quasi pronto per dimostrarlo. Per far vedere alle persone, almeno quelle qui intorno, come sarà in futuro. Poi quando...»

Continuava a parlare, ma Bryn smise di ascoltarlo. Aveva sentito così tante volte i suoi sproloqui, che avrebbe potuto ripeterli parola per parola. Era ovvio che quell'uomo fosse un estremista. Uno di quelli su cui l'avevano messa in guardia. E aveva un bunker pieno di bombe artigianali che stava progettando di far esplodere a Coeur d'Alene. Voleva dimostrare quanto fosse facile distruggere la società.

Bryn non vedeva altro che l'area di due metri per due intorno alla sua sedia, perché i riflettori le impedivano di vedere oltre, e non aveva più visto nemmeno l'uomo o sua moglie da quando si era svegliata. Aveva solo sentito le loro voci.

Voci che avevano posto ripetutamente le stesse domande. Aveva provato a parlare con loro come se fossero dei colleghi scienziati, poi era ritornata a far finta di essersi persa. Poi aveva cercato di distrarlo ponendo domande sulla fine del mondo, su cosa sarebbe successo se le bombe nucleari fossero state lanciate in quell'area, per provare a fargli sentire il potere che pensava di avere... ma non c'era stato nulla che avesse funzionato. In realtà, l'unica cosa che volevano era che dicesse di essere una spia del governo, mandata sulla loro proprietà a ottenere informazioni per farli arrestare. E non l'avrebbe detto, poiché probabilmente l'avrebbero uccisa nel momento in cui le parole fossero uscite dalla sua bocca.

All'improvviso, giunse da qualche parte nelle vicinanze un leggero suono intermittente.

«Cazzo! È l'allarme perimetrale. Sapevo che stava mentendo! Andremo solo a vedere con chi ti eri accordata di incontrarti qui. Non muoverti» disse, facendo una risata crudele.

«No, aspettate!» gridò Bryn, ma era troppo tardi. La coppia se n'era andata.

In preda al panico, strattonò ancora più forte le manette. Se Dane l'avesse in qualche modo trovata, avrebbe potuto trovarsi in guai più seri di lei. Probabilmente sarebbe stato armato fino ai denti e, sebbene odiasse ammetterlo, con una sola mano era svantaggiato.

Quando tutti i suoi sforzi non fecero altro che stancarla, Bryn si accasciò. Se a Dane fosse successo qualcosa di brutto a causa sua, non si sarebbe mai perdonata.

Dane parcheggiò il pick-up e toccò il mini auricolare inserito nell'orecchio. Ricevette un clic in risposta, che significava che il team era in posizione e pronto a muoversi non appena lo avesse fatto lui. Era passato troppo tempo da quando Truck gli aveva detto che la squadra stava arrivando, ma era riuscito a trattenersi dal recarsi a quell'indirizzo... a malapena.

Sapendo che Fletch e gli altri erano lì intorno, pronti a intervenire, scese dall'auto, quasi aspettandosi che qualcuno gli sparasse non appena fuori. Quando non accadde nulla, fece un passo avanti, poi si fermò. Avrebbe aspettato che il misterioso signor Knox andasse da lui, piuttosto che il contrario. E Dane non aveva dubbi che l'uomo fosse al corrente del momento in cui era entrato nel suo territorio. Non aveva visto sistemi di allarme o trappole esplosive, ma l'istinto gli diceva che c'erano. Se questo tizio fabbricava bombe, sarebbe stato pronto per chiunque fosse entrato nella sua proprietà, consapevolmente o meno.

Notò subito le due persone che si muovevano furtive tra gli alberi da sud-ovest, proprio come aveva immaginato il team. Quella gente probabilmente a volte viveva nella casa sgangherata accanto a dove si trovava lui, ma era quasi sicuro che trascorressero la maggior parte del tempo nel bunker, dove fabbricavano anche gli esplosivi. E dove forse stavano tenendo Bryn.

Le due persone si spostarono dall'altra parte della casa e comparvero venti secondi dopo, entrambe armate con un fucile da caccia. «Chi cazzo sei?»

Dane alzò le braccia per mostrare che era disarmato. «Mi chiamo Dane Hartwell. Sto cercando mia moglie.»

Come sperava, le sue parole li fecero fermare. Aveva volutamente usato il cognome di Bryn per dare credibilità alla sua storia. Se fossero stati sposati avrebbero avuto lo stesso cognome. Era probabile che lei avesse detto loro il suo, quindi sperava che servisse a dimostrare che era davvero chi diceva di essere.

Il piano elaborato dal team era rischioso, ma Dane pensava che avrebbe potuto funzionare. Sulla base delle informazioni che aveva trovato Tex, Knox era un tipo all'antica. Aveva trascorso del tempo in Iraq con i talebani, vivendo con loro. Credeva che le donne non avessero niente da dire quindi, la sua parte nel piano di salvataggio era incentrata su quello.

Si era messo una vecchia uniforme che aveva da prima dell'incidente. Era una mimetica, stropicciata e sporca. L'aveva impacchettata e messa via non volendo vederla mai più, ma si era reso conto che se voleva sembrare "uno di loro" agli occhi di quell'estremista, avrebbe dovuto vestirsi per la parte. Si era legato una fondina vuota sulla coscia, lasciando apposta la pistola nel pick-up e aveva messo la protesi che non usava quasi più quando era con Bryn.

Prima di quel giorno, non aveva pensato molto all'impressione che poteva fare agli altri, ma mentre stava parlando con Truck, aveva capito che era proprio ciò che gli sarebbe servito in quella situazione. Era ovvio viste le sue azioni al ricevimento di nozze di Fletch, che avrebbe potuto essere altrettanto micidiale anche senza la protesi, ma per quell'operazione avrebbe indossato il braccio con i ganci. Si era tirato su la manica della mimetica per assicurarsi che fosse ben visibile e riconoscibile per ciò che era.

«Tua moglie? L'hai persa per strada?»

Felice che la sua intuizione sembrasse corretta, Dane continuò con tono irritato. «Sì. La stronza è troppo curiosa. Le *dico* in continuazione di farsi gli affari suoi, ma non è molto obbediente. È ovvio che debba lavorarci meglio.»

L'uomo non si avvicinò di più, ma abbassò il fucile puntando la canna verso il suolo invece che contro di lui. Allungò la mano per abbassare anche quella della donna accanto.

«Non sto dicendo che so dove si trova, ma mi sembra che tu debba imporle più disciplina. Sai come si dice, *chi risparmia il bastone odia suo figlio* eccetera.»

Dane ridacchiò. «Sir Thomas Moore una volta ha detto che se stasera ti lasci calpestare i piedi da tua moglie, domani ti calpesterà la faccia.»

Pensò di essersi spinto troppo oltre quando l'uomo lo guardò confuso. Avrebbe dovuto essere più diretto. Ricordando una conversazione che lui e Bryn avevano avuto in passato, e quanto fosse rimasta indignata dalle informazioni ricercate, decise di usare quelle nozioni e si mise un ghigno in faccia.

«Sai cosa c'è che non va in questo Paese? Ci sono troppe

fottute leggi che vanno contro un uomo che fa ciò che è nato e obbligato a fare. Come diavolo possiamo essere uomini e responsabili delle nostre famiglie, quando le donne vanno in giro a piangere per i loro diritti. È per questo che ci siamo trasferiti nel cazzo di Idaho. Volevo insegnarle come essere una buona moglie. Vedo che sei un *vero* uomo, che sa prendere in mano la situazione. Sapevi che in India il governo ha aggiunto una clausola, tacita, alla loro legislazione, che dice che qualsiasi tipo di rapporto sessuale tra un uomo e sua moglie, che lei lo voglia o no, non è stupro? *Quello* sì che è un governo che sosterrei. In Libano, se un uomo sposa una donna che ha rapito, non può essere perseguito.»

Trattenne il respiro quando l'altro non rispose subito, ma fu più sollevato di quanto credesse quando alla fine annuì. «Come hai perso la mano?» chiese Knox strascicando le parole.

Dane abbassò piano le braccia da sopra la testa e le incrociò al petto, assicurandosi che il gancio fosse chiaramente visibile. La donna scomparve dopo che Knox le fece un cenno con la testa. Sperava proprio che non stesse girando intorno a lui per aggredirlo da dietro. Se così fosse stato, la squadra si sarebbe occupata di lei.

Come se Hollywood potesse leggergli nella mente, sentì "le sto addosso" nell'auricolare. Dane si rilassò un poco. Ora poteva concentrarsi completamente su Knox e non sul guardarsi alle spalle.

«Per quel cazzo di governo, ecco come. Mi sono arruolato nell'esercito perché pensavo di proteggere la libertà. Gli stronzi hanno messo una *donna* nella mia squadra. Una stupida troia che non sapeva cosa stesse facendo. Mi ha quasi fatto uccidere. È andata in panico l'attimo in cui i proiettili hanno iniziato a volare. Ha urlato e fatto un casino, rivelando così la nostra posizione e di conseguenza ci è arrivata una cazzo di granata nel culo. Abbiamo sentito il colpo e la maledetta stronza mi ha spinto via per la fretta di uscire dalla tenda.» Fece una pausa drammatica, poi continuò: «È stato peggio per lei, perché è corsa dalla parte sbagliata... dritta verso un gruppo di loro. Ha avuto quello che si meritava, idiota del cazzo.»

Dane quasi soffocò dicendo quelle parole, ma se avesse ottenuto ciò che voleva – vale a dire Bryn sana e salva – avrebbe detto qualunque cosa servisse. Mandò delle scuse silenziose a tutte le donne con cui era stato in servizio. Non solo erano coraggiose e degne di fiducia, ma anche sue amiche.

«Allora... hai la mia donna?» gli chiese in tono bellicoso. «È una rompipalle, ma sa scopare bene. Una gattina selvatica parecchio kinky. Le piace prenderlo nel culo.» Scrollò le spalle come se non fosse chissà cosa. «È per questo che ho tollerato il suo comportamento scorretto. Ora non più, però.»

«Sì. Ce l'ho.»

Il sollievo che Dane provò lo fece quasi cadere in ginocchio, ma non mostrò alcuna emozione. «Le ho detto mille volte di non lasciare la città, di farsi gli affari suoi. Le piace andare in giro a guardare le case, è da stupidi dato che ne abbiamo già una. Mi scuso sinceramente per lei. So che hai il diritto di punirla, ma vorrei occuparmene io... se capisci cosa intendo. Ho anche già in mente cosa fare.»

«Cosa?»

Dane non avrebbe voluto inventarsi nulla, gli dispiaceva per la moglie di Knox che probabilmente avrebbe dovuto affrontare ciò che stava per dire se il bastardo fosse uscito vivo da quel casino, ma Bryn al momento era la sua preoccupazione principale. «Hai mai usato la privazione sensoriale per aiutare a correggere il comportamento della tua donna?»

«No. Non posso dire di averlo fatto.»

«Funziona che è una meraviglia. Mettila in un armadio o in una piccola stanza. Legale le mani dietro la schiena e bendala. Poi le metti le cuffie alle orecchie e un bavaglio sulla bocca. Non riuscirà a sentire, vedere, toccare nulla o parlare. Lo giuro su Dio, ci vogliono solo cinque minuti prima che, non solo accetti di fare ciò che vuoi, ma ti implorerà di avere quell'opportunità.»

«Interessante.»

Odiò lo sguardo di eccitazione malata che spuntò sul viso dell'altro uomo.

«Potrei essere disponibile a restituirtela. Ce l'hai da tanto?»

«No. Non abbastanza a lungo da averla completamente addestrata, ovvio, anche se ci sto lavorando.»

«Cosa ci guadagno se ti lascio avere un'altra possibilità di renderla obbediente?»

«In cambio della tua... generosità, ho un bel po' di kit di rilevamento di agenti chimici e di decontaminazione M295 nel mio pick-up.»

Vide gli occhi dell'uomo illuminarsi di interesse persino dai circa sei metri di distanza in cui si trovava. Era ovvio che sapesse quanto fosse difficile ottenerli. L'esercito non permetteva che venissero venduti, per il momento erano utilizzati solo dalle forze militari.

«Quanti?»

«Una scatola piena.»

«Come hai fatto a procurarteli?»

«Ho ancora alcuni contatti con la mia vecchia compagnia» gli disse Dane. «Ho amici che la pensano come noi che fanno parte di un'unità chimica biologica. Me li hanno inviati, sapendo che sto costruendo il mio... posto... qui in Idaho. Quando le cose si metteranno male, quando questo fottuto Paese crollerà sotto la sua stessa merda perché i maledetti politici non hanno idea di come mantenere il controllo sui cittadini, volevo essere in grado di proteggere me stesso e i miei figli.»

«Non le tue figlie?» gli chiese Knox.

«Fanculo a loro. Sono solo delle sforna bambini.» Dane cercò di non battere ciglio a quelle parole. Lanciando delle scuse al cielo per ogni futura figlia che avrebbe potuto avere, trattenne il respiro, sperando con tutto se stesso che funzionasse. In caso contrario, non era sicuro di cos'altro avrebbe potuto fare. Non aveva più assi nella manica.

La porta dell'ampio garage si aprì e uscì la Corolla di Bryn, guidata dalla donna di Knox.

Il survivalista guardò Dane, poi il pick-up, poi di nuovo Dane, considerando la sua offerta. Alla fine, disse: «Affare fatto. Aspetta qui.»

Annuì e portò la mano nella tasca davanti dei pantaloni. Aveva un coltellino tascabile ma sperava che, dopo tutto, non avrebbe dovuto usarlo. «Te ne sono riconoscente.»

Non aveva ancora ottenuto il via libera dalla squadra, quindi avrebbe dovuto continuare con la farsa. Finora sembrava che avesse funzionato, ma aveva bisogno di allontanare Bryn dal bunker e dagli esplosivi che erano sicuramente dentro. Non potevano correre il rischio di scoprire che quel pazzo bastardo aveva sistemato un dispositivo di detonazione a distanza.

L'uomo scomparve di nuovo dietro l'angolo della casa principale e Dane non guardò nella direzione in cui sapeva sarebbe andato... nel suo bunker nascosto e, si sperava, a prendere Bryn.

La donna scese dall'auto e tornò sul lato della casa, prese il fucile che l'uomo aveva appoggiato lì e attese, fissandolo con uno sguardo vuoto, in silenzio.

Dane avrebbe voluto dirle qualcosa, magari di allontanarsi da suo marito, che i suoi genitori erano preoccupati per lei, ma tenne la bocca chiusa. Con la sua fortuna, Knox aveva un microfono nascosto da qualche parte e avrebbe potuto sentire. Non doveva far nulla che potesse mettere a repentaglio la riuscita della missione. Bryn era il suo unico obiettivo.

Dopo dieci minuti carichi di tensione, Knox tornò alla casa attraverso il campo dietro la proprietà. Teneva Bryn per il braccio e la stava trascinando di buon passo verso di lui. Le aveva messo un sacchetto in testa per impedirle di vedere dove stesse andando e le mani erano ammanettate dietro la schiena, ma stava camminando – be', incespicando – e sembrava stare bene. Dane non si era mai sentito così sollevato in tutta la sua vita.

Sentì il clic nell'auricolare che gli fece capire che la squadra era lì e in posizione. Il bunker era stato messo in sicurezza, Knox non avrebbe potuto correre lì e chiudersi dentro. Però esisteva ancora la preoccupazione se avesse o meno un detonatore a distanza.

Lasciando il comando della situazione all'altro uomo, Dane rimase in silenzio.

Bryn fu trascinata verso la casa ma ancora lontano da lui. «Prima i kit di decontaminazione. Poi potrai avere la tua donna.»

Annuì, non aspettandosi niente di meno. Aveva ricevuto i kit la settimana prima da Truck. Erano destinati al signor Jasper per aver permesso loro di visitare il suo bunker, ma grazie a Dio non era ancora riuscito a portarglieli. La situazione sarebbe stata molto più complicata senza. Dane non si era fatto scrupoli a decidere di darli all'uomo pericoloso che aveva di fronte. Nessuno. Anche se avesse pensato che il bastardo non sarebbe stato punito per ciò che aveva fatto a Bryn o per essere un terrorista nemico della sua gente. Se ciò significava che lei sarebbe stata al sicuro, avrebbe consegnato un camion carico di missili.

Dane si avvicinò al suo pick-up come se avesse tutto il tempo del mondo e non gli importasse che la sua donna venisse maltrattata. Sapeva di poter facilmente mettere fuori combattimento sia l'uomo, sia la moglie, ma non poteva farlo senza avere la garanzia che nessuno dei due facesse del male a Bryn. Quindi recitò la sua parte, soddisfatto che i Delta non avrebbero permesso a quel terrorista di passarla liscia per ciò che aveva fatto e per qualsiasi cosa stesse pianificando di fare ai suoi connazionali. Ricordò quello che gli aveva detto Truck. Bryn era il suo unico obiettivo, avrebbe lasciato che i Delta si occupassero di Knox e degli esplosivi.

Aprì la portiera posteriore del pick-up e prese la grande scatola di cartone con la mano destra, bilanciandone il fondo con il gancio della protesi. Chiuse la portiera con un fianco e portò la scatola verso l'uomo.

Quando fu a qualche metro di distanza, l'altro sbraitò: «Fermati lì. Posala.»

Fece come richiesto e indietreggiò di qualche passo.

L'uomo fece un cenno alla moglie e lei andò a prendere la scatola, trascinandola fino al marito. L'estremista si chinò e la aprì per assicurarsi che contenesse davvero i kit di decontaminazione. Felice di vedere che c'era esattamente ciò che gli era stato promesso, andò verso Dane tirandosi dietro Bryn.

Quando fu più o meno a un metro da lui si fermò e aprì le manette intorno ai suoi polsi. Poi la spinse forte. Lei inciampò, e sarebbe caduta se Dane non avesse allungato la mano per prenderla. La afferrò sul bicipite come aveva fatto l'altro e annuì. «Apprezzo che ti sia preso cura della mia proprietà.»

Sentì Bryn rabbrividire. Era bagnata e tremante, ma per fortuna tenne la bocca chiusa. *Resisti, tesoro.*

«La punirai adesso?»

Vedendo il luccichio malato nei suoi occhi, che gli fece capire che si eccitava a vedere soffrire le donne, Dane scosse la testa e disse con più disinvoltura possibile: «Naa. Credo che lo terrò in serbo per quando torneremo a casa. Le serviranno più di cinque minuti per imparare la lezione, se capisci cosa intendo. Inoltre, ho bisogno che sia in grado di guidare. Sembra che tu l'abbia resa abbastanza docile per ora. Mi pare ovvio che la *tua* donna sia ben addestrata. Non vedo l'ora che anche lei» scosse il braccio di Bryn per enfatizzare «impari a stare al suo posto, il che significa tenere la bocca chiusa e non pensare.»

«Tienila stesa sulla schiena e poi picchiala. La terrà impegnata.»

«Oh, sì, rimarrà incatenata al mio letto per il prossimo futuro, questo è certo. Grazie ancora per la tua... ospitalità. Sono sicuro che non ti offenderai se ti dico che spero di non incrociarti di nuovo.»

L'altro uomo annuì.

Per non prolungare i saluti, portò Bryn di gran passo sul lato del guidatore della sua auto. Non voleva altro che farla salire nel pick-up e andarsene da lì, ma se davvero non voleva incontrare di nuovo Knox, non poteva lasciare lì la sua macchina. Bryn avrebbe dovuto guidarla per portarla via... e Dane lo odiava con ogni fibra del suo essere.

Infilò la mano destra sotto il sacchetto di tela che aveva sulla testa, le afferrò i capelli bagnati fradici nel pugno e glielo tolse con il gancio della protesi. Poi le mise il gancio freddo sotto il mento, più che consapevole che l'uomo e sua moglie lo stavano ancora osservando, avvicinò il viso a quello di Bryn e mise in scena lo spettacolo che sapeva Knox si aspettasse.

«Mi hai disobbedito per l'ultima volta, donna. Sei fortunata che mi sia preso il disturbo di venire a prenderti. Avrei dovuto lasciarti qui. Mi sei costata un sacco di kit di decontaminazione. Pagherai per questo. Porta il culo in macchina e seguimi fino a casa. Goditi il viaggio, perché questa è l'ultima volta che lo farai per molto tempo. Ti picchierò fino a farti perdere tutta quella curiosità, fosse l'ultima cosa che faccio. Capito?»

Bryn lo guardò con gli occhi iniettati di sangue ma non

esitò nemmeno un secondo. Portò le braccia sui suoi fianchi e disse con un tono di voce basso e sottomesso: «Sì, signore. Mi dispiace per tutti i problemi che ho causato.»

La mano di Dane si contrasse tra i suoi capelli a quelle parole. Tremava e sembrava spaventata, ma stava mantenendo la calma. Aveva capito esattamente ciò che stava facendo. Che stava recitando. Che quello che avrebbe voluto davvero fare era prenderla tra braccia e non lasciarla andare mai più. Almeno sperava che lo capisse.

«Dovrei restituirti a tuo padre. Si vergognerebbe di quanto sei inadeguata. Ma mi piacciono le sfide. Penso che seguirò il consiglio del nostro amico e ti terrò sulla schiena per il prossimo mese. Forse posso scoparti fino a obbligarti a obbedire.»

Bryn si leccò le labbra, ma non disse nulla. Annuì e basta.

Decidendo di aver fatto abbastanza scena e sapendo che dovevano andarsene da lì in modo che i Delta potessero fare il loro lavoro, la lasciò andare e si allontanò all'improvviso. Lei barcollò e, se fosse caduta a terra, sarebbe stato un disastro; Dane non sarebbe stato in grado di impedirsi di afferrarla e tenerla contro di lui. Per fortuna riuscì ad aggrapparsi alla portiera aperta della macchina, tenendosi in equilibrio e restando in piedi.

Cazzo, aveva i nervi d'acciaio. L'amava. Ogni centimetro di lei. Era stata rapita, era spaventata a morte e bagnata fradicia – Dane non sapeva perché lo fosse, ed era sicuro che quando l'avrebbe scoperto sarebbe stato fuori di sé – ma era la persona più forte che avesse mai incontrato. Era unica. Non aveva mai pensato di trovare una donna che potesse sopportarlo e che lo capisse... ma era successo. Bryn era sua.

«Resta attaccata al mio paraurti. Se ti allontani di un metro, ti picchierò ancora più forte quando torneremo a casa.»

«Sì, signore. Non ti perderò di vista.»

Dane annuì e si voltò. Dio, aveva bisogno di stringerla ma doveva portare a termine quella farsa. Nel giro di qualche minuto l'avrebbe avuta tra le braccia, lei stava dicendo tutte le cose giuste, non poteva rovinare tutto adesso.

Senza guardarsi indietro per assicurarsi che facesse come le era stato detto, si avvicinò al pick-up e saltò dentro. Fece un cenno col mento a Knox e girò la chiave nell'accensione. Fece inversione e percorse il lungo vialetto di ghiaia, guardando lo specchietto per assicurarsi che Bryn fosse dietro di lui.

Era così vicina che non riusciva a vedere il suo paraurti. Stava facendo proprio come le aveva ordinato. Sapeva che non era perché le aveva chiesto di farlo, più perché aveva paura, ma era molto orgoglioso di lei per non essere crollata davanti al vero pericolo.

Vide anche tre uomini che si avvicinavano rapidamente dietro a Knox e sua moglie, mentre erano distratti dai veicoli che lasciavano la proprietà.

Dane si rese conto che non aveva desiderato nemmeno una volta di essere lì con i Delta. Aveva finito di essere un soldato. Aveva cose più importanti da fare... come amare Bryn Hartwell.

Guidò per quelli che sembrarono i dieci minuti più lunghi della sua vita fino a quando incontrò un posto di blocco della polizia in mezzo alla strada. Sapendo che i poliziotti avevano disposto un perimetro di sicurezza, ben lontano dalle eventuali conseguenze che sarebbero potute verificarsi se fosse stata fatta esplodere una bomba, Dane fermò bruscamente il pick-up nel mezzo della strada sterrata; sbatté con forza il piede sul freno e aprì la portiera. Arrivò alla macchina di Bryn prima di rendersi conto di essersi mosso e poi, finalmente, la prese tra le braccia.

CAPITOLO VENTIDUE

BRYN SI AGGRAPPÒ a Dane come se fosse l'unica cosa tra lei e la morte certa... e lo era stato. Lo sapevano entrambi. Non sarebbe riuscita sfuggire dal bunker dove John Smith – o Joseph Knox, da quello che aveva detto Dane – e sua moglie l'avevano rinchiusa. Avrebbe potuto benissimo essere prigioniera a Fort Knox, il famoso deposito del Kentucky utilizzato per conservare gran parte delle riserve d'oro degli Stati Uniti.

A ogni sfuriata e insulto ricevuti, aveva capito di essere in guai seri. Non era riuscita a usare la sua parlantina per tirarsene fuori, ci aveva provato, ed era stata tanto, tanto stupida a pensare di poter andare nella proprietà di Knox e non subire conseguenze.

Dane glielo *aveva detto*, ma non gli aveva dato ascolto, pensando di sapere più cose di lui riguardo allo stile di vita dei survivalisti, grazie alle sue ricerche. Bryn sapeva che a volte non usava il buonsenso, e di solito non la disturbava, ma il fatto di aver messo in pericolo non solo la sua vita ma anche quella di Dane, era terrificante.

Quando Knox l'aveva lasciata sola l'ultima volta, era stata sicura che una volta tornato avrebbe iniziato a torturarla con metodi sempre più dolorosi. L'acqua ghiacciata era stata spiacevole, ma niente in confronto a quello che pensava avesse pianificato. Aveva visto un cavo elettrico vicino a lei, senza dubbio lo avrebbe usato per folgorarla se Dane non l'avesse trovata.

Ma una volta tornato nel bunker, le aveva solo messo un sacchetto in testa costringendola a camminare accanto a lui. Nell'attimo in cui aveva sentito la voce di Dane, invece di essere sollevata si era spaventata, per il timore che a causa sua sarebbe stato *ucciso* insieme a lei.

Invece l'aveva presa per un braccio impedendole di sbattere la faccia a terra, dicendo che era una sua proprietà, e Bryn aveva capito esattamente il suo piano. Aveva sentito come Knox si rivolgeva alla moglie, e capito che pensava che le donne fossero inferiori a lui, così quando Dane l'aveva indicata come una sua proprietà, sapeva quale sarebbe stato il suo ruolo: stare zitta lasciandogli condurre il gioco, proprio come aveva fatto quando erano andati a visitare l'altro survivalista.

Le parole che le aveva rivolto prima che se ne andassero avrebbero dovuto sembrare minacciose, ma guardandolo negli occhi aveva visto solo tenerezza nei suoi confronti, accettando di conseguenza ogni parola uscita dalla sua bocca, senza provare nemmeno per un secondo il desiderio di fare domande o dire qualcosa.

Non avrebbe voluto guidare, tremava così tanto che non era sicura di riuscirci ma sapeva bene, come Dane, che non avevano altra scelta, doveva fare la sua parte. Così, dopo aver fatto un respiro profondo era rimasta attaccata il più possibile dietro al pick-up.

E ora si trovava tra le sue braccia.

Niente era stato così bello in tutta la sua vita.

Niente.

Dane cercò di scostarsi ma lei si aggrappò con più forza, non volendo che si allontanasse. Avrebbe voluto dire tante cose, ma non riusciva a pronunciare nemmeno una parola. Per fortuna la strinse di più invece di lasciarla andare. Era chinato su di lei e la teneva contro di sé, poi all'improvviso si raddrizzò completamente ed essendo molto alto, Bryn si ritrovò sollevata da terra. Ma non disse una parola, si limitò ad aggrapparsi più forte all'uomo che amava mentre la trasportava verso una delle tante macchine della polizia che bloccavano la strada davanti a loro.

Lo amava. Probabilmente da quando si era presa cura di lui quando era ubriaco. Inoltre, le aveva dimostrato davvero tante volte negli ultimi due mesi che la apprezzava per quello che era, anche la sua mania di esporre fatti casuali e tutto il resto. L'aveva cercata quando si era messa nei guai. Non sapeva cosa provasse per lei, ma non lo avrebbe lasciato andare senza combattere.

Dane stava parlando con qualcuno, ma non le importava chi fosse o cosa stessero dicendo. Lo sentì sedersi e sollevarle le gambe in modo da metterla a cavalcioni sulle sue, sospirando contento e stringendola tra le braccia quando lei gli si rannicchiò contro.

«Grazie. Lo apprezzo.»

Bryn sussultò quando qualcuno le avvolse una coperta intorno alla schiena.

«Tranquilla, Smalls. È solo una coperta. Stai tremando.»

Era vero. Non riusciva a smettere. «Non so perché. Non ho tanto freddo.»

«È lo shock tesoro.»

«Sta bene?»

Non riconobbe la voce, ma sentì Dane toglierle la mano destra dalla schiena probabilmente per porgerla alla persona con cui stava parlando.

«Presto lo starà. Dane Munroe.»

«Jason Briggs, FBI.»

«Sa cosa sta succedendo laggiù?» chiese Dane.

«Ne sono consapevole» fu la risposta. «Sto solo aspettando il via libera per andare lì.»

L'agente portò una mano sull'auricolare. Dopo un momento, annuì e disse loro: «Sembra che Knox e sua moglie siano stati immobilizzati.»

«Secondo le mie fonti, quest'area è una polveriera. Non sono sicuro che il Dipartimento di polizia di Rathdrum debba occuparsene da solo» disse sottovoce a Briggs.

«Sono d'accordo. E sono abbastanza sicuro che lo sia anche il capo della polizia di Rathdrum, dopo quello che è successo. Sorvegliavamo quest'area da un po' di tempo.»

«Direi che servirebbe meno sorveglianza e più azione» rispose Dane spazientito.

Bryn alzò la testa per la prima volta e si voltò per rivolgersi all'agente. «H-ha del fertilizzante. Tanto. Vuole p-portarlo in città e far saltare in aria delle cose. Non so quali o d-dove, ma me lo ha detto quando stava c-cercando di capire cosa ci facevo lì.»

«Dannazione.» Il bell'agente biondo sembrò frustrato alle sue parole. «Grazie per l'avvertimento. Sono contento che stia bene, Miss Hartwell.»

«Anch'io» rispose, posando la testa sulla spalla di Dane e chiudendo gli occhi. Era confusa che l'agente non sembrasse molto preoccupato per i piani di Knox, ma al momento non gliene importava. Lo avrebbe chiesto a Dane più tardi.

«Devi andare in ospedale, Smalls?» le chiese con voce gentile.

Bryn scosse la testa.

Le tolse un braccio dal collo e le esaminò il polso. Era rosso e graffiato e sarebbero di sicuro usciti dei lividi, ma la pelle non era lesionata.

«Sto bene. V-voglio solo andare a c-casa.»

Le mise una mano sulla nuca e la attirò di nuovo a sé,

odiando avere la protesi tra di loro, ma non volendo lasciar andare Bryn abbastanza a lungo da rimuoverla.

«Volete un passaggio?» chiese l'agente.

«Se non è troppo disturbo» rispose Dane.

«Nessun problema. Chiederò a un paio di poliziotti di riportarvi i vostri veicoli»

«Grazie. Le chiavi sono nell'accensione e immagino anche le sue.»

Bryn annuì contro la sua spalla, ma non disse nulla.

«Me ne occuperò io. Ribadisco, sono contento che stiate bene entrambi.»

Sentì Dane muoversi sotto di lei e si rifiutò di lasciarlo andare, ma stava solo cambiando posizione per mettere le gambe dentro l'abitacolo. Qualcuno chiuse la portiera alle sue spalle, e furono avvolti dal silenzio e dal calore della macchina.

Probabilmente avrebbe dovuto preoccuparsi di essere seduta sul sedile posteriore di un'auto della polizia e di bagnare Dane a causa dei vestiti fradici, ma non poteva. Se fosse stato un altro giorno, sarebbe stata impegnata ad osservare tutto e a porre un milione di domande, visto che era una nuova esperienza che sperava di non dover più ripetere, ma riusciva solo a pensare al pericolo in cui aveva messo Dane, che era stato costretto a cercarla perché non aveva usato il cervello.

Sbuffò. Poteva anche essere un genio, ma era proprio stupida. Tanto, tanto stupida.

Dane si spostò di nuovo ed estrasse il telefono dalla tasca. Aggrottò un attimo la fronte poi lo posò sul sedile accanto a loro e lo sbloccò. Premette alcuni pulsanti e lo mise in vivavoce.

«Sta bene?» sbottò la voce impaziente dall'altra parte del telefono.

«Sta bene.»

«*Tu* stai bene?»

«Sì.»

«Grazie, cazzo» sospirò Truck, ovviamente sollevato. «Ci sono problemi?»

«No. Anche se ho la sensazione che non recupererò più quella scatola di M295, quindi me ne servirà un'altra per il signor Jasper.»

Truck ridacchiò. «Ti arriverà tra qualche giorno, ho già organizzato. Odio dirlo, ma devo andare.»

«Stai ancora lavorando a quel problema?» chiese Dane preoccupato.

«Si sta rivelando più dura di quanto pensassi. Ma non preoccuparti. Lo risolvo.»

«Truck?» Bryn si intromise prima che Dane potesse chiudere la chiamata.

«Sì.»

«Grazie per avere a-aiutato Dane. Mi dispiace di aver fatto qualcosa di così stupido.»

«Prego. Ma non sono stato solo io. Ci sono tutti i ragazzi lì. Stai davvero bene?»

«Sì.»

«Hai intenzione di andare a fare qualche escursione prossimamente?»

«No.»

«Brava ragazza. Hai spaventato il tuo uomo.»

«Ero spaventata anch'io.»

«Abbi cura di te... e di Dane, ok?»

«Lo farò»

«Fish?»

«Sì, Truck?»

«Ricordi quello che ti ho detto sulle donne?»

«Sì.» Sapeva esattamente di cosa stesse parlando il suo amico; Bryn aveva detto a Truck che stava bene, ma aveva la sensazione che avesse ancora molta strada da fare prima di arrivarci.

«Occupati di quello, ok?»

«Lo farò. Ci sentiamo presto.»

«A dopo.»

Chiuse la chiamata e avvolse di nuovo il braccio attorno a Bryn.

«I ragazzi sono tutti qui? Cioè... Ghost, Hollywood e tutti gli altri?»

«Sì.»

«Dio. Non...»

«Non farlo» la avvertì.

«Non fare cosa?»

«Non dire quello che stavi per dire. È finita. Knox andrà in prigione. Niente salterà in aria, inclusa te. Il team ha tutto sotto controllo. Consegneranno Knox e sua moglie all'FBI che farà le sue indagini.»

«Più tardi vedremo i ragazzi?»

«No.» Le sollevò il mento così dovette guardarlo. «E non erano qui. Per quanto ne sai, siamo usciti di lì e basta. Hai capito?»

Davanti al suo sguardo serio, annuì subito.

«So che hai un milione di domande e in seguito risponderò a quello che ...»

«No» lo interruppe.

«No cosa?»

«Non ho domande. Per una volta nella mia vita, non voglio risposte. No, non è vero. Non mi interessa proprio. Tutto ciò che conta è che io sia al sicuro e che non ti abbia fatto uccidere. Sono davvero felice che siano venuti a coprirti le spalle e non mi importa come, cosa o perché fossero lì. Mi dispiace, Dane. Non sono andata lì per parlare con lui. Solo...»

«Shhhhhh, tesoro. Possiamo parlarne più tardi. Per ora, lascia che ti abbracci.»

Bryn annuì e si rilassò di nuovo contro il suo petto. Si adattava perfettamente, come se fosse stata creata apposta per lui. Sapeva che avevano molto di cui parlare, ma tutto ciò che riusciva a fare in quel momento era respirare il suo profumo e ringraziare Dio che fosse andato a cercarla.

CAPITOLO VENTITRÉ

L'AGENTE di polizia si fermò davanti alla casa di Dane e disse: «Aspetterò fino a quando vedrò che siete al sicuro.»

«Grazie. Bryn, spostati un po' così posso uscire e poi portarti dentro.»

Scese dalle sue ginocchia. L'agente non aveva detto nulla sul fatto che fossero seduti insieme e senza le cinture di sicurezza, non che si sarebbe spostata. Alla fine aveva smesso di tremare, grazie al calore del corpo di Dane e la coperta ancora avvolta intorno alle sue spalle. Ma si sentiva strana, ancora agitata, come se avesse mangiato troppi zuccheri. Le passò per la mente il pensiero di andare online e cercare di scoprirne il motivo, ma lo scacciò.

«Riesco a camminare. Voglio solo andare dentro.»

Lui non rispose, ma uscì dal sedile posteriore e le tese la mano. Bryn la prese e gli permise di aiutarla a scendere dall'auto. Dane le circondò subito la vita con il braccio sinistro e lei si appoggiò a lui mentre andavano verso la porta di casa.

«Mi piace di più il tuo braccio.»

«Come scusa?»

«Il tuo braccio. Mi piace di più senza la protesi. È... scomoda.»

Dane non disse nulla, ma si chinò e le baciò la testa ancora bagnata. Aprì la porta e si voltò per fare un cenno al poliziotto in attesa nel vialetto. Bryn lo sentì allontanarsi mentre la porta si chiudeva.

«Dai che ti porto in doccia.»

Bryn annuì. Una doccia sembrava il paradiso in quel momento.

Camminarono insieme lungo il corridoio fino alla camera da letto, ma la condusse dritta in bagno. La lasciò per andare subito sui bottoni della giacca verde mimetica. Bryn rimase lì perplessa mentre lui se la toglieva e cominciava ad allentare le cinghie che tenevano la protesi attaccata al braccio.

Per quanto volesse esaminarla e vedere come funzionava, esitò. Alla fine, quando cadde a terra con un forte clangore, chiese titubante: «Dane? Cosa stai facendo?»

«Ti porto sotto la doccia.»

«Posso farcela da sola.»

Si avvicinò a lei, le mise la mano buona sul lato della testa e si chinò. «Lo so, Smalls, ma non riesco proprio a sopportare di perderti di vista.»

«Oh, ok.» Fu pervasa dai brividi al suo tono calmo ma deciso.

«Spogliati, tesoro» le disse sporgendosi verso la doccia per aprire l'acqua

Senza pensarci oltre, Bryn fece come aveva ordinato. Afferrò l'orlo della maglietta bagnata e se la sfilò dalla testa, lasciandola cadere sul pavimento con un tonfo pesante. Si slacciò i jeans e li sfilò dalle gambe. Si voltò a dare un'occhiata a Dane ma era di spalle, con la mano sotto il flusso d'acqua per testare la temperatura.

Nel breve tempo che lei aveva impiegato per togliersi i vestiti, si era liberato dei pantaloni e dei boxer. La schiena e il sedere erano scolpiti dai muscoli. Era sexy da morire.

Dimenticando il suo pudore, volendo solo essere pelle a pelle con lui, Bryn si tolse il reggiseno e le mutandine e fece un passo verso la doccia proprio mentre Dane si voltava verso di lei.

Fece scorrere gli occhi sul suo corpo, come per controllare se fosse ferita, poi le tese la mano che lei prontamente prese, e la aiutò a entrare nella doccia. L'acqua calda faceva quasi male sulla sua pelle ghiacciata ma prima che potesse sentirsi a disagio, la attirò contro il suo petto e la girò in modo che il getto non colpisse lei ma la sua schiena.

La teneva così vicina che riusciva a sentire il suo cuore battere contro il seno. Il *tum-tum-tum* era rassicurante e confortante allo stesso tempo. Pensava che si sarebbe sentita imbarazzata di essere completamente nuda davanti a lui per la prima volta, ma tutto ciò che provava al momento le sembrava... giusto. Il loro abbraccio non aveva nulla di sessuale, ma era amorevole e anche un po' disperato.

Le lacrime iniziarono a cadere prima che se ne rendesse conto. Sgorgarono silenziosamente dai suoi occhi. Quando era andata a verificare quell'indirizzo aveva pensato di fare la cosa giusta, ma quell'idea era quasi costata la vita a Dane. Avrebbe potuto sopportarlo nel caso fosse stata *lei* a rimanere ferita, in fin dei conti era stata sua la decisione stupida di comportarsi da Nancy Drew, ma se fosse successo qualcosa a lui, dopo tutto quello che aveva già passato nella vita, non si sarebbe mai perdonata.

Dane si scostò e aggrottò la fronte vedendo le sue lacrime, ma non disse nulla, la spostò solo sotto il getto per bagnarle i capelli. Poi, sempre senza parlare le fece lo shampoo e le mise il balsamo. La sua mano era delicata e tenera mentre le insaponava i capelli e poi li sciacquava delicatamente. Si mise la spugna nell'incavo del gomito e vi versò un po' del suo bagnoschiuma da uomo, poi le lavò ogni centimetro del corpo, dalla testa ai piedi.

Mentre la schiuma scivolava via, baciò tutti i lividi che si era procurata quel giorno. Sui polsi, le caviglie e i bicipiti dove Knox l'aveva trattenuta in modo duro. Nel frattempo, le lacrime di Bryn continuarono a cadere in modo costante. La lasciò andare il tempo sufficiente a passarsi la spugna insaponata sul corpo e sciacquarsi, ma non appena ebbe finito, si voltò di nuovo verso di lei.

Chiuse l'acqua e prese un grande asciugamano morbido appeso a un gancio accanto alla doccia.

«Posso farlo da sola» gli disse in tono sommesso.

«Shhh, ci penso io.»

Così rimase immobile e lasciò che l'uomo che amava si prendesse cura di lei. Dane le asciugò le braccia, il busto e la schiena. Poi la girò e fece scorrere l'asciugamano su e giù su ogni gamba. Alla fine, glielo passò sui capelli, asciugando quanta più acqua possibile prima di aiutarla a uscire dalla doccia, nella stanza avvolta nel vapore.

Passò rapidamente l'asciugamano ormai umido sul proprio corpo, quindi lo gettò su un attaccapanni senza pensarci due volte. Abbassandosi e baciandola sulla fronte, mormorò: «Ho uno spazzolino in più nel cassetto. Fai le tue cose e vieni a letto, Smalls.»

Lei annuì e guardò a occhi spalancati Dane aprire la porta e chiuderla subito dietro di sé, per assicurarsi di mantenere la temperatura calda all'interno del piccolo bagno.

Bryn fece un respiro profondo. Non riusciva a smettere di piangere. Immaginava che fosse a causa dell'adrenalina e del sollievo, ma stava cominciando a diventare fastidioso. Si lavò in fretta i denti e usò il water, poi si guardò attorno alla ricerca di qualcosa da mettere.

Non volendo indossare di nuovo gli abiti bagnati che si

era appena tolta, come pure l'asciugamano umido, si decise alla fine ad aprire la porta.

Dane era sdraiato sul letto matrimoniale ad aspettarla. Vedendola sbirciare dentro, le chiese: «Cosa c'è che non va?»

«Hai qualcosa che possa indossare?»

Allungando la mano, scosse la testa. «No. Vieni qui, tesoro.»

Bryn spalancò gli occhi, ma uscì dal bagno. Dane aveva acceso una luce fioca accanto al letto che dava alla stanza un lieve bagliore. Era sufficiente per farle vedere dove stesse andando, ma non abbastanza da illuminare completamente la camera.

Consapevole di essere nuda, ora che non erano più nella doccia, si avvicinò al letto e prese la sua mano mentre lui si spostava e sollevava le coperte per lei.

Grata del fatto che avrebbe potuto coprirsi, salì e si distese, sospirando contenta quando lui tirò la trapunta sopra il suo corpo che si stava raffreddando.

Tirandole il braccio con delicatezza la invitò ad avvicinarsi, e Bryn si rannicchiò contro il suo calore. La abbracciò posando la mano sulla schiena e accarezzandole con le dita la parte alta del sedere mentre la attirava contro di sé. Il moncone le sfiorava l'avambraccio posato sul suo petto. Rimasero così per diversi minuti, semplicemente respirandosi a vicenda.

Quando non riuscì più a sopportare il silenzio, Bryn disse di nuovo: «Mi dispiace, Dane.»

«Lo so.»

«Volevo solo scoprire ulteriori informazioni sull'indirizzo. Non avevo intenzione di parlare con nessuno.»

«Lo so, Bryn.»

Si morse il labbro, ma non alzò la testa. Era molto comprensivo ed era sconcertante. «Perché non mi stai urlando contro?»

«Servirebbe a qualcosa?»

«In che senso?»

«Sai di aver fatto un errore. Urlarti contro e dirti qualcosa che già sai non cambierà nulla di ciò che è successo.»

«Forse no. Ma penso che mi farebbe sentire meglio.»

Dane si spostò a quelle parole; portò il moncone sul suo mento e lo spinse un po' finché non lo guardò negli occhi. «Mi hai spaventato, Smalls. Quando ho sentito il tuo messaggio e ho capito cos'avevi fatto, ero arrabbiato. Avevamo parlato di quanto siano pericolose alcune persone in questa zona, e purtroppo per noi, quel tizio era la personificazione del pericolo. Era un terrorista, Bryn. Ha trascorso del tempo ad addestrarsi in Iraq con i talebani. Odia gli Stati Uniti e non vorrebbe altro che vederli spazzati via.»

«Lo so, lo so. Non stavo pensando.»

«In realtà, stavi pensando troppo. Da quando sono stato ferito, mi sono sentito in qualche modo meno uomo. Mi preoccupavo continuamente di come mi giudicassero gli altri. Se pensavano che fossi inutile con solo mezzo braccio, se mi guardavano in modo strano quando ero in giro. Ma tu hai cambiato tutto. Mai nessuno, fin da bambino, si è preso cura di me. Non ne avevo bisogno o non volevo. Ma mi hai dato un'occhiata nel supermercato, mi hai visto agitato e nervoso, e hai voluto rendere la mia vita migliore... più facile. E hai agito di conseguenza. Non hai nemmeno permesso che le mie stupide parole ti facessero fuggire. Ho bisogno di te, Smalls. Ho bisogno di te nella mia vita, che snoccioli fatti casuali. Ho bisogno che tu mi tenga con i piedi per terra. Quando sei assorbita in quello che stai cercando tanto da dimenticarti di me, mi fa sorridere, non mi fa incazzare.»

«Ehm... è strano, Dane.»

«Lo so. Solo uno può riconoscerne un altro, tesoro.»

Bryn sbatté le palpebre. Poi fece un lento sorriso.

«Sì, vedo che stai capendo. Non mi importa delle tue stranezze perché non ti importa delle mie. Ma... per quanto ami il tuo cervello e come funziona... non mi piace che a volte ti metta in pericolo. Per favore, *ti prego*, dimmelo prima di correre in giro per il mondo per trovare risposte. Farò tutto il possibile per aiutarti a ottenere le informazioni di cui hai bisogno... ma mi assicurerò che tu lo faccia in modo sicuro.»

«Ti amo.»

Il sorriso che apparve sul viso di Dane quasi la accecò ma continuò a parlare: «Voglio dire, so che non ci frequentiamo da molto e non voglio spaventarti. È solo... quando ero seduta in quel bunker e venivo trattata come un prigioniero di guerra, avevo paura di non rivederti mai più, e mi rattristava il fatto che non lo avresti mai saputo. Certo, potresti non volerlo sapere nemmeno ora, quindi probabilmente è stato presuntuoso da parte mia, ma non c'è un solo momento – ok, *quasi* – in cui non pensi a te. Forse non sono innamorata, sono davvero una stalker, ma per ora voglio assecondare questo sentimento.»

«Smalls, io...»

«Non c'è problema se tu non mi ami. Voglio dire, spero che un giorno lo farai. Nel 2011 è stato condotto uno studio che ha scoperto che gli uomini tendono a dire "ti amo" prima delle donne. E c'era anche un sondaggio che determinava che gli uomini impiegavano in media ottantotto giorni per dirlo, mentre le donne di solito ne aspettavano centotrentaquattro. Per noi non è passato così tanto tempo, quindi sembra che sia riuscita a rovinare anche quella statistica, ma non potevo *non* dirlo. Per me sei più importante di qualsiasi laurea abbia mai conseguito. Oh, e anche più di quando ho potuto parlare con James Watson.»

«James Watson? Chi è?» chiese Dane, continuando a sorridere.

«È il tizio che ha co-scoperto la struttura del DNA. Ha

ricevuto il premio Nobel per la fisiologia o la medicina nel 1962. Ha lavorato ad Harvard per un po' e ha parlato in una conferenza a cui ho partecipato. Sono riuscita a incontrarlo e abbiamo parlato per tredici minuti e ventidue secondi. È stato incredibile. Ma, Dane» si sollevò sul gomito e gli mise una mano sulla guancia. «Non mi sarei mai ripresa se la mia stupidità ti avesse fatto del male o ucciso. Mai.»

«Ti amo anch'io, Bryn.»

«Davvero?»

«Ovvio. Come non potrei? E tu non c'eri, ma dovresti sapere che la ricerca che hai fatto sui diritti delle donne in altri paesi...» si interruppe, pensando alle cose orribili che aveva detto a Knox.

«Sì? Cosa, Dane?»

«Ci ha decisamente aiutati a uscire da lì» proseguì in fretta. «Quindi, non smettere mai di essere te. Ti amo così come sei. Ok?»

Bryn si lasciò ricadere sul suo petto, senza notare il piccolo "uff" che gli sfuggì. «Non cambierò. Ma metterò un freno a tutta la faccenda del non-essere-intelligente-e-addentrarmi-nella-natura-selvaggia-dell'-Idaho.»

«Lo apprezzerei.»

Dopo diversi momenti, Bryn si morse il labbro e chiese con dolcezza: «Mi ami davvero? Non lo dici solo perché l'ho detto io o perché ti dispiace per me?»

«Ti amo, senza ombra di dubbio, Smalls. Ogni centimetro di te. Dal tuo cervello incredibilmente intelligente con cui non ho alcuna possibilità di stare al passo, fino alle dita dei tuoi adorabili piedi.»

Bryn sospirò felice e chiuse gli occhi.

«Stai bene? Davvero?» le chiese con dolcezza.

«Sì. Il mio braccio si riempirà di lividi e mi fanno male i polsi a causa delle manette, ma non è nulla che gli antidolorifici non potranno risolvere.» Pensò a qualcosa e sollevò di nuovo la testa. «Oh. Volevi fare sesso.»

Dane ridacchiò. «Non stasera. Sono sfinito e mi piace tenerti tra le braccia così.»

«Va bene. Ma lo faremo presto?»

«Sì, tesoro.»

«Bene. Pensi che sarà diverso perché ci amiamo? Voglio dire, so che le persone hanno rapporti occasionali e so che non sono mai stata impressionata dal sesso che ho fatto finora, ma forse è perché non amavo i ragazzi con cui sono stata. Non voglio creare chissà quale folle aspettativa, ma se ciò che abbiamo fatto in precedenza è un'indicazione, direi che...»

«Shhhhh, Smalls. Dormi.»

«Ma...»

Bryn si interruppe quando le strinse il sedere e la attirò a sé. Si rannicchiò contro di lui e lo sentì fare un respiro profondo nei suoi capelli.

«Mi manca il profumo di cocco, ma devo dirtelo, adoro che tu abbia l'odore del mio sapone. Chiamami uomo delle caverne, ma sapere che eri nuda nella mia doccia e hai usato il mio bagnoschiuma mi smuove qualcosa dentro. E non ho dubbi sul fatto che essere innamorati renderà incredibile il momento in cui faremo l'amore. Ti amo. Tanto che non riesco a immaginare di passare nemmeno un giorno separato da te.»

Baciandogli il petto, Bryn lo abbracciò forte. «Anch'io.»

«Grazie per avermi permesso di gestire le cose.»

«Prego.» Sapeva esattamente cosa intendesse. Se avesse aperto bocca e discusso, o in qualche modo avesse cercato di "aiutare", non ne sarebbero usciti così facilmente. Si era trattenuta solo perché sapeva che Dane avrebbe fatto tutto il necessario per portarli via di lì. «Magari faccio delle cose stupide, ma quando si tratta di qualcosa di importante, so tenere la bocca chiusa. Ti amo.»

«Dormi.»

«Mmmmm.»

L'ultima cosa a cui pensò Bryn fu quanto fosse felice di essere andata a cercare Dane, mesi prima.

La. Migliore. Decisione. Di. Sempre.

CAPITOLO VENTIQUATTRO

BRYN SI SVEGLIÒ qualche ora dopo e subito la sua mente fu travolta da un turbinio di pensieri riguardo a tutto ciò che era successo. Avrebbe voluto dormire, ma come al solito si era svegliata solo quattro ore dopo essersi rilassata tra le braccia di Dane.

Sollevò piano la testa dal suo petto e vide che era ancora profondamente addormentato. Si prese il tempo di esaminarlo a sua insaputa. Il braccio che all'inizio le aveva posato sulla mano, ora lo teneva sopra la testa e riusciva a vedere chiaramente il moncone sotto il gomito.

Osservandolo con attenzione, cercò di immaginare come sarebbe stato non avere metà del braccio... e ovviamente non ci riuscì. Abbassò gli occhi sul bicipite e poi sul viso. Aveva un velo di barba e si chiese come sarebbe stato sentirla sulla pelle. Le labbra erano leggermente aperte e respirava profondamente.

Si spostò e sentì la sua mano cadere dal sedere sul materasso accanto a lui. Le coperte erano scivolate giù durante la notte e poté vedere l'ampio petto di Dane sotto di lei. Si inginocchiò con cautela, ignorando la propria nudità nell'entusiasmo di vederlo tutto.

Prima lo aveva visto sotto la doccia, e l'altro giorno lo aveva accarezzato fino a portarlo all'orgasmo, ma in quel momento sembrava diverso. Aveva alcune cicatrici sul busto che non aveva notato in precedenza ma, tutto sommato, era perfetto. Bryn sapeva che lui non sarebbe stato d'accordo, le avrebbe mostrato il moncone e i segni lasciati dalle ferite e sottolineato tutti gli altri difetti che immaginava di avere... ma sapeva nel profondo del suo cuore che era perfetto per *lei*.

Il suo sguardo si spostò dal petto, alla pancia, al pene. Era molle tra le sue gambe e sembrava così diverso dall'ultima volta che l'aveva visto e toccato. Bryn era a conoscenza dagli studi che aveva letto che la lunghezza media del pene era di circa nove centimetri quando non era eretto, ma quello di Dane sembrava essere più grande. All'improvviso desiderò di avere un metro.

Fece scorrere l'indice su tutta la lunghezza e fu sorpresa da quanto fosse morbido. Senza l'aumento dell'apporto di sangue, sembrava molto meno intimidatorio... e più soffice. Bryn continuò a far scorrere il dito su e giù mentre i suoi pensieri andarono alla balenottera azzurra; aveva il pene più grande di qualsiasi altro animale, variava dai due metri e mezzo ai tre. Pesava tra i quarantacinque e i settanta chili e poteva eiaculare oltre sedici litri di sperma. Le sarebbe piaciuto vederlo una volta; doveva essere spaventoso e sorprendente.

Nello stesso momento in cui si rese conto che il pene sotto le sue dita non era più flaccido, ma si stava rapidamente ingrossando, Dane mormorò: «Buongiorno, tesoro.»

«Sapevi che esiste il museo fallologico in Islanda?»

Lui gemette e si stirò, offrendole di più il suo corpo senza volerlo. «No. Non ne avevo idea.»

«Sì, sì. E un uomo eiacula in media settemila e duecento

volte nella vita, circa duemila con la masturbazione. È tanto sesso. Non so quante di quelle cinquemila e duecento rimaste hai usato, ma non vedo l'ora di iniziare il resto.»

Bryn strillò quando Dane si raddrizzò di scatto e la spinse con la schiena sul materasso. Si mise su di lei, stringendole entrambi i polsi nella mano buona. Notò che stava attento a non esercitare troppa pressione sui lividi che si erano formati durante la notte.

«Dovrei essere preoccupato che tu sappia così tanto sui cazzi, Smalls?»

«Che cosa? No. È solo che è apparso un video porno sulla cronologia dei social. L'ho guardato e non mi ha colpito, ma mi ha fatto pensare a... delle cose. Quindi ho fatto delle ricerche.»

«Che cosa hai scoperto sulle fiche?»

«Intendi vagine?»

Ridacchiò e abbassò l'altro braccio per accarezzarle la pancia con il moncone. «Sì. Cosa puoi dirmi?» Si spostò finché non la toccò tra le gambe con la pelle deturpata.

«Oh... è così bello, Dane.» Si inarcò contro il suo tocco.

«Fatti, Smalls.»

«Ehm... vagina in latino significa "guaina della spada".»

Dane andò con la bocca sul suo collo e ne mordicchiò la pelle sensibile. «Appropriato. Cos'altro?»

Bryn si dimenò sotto di lui, premendosi contro il suo moncone. Era bellissimo, ma lei voleva tanto, tanto, le sue *dita* lì sotto. «Le vagine non sono interessanti quanto i peni.»

«Mi permetto di dissentire, guarda caso, amo la tua. Dimmi qualcos'altro che hai imparato.»

«Alcune donne possono sviluppare un'allergia allo sperma, più precisamente, alle proteine che contiene.»

«Non muovere le mani. Tienile sopra la testa. Dimmi di più.»

Sospirò sollevata quando le lasciò andare i polsi e tracciò

una scia di baci fino al suo seno, per poi usare la mano per massaggiarne uno, mentre succhiava e mordicchiava l'altro. Quando non disse nulla, lui sollevò la testa.

«Più fatti mi racconti, più velocemente mi sposterò dove è chiaro che mi vuoi.»

Bryn arrossì, sapendo che stava dimenando i fianchi sotto di lui, praticamente implorandolo di toccarla o baciarla lì. «La maggior parte delle vagine si assomigliano. Le hanno dato migliaia di soprannomi, tipo patata, passera, farfallina, tunnel dell'amore, topa, chitarrina.»

Sentì Dane ridacchiare ma almeno si stava muovendo dove lo voleva, quindi continuò a parlare. «La profondità media di una vagina non eccitata è compresa tra i sette e gli otto centimetri. I peli intorno crescono solo per tre settimane, a differenza dei capelli che possono continuare a crescere fino a sette anni. Gli squali e la vagina producono entrambi una sostanza chiamata squalene... si trova nel fegato dello squalo, e nelle donne è un lubrificante naturale. Ehm... Dio... Dane... sì, è bellissimo.»

Bryn sollevò la testa e lo guardò. Stava tra le sue gambe spalancate, il moncone appoggiato su una coscia per tenerla aperta, e la mano allargava le pieghe intorno al clitoride.

«Conosco anch'io alcuni fatti, Smalls. Vuoi sentirli?»

No. Non voleva ascoltare. Voleva che la facesse sentire bene come aveva fatto la volta precedente. Voleva la sua bocca sul clitoride... ma quando lei non rispose, disse: «Potremmo alzarci e guardare *Mythbusters* se preferisci.»

Percepì il divertimento nella sua voce e avrebbe voluto prenderlo a schiaffi. Invece, disse senza fiato: «Sì. I fatti. Continua.»

Sentì un dito passare sopra il clitoride in una lieve carezza.

«Il clitoride di una donna ha un'erezione quando stimolato. Si riempie di sangue quando viene eccitato, proprio come l'uccello. È anche molto più lungo di quello che si può vedere dall'esterno.» Dane si chinò e lo leccò una volta, poi continuò: «E le carezze danno una sensazione più bella quando è bagnato. È noto che l'orgasmo clitorideo è più forte di quanto potrà mai esserlo quello di un uomo, semplicemente perché le terminazioni nervose sono più concentrate... qui... che in un cazzo.»

Dane si sporse in avanti continuando a tenerla aperta e glielo leccò, passando la lingua sopra più e più volte. Bryn non riuscì a impedirsi di spingere i fianchi verso il suo viso

«Dammi la mano» le ordinò all'improvviso, proprio quando pensava che sarebbe esplosa. Lei piagnucolò, ma fece come le aveva chiesto e la abbassò da sopra la testa.

«Tieniti aperta per me. Ho solo una mano e mi serve da un'altra parte. Così, tesoro, aiutami. Perfetto.» Le sue parole successive furono intervallate dalla lingua che leccava forte proprio sopra il clitoride. «Sì. Proprio. Così.»

Le sfiorò le pieghe sensibili con le dita, poi la penetrò profondamente con uno mentre con la lingua continuava ad assalire i suoi sensi. Lei sussultò, ma la tenne quasi bloccata con l'altro braccio.

«Oh Dio.»

Aumentò la velocità della lingua nello stesso momento in cui piegò il dito verso l'alto e sfiorò le sue pareti interne, facendola contrarre e desiderare di più.

Spinse contro il punto G e quando lei gemette, sollevò la testa e mormorò: «Sì. Adoro sentirti gemere per me.»

Bryn abbassò senza pensarci l'altra mano e gli afferrò la spalla, affondandovi le unghie.

«Cazzo, sei bellissima. Hai avuto un orgasmo quando ho toccato il punto G la volta scorsa...»

Non riusciva a parlare, non riusciva a respirare. Scosse la testa avanti e indietro in modo convulso, desiderando fermarlo e allo stesso tempo ordinargli di andare avanti. L'ultima volta che l'aveva fatta venire era stato sconvolgente, quasi spaventoso.

«Rilassati e lascia che accada di nuovo. Ad alcune donne non piace, ma ho la sensazione che non tu sia tra quelle; sei venuta così intensamente l'ultima volta. Sei fradicia, bellissima. Vieni per me, Bryn. Vieni sulla mia mano. Lascia che ti assapori.»

Dane abbassò la testa e tornò a far scorrere la lingua sul clitoride, massaggiando allo stesso tempo quel punto estremamente sensibile dentro di lei.

Non ci volle molto prima che Bryn capisse che sarebbe venuta. Piegò le gambe mettendo i piedi vicino alle sue spalle inclinando i fianchi verso l'alto. Lui non perse la presa, e passò dal leccare il clitoride a succhiarlo.

Bastò quello, Bryn esplose in un orgasmo così potente, che giurò di aver visto le stelle. Dane continuò il suo massaggio erotico con il dito, poi si fermò, mentre lei si contorceva e lo stringeva continuando a sperimentare altri piccoli orgasmi.

«Devo essere dentro di te, Smalls.»

«Sì! Dio, sì...» riuscì a dire.

Prima ancora che le uscisse dalle labbra il suo nome, Dane le allargò di più le gambe portandosi più avanti e si appoggiò con la mano buona alla sua spalla.

«Mettimi dentro di te» ordinò. «Non riesco a tenermi su e allo stesso tempo farlo.»

Bryn aprì gli occhi e lo guardò portando la mano sul suo cazzo duro. Lo afferrò e inclinò i fianchi, bagnandolo nel suo orgasmo prima di infilarsi la punta nell'apertura.

Gemettero mentre affondava lentamente tra le pieghe calde. Bryn portò le mani sul suo sedere e lo attirò a sé. Lui crollò sui gomiti e seppellì il naso tra i suoi capelli.

Amando quanto la facesse sentire piena, strinse i muscoli interni, dimenandosi e sollevando il bacino, per averlo più vicino. Dane spostò il braccio sinistro sotto di lei aiutandola, tenendola contro di sé.

«Cazzo, è una sensazione incredibile, tesoro. Ma prima di andare oltre... non ho il preservativo.»

«Lo so. Ho la spirale.»

Dane si fermò e la guardò con le sopracciglia sollevate in una muta domanda.

«Soffro di fibromi» si affrettò a spiegare. Non voleva che pensasse che la usasse perché era promiscua. «Tumori benigni. La spirale li tiene sotto controllo per far sì che non mi causino alcun dolore.»

«Ma puoi avere comunque dei figli?»

Gli sorrise e annuì. «Sì, posso. È rimovibile.»

«Grazie, cazzo. Sono pulito, tesoro. Non ti metterei mai in pericolo. Lo giuro.»

Come risposta, lo guardò negli occhi e ordinò: «Muoviti.»

Lui sorrise. «Vuoi che ti scopi, Smalls?»

«Sì.»

«Forse prima voglio sentirti stringermi e accarezzarmi ancora un po'.»

«Dane, per favore» piagnucolò, afferrandogli i fianchi con le mani e affondando leggermente le unghie nella pelle. «Ho aspettato tutta la vita per scopare l'uomo che amo, non farmi aspettare oltre.»

«Come posso resistere a una dichiarazione così bella?» Tirò indietro i fianchi e poi si spinse di nuovo dentro di lei.

«Di più.»

«Avida.»

«Di te» concordò Bryn.

Teneva gli occhi aperti e lo fissava mentre si muoveva dentro e fuori con lentezza. A ogni spinta si stringeva intorno a lui, desiderando tenerlo dentro di sé e non lasciarlo mai andare.

Dane si sollevò un poco tenendosi su con la mano e

abbassò lo sguardo dove erano uniti. Faceva ondeggiare i fianchi, premendosi in profondità dentro di lei, per poi tirarsi fuori piano. «Dio, guarda quanto sei bagnata. Sei su tutto il mio cazzo, Smalls, è meraviglioso. Accarezzati il clitoride per me. Mi piacerebbe un sacco poterlo fare io, ma non sono in grado, non finché mi tengo su per guardare mentre mi prendi.»

Bryn arrossì, provando imbarazzo a toccarsi davanti a lui. Dane lo notò e si chinò per baciarla intensamente prima di tirarsi indietro appena un po' per dirle: «Dovrai abituarti. Ho solo una mano ed è occupata al momento.»

«Va bene.»

«Ok» confermò, sollevandosi di nuovo in modo da poterla guardare. «Inizia piano, sì, così. È bello?»

«Mmm-mm.»

«Dannazione. Sento quanto ti piace. Ok, Smalls, finirà presto. Non riesco a trattenermi. Strofina forte. Così, di più, tesoro. Vieni sul mio cazzo, voglio sentirlo.»

Si strofinò freneticamente il clitoride, mentre lui la scopava con forza. Non si stava più trattenendo ed era assolutamente stupendo. Facendo scivolare l'altra mano tra i loro corpi, la premette contro la base del suo cazzo dove le aveva detto che era molto sensibile, e nell'istante in cui lo fece Dane gemette, si spinse dentro di lei e rimase immobile. Con un ultimo movimento delle dita sul clitoride, Bryn esplose di piacere. Non era così strabiliante come gli orgasmi che le aveva procurato toccandole il punto G, ma fu comunque intenso.

Lo guardò gettare la testa indietro sentendo la base del suo uccello contrarsi sotto le dita. Le vene nel collo spiccarono mentre rabbrividiva travolto dal piacere. Dane si lasciò cadere sopra di lei, poi rotolò portandola con sé finché non fu distesa sopra il suo corpo.

Bryn sentì i suoi respiri caldi nell'orecchio mentre si

riprendevano. Si dimenò per sistemarsi meglio, sorridendo quando rimase dentro di lei anche mentre si ammorbidiva.

«Ti amo» le sussurrò.

Sorrise e si rannicchiò contro il suo petto. «Ti amo anch'io.»

«Fa un'enorme differenza» disse sottovoce Dane.

Sapendo esattamente di cosa stesse parlando, fu d'accordo. «L'amore ti fa provare un orgasmo più intenso e il sesso è molto più bello. Possiamo farlo di nuovo?»

Lo sentì scivolare via da lei mentre rideva.

«No! Non ridere, stai... dannazione. Troppo tardi» brontolò Bryn sentendo il suo pene scivolare fuori. Si tirò su e si mise a cavalcioni sulla sua pancia fissandolo. «Non ho intenzione di cambiare.»

«Bene.»

«Voglio dire, sarò sempre strana. Non riesco a smettere di voler sapere tutto. È quello che sono.»

«E io *amo* chi sei, Bryn. Fintanto che ti prenderai il tempo di spiegarmi le cose quando non le capisco, e ascolterai quando ti dirò che qualcosa è pericoloso, non me ne frega niente.»

«Ci proverò.»

«Bene. Quindi sii strana. Adoro la tua stravaganza.»

Lei sorrise e scivolò giù fino a mettersi sopra suo cazzo flaccido e si dimenò, sentendo fuoriuscire il suo seme. «Se hai intenzione di venire sempre dentro di me, trovo sia giusto che ti occupi anche tu delle conseguenze.»

«Non ricordi l'ultima volta? Non mi disgusta, anzi, mi eccita sapere che il mio sperma scivola fuori da te e come è arrivato lì. È sexy da morire, anche se poi sporca dappertutto.»

Bryn abbassò lo sguardo incredula sentendo che il suo cazzo stava rapidamente diventando duro, poi tornò a guardarlo. «Forte» sospirò.

Dane la tirò giù e catturò le sue labbra. Dopo averla baciata profondamente si ritrasse e disse: «Grazie per non aver reso il sesso imbarazzante. Con una sola mano, non posso fare molto. L'hai reso divertente.»

«Perché lo *è*. Almeno con te.»

«È così. Vuoi provare un'altra posizione?»

«Sì» rispose subito.

«Cavalcami. Così avrò la mano libera per fare... altre cose.»

Bryn sorrise e si sollevò, lasciando che Dane si sistemasse esattamente dove lo voleva. Si abbassò su di lui e sospirò contenta.

La vita era bella. Meravigliosa.

Dane si girò sul letto verso Bryn e non si sorprese di ritrovarsi solo. Diede un'occhiata all'orologio. Le cinque e cinquantatré. Portò le gambe fuori dal materasso, si alzò e andò in bagno.

Dopo essersi occupato dei suoi bisogni, si infilò un paio di pantaloni della tuta neri consumati e andò a cercarla. Da quando si era trasferita da lui, andava a letto nudo senza provare il minimo imbarazzo. Non con lei.

Appoggiato allo stipite della porta, rimase a osservarla per qualche minuto. Era seduta sul divano a gambe incrociate, con il portatile in grembo, e borbottava. Dane non sapeva perché fosse stato così fortunato, ma non passava un giorno in cui non ringraziasse la sua buona stella. Vivevano insieme da due mesi e ogni giorno era migliore del precedente.

Il sole non sarebbe sorto per un altro paio d'ore, ma avevano una giornata intensa davanti a loro. Attese ancora un attimo prima di entrare nella stanza e sedersi accanto a lei, circondandole le spalle con il braccio per attirarla a sé e baciarle la tempia.

«Che cosa stai guardando?»

«Lo sapevi che ogni anno vengono uccisi due milioni e settecentomila tra cani e gatti perché i rifugi sono troppo pieni e non ci sono abbastanza persone disposte ad adottarli?»

«Hmmmm» mormorò e le scostò con il naso i capelli dal collo per poter inspirare il suo profumo unico di cocco. Bryn aveva iniziato a usare il suo bagnoschiuma per lavarsi continuando però con il solito shampoo, quindi ora sapeva di spiaggia e di lui. Ogni volta che le si avvicinava, i due profumi mescolati gli facevano venire voglia di essere dentro di lei.

«Sono cinque cani su dieci e *sette* gatti su dieci. Non solo, stiamo anche pagando per far addormentare quegli animali. Uno o due *miliardi* di dollari delle nostre tasse vanno ai rifugi. È straziante, Dane.»

«Che cosa ti ha portato a cercare quelle informazioni, Smalls?» le chiese, massaggiandole delicatamente il collo.

«Stavo riguardando la quinta stagione di *Mythbusters*» lo informò con tristezza, non distogliendo lo sguardo dallo schermo del computer mentre scorreva un sito che mostrava cani randagi.

«Un cane vecchio non può imparare nuovi trucchi?» chiese Dane, ricordando l'episodio. Avevano visto le puntate così tante volte discutendone a lungo, che per lo più aveva memorizzato quali fossero e in quale stagione.

«Sì. Mi sono posta domande sui cani, poi ho pensato a un randagio che ho visto l'altro giorno a Rathdrum e ho iniziato a chiedermi cosa sarebbe successo se lo avessero preso, se qualcuno lo avrebbe adottato. Mi sono messa a fare ricerche e ora penso di voler adottare un sacco di cani e gatti per assicurarmi che non vengano uccisi.»

Dane le sorrise, amando il suo entusiasmo e la sua passione. La bontà del suo cuore non smetteva mai di stupirlo, e anche come si immergeva in qualcosa fino a quando il suo cervello non aveva raccolto informazioni sufficienti da renderla soddisfatta di aver compreso tutto.

«Oggi siamo impegnati, tesoro. Ma ti prometto che non appena torneremo dalla luna di miele, ti porterò al rifugio di Rathdrum o di Coeur d'Alene e ci prenderemo degli animali domestici. Va bene?»

Bryn tirò su con il naso ma annuì.

Le girò il viso finché non guardò lui invece dello schermo del computer.

«Sei sveglia da molto?»

«No. Solo dalle quattro e mezzo.»

«Sei nervosa per oggi?»

Lei lo guardò confusa. «Riguardo a cosa?»

«Sposarti? Rivedere i tuoi genitori dopo così tanto tempo? Qualcos'altro?»

Scrollò le spalle con nonchalance. «No, non particolarmente. Finché mi ami, il resto non conta.»

«Ti amerò sempre, Bryn.»

Gli sorrise raggiante. «Giusto.» Quindi tornò al computer, cliccando su una nuova scheda per aprire la pagina delle adozioni del rifugio per animali del posto.

Dane le baciò di nuovo la tempia, si alzò e guardò l'orologio. Avevano un sacco di tempo prima di dover andare allo *Smokey's Bar*. All'inizio non aveva dato molto peso all'idea di Bryn. Chi si sposava in un buco di bar? Ma poi, ogni volta che ci aveva pensato gli era piaciuta sempre di più.

Lì era iniziata la loro relazione, il giorno in cui le aveva urlato contro al supermercato non contava. Non avrebbero dovuto preoccuparsi di servire cibo o alcol, dato che sia il matrimonio sia il ricevimento si sarebbero tenuti al bar, e di certo sarebbe stato un matrimonio unico che avrebbero ricordato per sempre.

Avrebbero partecipato anche Rosie e Bonnie della biblioteca, insieme ad altri impiegati. E i genitori di entrambi, anche se quelli di Bryn si sarebbero fermati solo per la cerimonia civile. Non erano entusiasti di stare in una piccola città come Rathdrum, preferendo quelle più grandi e, soprattutto, non approvavano affatto che il matrimonio si svolgesse in un bar.

Anche Truck, Ghost, Beatle, Coach e Blade sarebbero stati lì. Hollywood invece sarebbe rimasto a casa a prendersi cura di sua moglie, Kassie di recente non stava bene a causa delle nausee mattutine e Annie aveva un evento importante a scuola che Fletch ed Emily non volevano che perdesse.

Dane non si era reso conto di quanto gli mancasse passare del tempo con i suoi amici, fino a quando non erano andati al barbecue improvvisato che aveva organizzato qualche mese prima. Era stato fantastico rivedere tutti i ragazzi quando non erano nel bel mezzo di un'operazione.

Per fortuna, non ci sarebbe stata alcuna possibilità che Knox si vendicasse di lui o di Bryn, o che rovinasse il loro grande giorno. Era stato rinchiuso in una prigione federale. Dane non sapeva se l'uomo fosse a conoscenza che era stato lui a farlo arrestare, ma pensava che avesse qualche sospetto.

Una volta lontani dalla sua proprietà, erano intervenuti Ghost, Beatle e Coach e avevano sottomesso Knox e la moglie. Quindi l'FBI e l'ATF, il dipartimento che indaga sui reati relativi all'uso di alcool, tabacco, armi da fuoco ed esplosivi, erano entrati nella proprietà perquisendola da cima a fondo, trovando non solo armi e munizioni illegali, ma abbastanza fertilizzante e bombe artigianali da poter far saltare in aria tutti gli edifici di Coeur d'Alene.

La moglie di Knox aveva ricevuto una condanna lieve dopo che erano venuti alla luce gli abusi che era stata costretta a subire. Ma Knox probabilmente sarebbe rimasto dietro le sbarre per il resto della sua vita. Non stava ringiovanendo, e con una condanna a sessant'anni di reclusione era plausibile che sarebbe morto in prigione.

Dane scacciò quei pensieri per dedicarsi alla sua quasi moglie. La vita con Bryn non era mai noiosa, lo obbligava a tenere sempre alta l'attenzione, qualcosa che non avrebbe mai pensato di volere, ma che rendeva ogni giorno degno di essere vissuto. Lavorava ancora alla biblioteca e lui era diventato proprietario di metà dell'azienda di Steve; si dividevano il carico di lavoro, in modo da avere denaro più che sufficiente per vivere *e* del tempo da trascorrere con le loro famiglie.

Andò in bagno, aprì l'acqua della doccia e si guardò la ferita guarita sul braccio. Il moncone non gli dava quasi più fastidio e i dolori fantasma erano scomparsi praticamente del tutto. A volte i bambini facevano commenti a riguardo, ma Bryn spiegava loro i meccanismi della protesi, se la stava indossando, o come era stato ferito servendo il suo Paese.

Lei non ci dava peso, lo trattava semplicemente come un uomo. Il suo uomo.

Tornò nel soggiorno e si chinò per togliere il portatile dalle ginocchia di Bryn, ignorando il suo: «Ehi! Stavo guardando qualcosa!»

La prese in braccio e la portò in bagno. «Puoi guardare più tardi. Ho qualcosa che puoi esaminare sotto la doccia.»

Bryn gli avvolse le braccia attorno al collo e sorrise. «L'ottantuno per cento delle persone che hanno fatto sesso sotto la doccia vogliono rifarlo.»

«Buono a sapersi che facciamo parte della maggioranza allora» le disse Dane.

«Che posizione proviamo questa volta?»

«Be', l'abbiamo fatto seduti, a pecorina, Superman, in prigione, e la pecorina acrobatica – che è stata incredibile, ma so che poi hai avuto dolori per giorni – quindi ho pensato che oggi, nel giorno del nostro matrimonio, potremmo farlo alla nostra vecchia maniera con me in piedi che ti sostengo.»

«Solo perché ami tenermi in braccio.»

«È vero.» Le sorrise e si tolse i pantaloni. Era già duro. Sembrava bastasse uno sguardo ed era più che pronto a prenderla.

Bryn si tolse la maglietta che aveva indossato quando si era alzata dal letto quella mattina. Lui le prese la mano e l'aiutò a entrare nella doccia come faceva sempre. Non appena si sentì pronto e stabile, la afferrò sotto le cosce e lei balzò su, agganciandogli le gambe intorno alla vita.

«Grazie di prendere il mio nome oggi, Bryn» le disse serio.

«Bryn Munroe» rifletté lei, strofinando il naso contro il suo. «Per quanto mi sia piaciuto che tu abbia detto a Knox che eri Dane Hartwell, penso di preferire il tuo cognome rispetto al mio.»

«Questa sarà l'ultima volta che facciamo l'amore da fidanzati» la informò con un sorriso, spostandola tra le sue braccia fino a quando non riuscì a prenderselo in mano per sistemarlo tra le sue gambe. Poi riportò la mano sotto la coscia per sostenerla e scivolò dentro di lei.

Bryn lasciò cadere la testa all'indietro e gemette mentre gli stringeva l'erezione con i muscoli interni.

«Sei così bagnata, Smalls. Come mai?»

Lei sorrise maliziosa. «Quando mi sono alzata, eri davvero sexy. Volevo fare qualche ricerca, ma continuavo a pensare a te nudo nel nostro letto. So che la maggior parte delle volte ti svegli eccitato e che il sesso mattutino è il tuo preferito. Quindi... mi sono preparata per te.»

«Cazzo, sei la mia anima gemella. Ti amo, futura Bryn Munroe. Ho intenzione di tenerti e non lasciarti più.»

«E io amo te, Dane Munroe. Grazie di amarmi anche se sono una svitata.»

«Grazie per non esserti arresa quando sono stato uno stronzo.»

Non pronunciarono nessun'altra parola mentre si perdevano nell'estasi. Anche se nessuno dei due era perfetto agli occhi della società, erano perfetti l'uno per l'altra.

———

Trentadue ore dopo

«Ragazzi, sapete perché il comandante ci ha chiamato?» chiese Blade. «Siamo appena tornati dal matrimonio di Fish. Non mi dispiacerebbero dodici ore di sonno ininterrotte.»

«È felice?» chiese Hollywood.

«Cazzo sì, è davvero felice» confermò Beatle. «Non ha smesso di sorridere per tutto il matrimonio. Anche quando Bryn ha interrotto l'officiante per spiegare da dove provenisse la tradizione degli anelli. Penso che abbia trovato il modo migliore per distrarla quando inizia a spiegare qualcosa senza fermarsi mai.»

«E sarebbe?» chiese Fletch.

«La bacia. Si zittisce ogni volta» disse Beatle con un sorrisetto.

Ridacchiarono tutti, felici che Fish fosse finalmente riuscito a trovare ciò di cui aveva bisogno per andare avanti. Aveva vissuto il peggior incubo per ogni membro della Delta Force. Erano tutti elettrizzati dal fatto che fosse andato avanti con la sua vita e che avesse trovato una donna in grado di guarire il suo cuore.

Quando il loro comandante entrò nella stanza si alzarono e salutarono. Aveva la fronte corrugata e un'espressione preoccupata e l'atmosfera si fece improvvisamente tesa. Sembrava che quella dormita di dodici ore non sarebbe arrivata presto.

L'uomo si sedette e distribuì subito le cartelline ai soldati attorno al tavolo. «Sarete in volo tra due ore. La figlia dell'ambasciatore danese negli Stati Uniti è stata rapita. È una studentessa universitaria ed era in missione di studio e ricerca in Costa Rica.»

Toccò una fotografia all'interno della cartellina. «Questa è Astrid Jepsen. Ventidue anni. Lei, insieme ad altre due compagne di corso e alla loro insegnante, sono state prese mentre stavano facendo delle ricerche nella giungla appena fuori un paesino chiamato Guacalito. La città importante più vicina è Liberia.»

La sedia di Blade stridette e cadde mentre si alzava di scatto. «Quali sono i nomi degli altri ostaggi?» chiese con urgenza.

Il comandante frugò tra le carte mentre cercava le informazioni che aveva richiesto. «Jaylin Jones, Kristina Temple e Casey Shea.»

Blade fece oscillare il braccio prima che qualcuno potesse reagire. Si voltò e diede un pugno sul muro, lasciando un buco sul cartongesso. Prima che potesse tirare un secondo pugno, Truck fu lì e strinse in un abbraccio da dietro il suo compagno di squadra.

«Lasciami andare!» sibilò Blade. «Cazzo, Truck, lasciami andare!»

«Non fino a quando non ti calmi e ci dici cosa c'è che non va, in modo da poterla sistemare» gli disse Truck in tono tranquillo.

«Hanno preso mia sorella!» gridò, poi si afflosciò tra le braccia dell'amico. «Casey Shea è mia sorella.»

«*Cazzo*. Parla» sbottò il comandante.

Si intromise invece Beatle per spiegare. «Come ha detto, Casey Shea, la professoressa, è sua sorella minore. Hanno la stessa madre ma padri diversi, ecco perché hanno cognomi diversi. Ha ventisette anni e un dottorato in entomologia. Ha portato un piccolo gruppo di studenti di quel corso di laurea dell'Università della Florida, in Costa Rica per studiare. Erano lì, da quanto, un mese? Un mese e mezzo?» chiese a Blade.

Lui annuì. «Sì. Più o meno. Mancava ancora una settimana e mezza prima che tornassero a casa.»

«Quand'è stata l'ultima volta che l'hai sentita?» domandò il comandante, senza alzare lo sguardo dal pezzo di carta su cui stava scrivendo.

«Circa sei giorni fa. Ha chiamato da un telefono pubblico – con chiamata a carico del destinatario, se riuscite a crederci – per farmi sapere che stava bene e che erano tutti entusiasti della sua ricerca e delle informazioni che stavano raccogliendo.»

«Ti ha dato qualche indicazione che le cose si stessero mettendo male laggiù?» chiese Fletch.

«No. Nessuna. Se lo avesse fatto, avrei riportato il suo culo a casa» dichiarò Blade con fermezza.

Il comandante sollevò lo sguardo sul team Delta seduto attorno al tavolo... e gli altri due che erano ancora in piedi. Truck aveva lasciato andare il suo amico e ora teneva la mano sulla sua spalla in supporto. «La domanda ora è questa: potete fare questa missione? O dovrei chiamare Trigger e il suo team? Vi hanno già coperto in passato» lanciò un'occhiata a Hollywood, poi finì, «quando non hai potuto andare nella missione precedente.»

«La prendiamo» disse Ghost risoluto.

«Non sono sicuro...» iniziò il comandante.

«No, Signore. Con il dovuto rispetto, ci pensiamo noi. Sì, Casey è una di famiglia, ma ciò significa che saremo più attenti, pianificheremo in modo più dettagliato e faremo tutto il possibile per riportare tutti e quattro gli ostaggi a casa sani e salvi. Ha la nostra parola. Questa missione è nostra ci permetta di portare a casa Casey e gli altri.»

Nella stanza cadde il silenzio e il comandante osservò tutti gli uomini intorno a lui. Alla fine annuì. «Se ci fosse mia moglie, mia figlia o mia sorella laggiù, voi ragazzi sareste quelli che vorrei andassero a riprenderla. Ora, pianifichiamo.»

Truck diede una pacca sulla schiena a Blade e raccolse le sedie che erano cadute quando si erano alzati.

Mentre gli altri intorno a loro cominciavano a parlare di

strategia e logistica, Beatle si chinò verso Blade e disse con tono basso e serio: «Forse non mi piaceranno gli insetti, ma farò tutto il necessario per riportarti Casey. Che sia sdraiarmi su un formicaio, mangiare scarafaggi o fare amicizia con ogni fottuta zanzara che vedrò, hai la mia parola.»

Blade strinse le labbra, ma annuì rigidamente prima di tornare a prestare attenzione alla conversazione.

Beatle si appoggiò indietro sulla sedia e fece un respiro profondo. *Non ti conosco, Casey Shea, ma dato che significhi così tanto per il mio fratello d'armi, ti troverò e ti porterò a casa sana e salva. Ricorda le mie parole.*

Libro 7, *Salvare Casey*, in arrivo !

Also by Susan Stoker

Delta Force Heroes

Salvare Rayne
Salvare Emily
Salvare Harley
Il Matrimonio di Emily
Salvare Kassie
Salvare Bryn
Salvare Casey
Salvare Sadie
Salvare Wendy (Prossimamente)

Armi e Amori

Proteggere Caroline
Proteggere Alabama
Proteggere Fiona
Il Matrimonio di Caroline
Proteggere Summer
Proteggere Cheyenne
Proteggere Jessyka (Prossimamente)

Mercenari di Montagna

Difendere Alle (Prossimamente)
Difendere Chloe (Prossimamente)

In inglese:
Delta Force Heroes Series

Rescuing Rayne
Rescuing Aimee (novella)
Rescuing Emily
Rescuing Harley
Marrying Emily (novella)

Rescuing Kassie
Rescuing Bryn
Rescuing Casey
Rescuing Sadie (novella)
Rescuing Wendy
Rescuing Mary
Rescuing Macie (novella)

Delta Team Two Series

Shielding Gillian
Shielding Kinley
Shielding Aspen (Oct 2020)
Shielding Jayme (novella) (Jan 2021)
Shielding Riley (Jan 2021)
Shielding Devyn (May 2021)
Shielding Ember (Sep 2021)
Shielding Sierra (TBA)

Badge of Honor: Texas Heroes Series

Justice for Mackenzie
Justice for Mickie
Justice for Corrie
Justice for Laine (novella)
Shelter for Elizabeth
Justice for Boone
Shelter for Adeline
Shelter for Sophie
Justice for Erin
Justice for Milena
Shelter for Blythe
Justice for Hope
Shelter for Quinn
Shelter for Koren
Shelter for Penelope

SEAL of Protection: Legacy Series

Securing Caite
Securing Brenae (novella)
Securing Sidney
Securing Piper
Securing Zoey
Securing Avery
Securing Kalee (Sept 2020)
Securing Jane (Feb 2021)

SEAL Team Hawaii Series

Finding Elodie (Apr 2021)
Finding Lexie (Aug 2021)
Finding Kenna (Oct 2021)
Finding Monica (TBA)
Finding Carly (TBA)
Finding Ashlyn (TBA)
Finding Jodelle (TBA)

Ace Security Series

Claiming Grace
Claiming Alexis
Claiming Bailey
Claiming Felicity
Claiming Sarah

Mountain Mercenaries Series

Defending Allye
Defending Chloe
Defending Morgan
Defending Harlow
Defending Everly
Defending Zara
Defending Raven

Silverstone Series

Trusting Skylar (Dec 2020)
Trusting Taylor (Mar 2021)
Trusting Molly (July 2021)
Trusting Cassidy (Dec 2021)

SEAL of Protection Series

Protecting Caroline
Protecting Alabama
Protecting Fiona
Marrying Caroline (novella)
Protecting Summer
Protecting Cheyenne
Protecting Jessyka
Protecting Julie (novella)
Protecting Melody
Protecting the Future
Protecting Kiera (novella)
Protecting Alabama's Kids (novella)
Protecting Dakota

BIOGRAFIA

L'autrice best seller del *New York Times, USA Today,* e *Wall Street Journal*, Susan Stoker ha un cuore grande come lo stato del Texas, dove vive, ma questa tipica ragazza americana ha trascorso gli ultimi quattordici anni vivendo nel Missouri, in California, in Colorado, e nell'Indiana. È sposata con un ex militare dell'esercito, che ora la segue in tutto il Paese.

Ha debuttato con la sua prima serie nel 2014, seguita dalla serie SEAL of Protection, che ha consolidato il suo amore per la scrittura, e la creazione di storie in cui i lettori possono perdersi.

Se ti è piaciuto questo libro, o qualsiasi libro, per favore considera di lasciare una recensione. Gli autori lo apprezzano più di quanto tu possa immaginare.

www.stokeraces.com

susan@stokeraces.com